A violência gentil
Daniel Longhi

cacha
lote

A violência gentil

Daniel Longhi

PRÓLOGO 9

LIVRO I
AS HISTÓRIAS DOS OUTROS

TECTÔNICAS 13
O PREÇO DOS OUTROS 21
UMA LUZ ATÉ BONITA (LÍRIO, ANTÚRIO, VIOLETA) 39
ELE OFERECE AS MAIS PROFUNDAS CONVERSÕES 49
AS EVENING HURRIES BY 65

LIVRO II
NOMES, NEUROSES, ENDEREÇOS

RECIFE NEVA 81
O ARMÊNIO 89
NEUROSES I 99
ISSO É UM CRIME 111
NEUROSES II 131
POR ENTRE OS DEDOS 145
ACONTECIDA 177

LIVRO III
METANOIA

NADA AQUI MORRE FORA DE LUGAR 201
NEUROSES III 215
É DE QUERER AMOR QUE SE MORRE 231
NEUROSES IV 261
COISAS EXTINTAS E DOCUMENTADAS 295
A CIDADE 319

a Jorge e Marcia, meus fins e meus porquês.

PRÓLOGO

Um corpo exposto em caixão aberto é um banquete. O que é vivo dele se refestela. Os participantes dispostos em fila, aguardando para retirar a porção que lhes cabe desse buffet. A primeira garfada, uma questão de cortesia, é do anfitrião. Autólise. Quebrar-se a si mesmo. Nada mais justo. Em seguida, avançam os convidados residentes, aqueles que pacientemente mataram o tempo, mataram décadas, nos tecidos divertidos do intestino, estômago, pulmão, esperando apenas por essa oportunidade. Era a razão toda pela qual estiveram ali. A hora é essa, não hesitem. A notícia logo se espalhará, e o corpo sem demora será terra de ninguém. Essas bactérias são umas porcas. Peidam, arrotam, sintetizam substâncias com nomes literais. Cadaverina. Putrescina. Fazem da morte ceia malcheirosa, espetáculo desagradável, roxo, rígido, escuro nas extremidades. Mas é possível que qualquer cheiro, qualquer aspecto que a morte tivesse, fosse antipático, a feiura primordial, e os sentidos e a vida inteira se reorganizariam a partir daí.

Ao redor do caixão reúne-se um tipo particularmente onívoro de comensal. Sua dieta não disputa com bactérias e fungos e protozoários, com os vermes, são todos vermes. Nada. Estão ali para despir o cadáver de cada pedaço de memória que acreditam lhes caber. Prestam homenagem à beira do esquife e levam seu pedaço para casa, para consumi-lo aos pouquinhos, submetê-lo a perspectivas próprias, para que, no momento da última dentada, ele seja todo seu.

Augusto observa.

Augusto leva um pedaço à boca.

LIVRO I

AS HISTÓRIAS DOS OUTROS

1.
TECTÔNICAS

Augusto Baldemar trocaria aquele ar-condicionado apenas quando não houvesse conserto que o salvasse. Ainda assim, tentaria. A caixa de metal, parida por tecnologias esquecidas, roncava na altura e no tom certos para que qualquer barulho pensasse duas vezes antes de invadir seu escritório. Era um ruído sem nome. Seguro, previsível, monocórdico. Augusto Baldemar aprendera a não pedir por mais do que isso.

Os clientes reclamavam com frequência. Que sala fria, doutor. Será? Devia ser. Que seja, que seja. Custava-lhe retrucar opiniões convictas. Não havia muito a fazer, de toda forma. Há sete anos aquela era a única temperatura possível; eventuais mudanças deviam-se a variações da corrente elétrica ou dos humores subterrâneos da espécie humana.

Weberbauer Advogados Trabalhistas Associados, *seu direito é nosso legado*. Antônio Maria não estava convencido. "No que diz respeito aos honorários, doutor, considero-os excessivos". Augusto sabia que possuía a vantagem. Advogados e cabeleireiros, se não violam os limites das regras secretas estipuladas entre as partes, têm controle sobre os preços praticados e os serviços oferecidos. Seus clientes preferem um sofrimento familiar ao risco do novo, e toleram com o menor dos protestos uma petição mal-sucedida ou a tesoura guiada por mãos cada dia mais trêmulas.

"O que o senhor sugere?"

"Os honorários me parecem excessivos."

"Perfeito. Como o senhor preferir. Podemos rever a estratégia processual, enxugar os recursos, reduzir as visitas ao fórum, os despachos com o juiz. Se o cliente possui limitações insuperáveis, não hesitaremos em atendê-las."

"Essa possível revisão de estratégia não diminuiria, porventura, as chances da causa?"

"O que ocorreria seria uma readequação de expectativas. Nada mais."

"Eu preciso desesperadamente dos meus direitos, doutor."

"Deixe que a gente se desespere pelo senhor. No limite das limitações insuperáveis, naturalmente."

"Não poupe esforços. Desespere-se sem reservas. Vamos com os honorários integrais."

"Uma escolha responsável. Assine aqui."

Antônio Maria deixou a sala amuado pela derrota miúda, pelas derrotas que sofrera e por aquelas que ainda sofreria. Para Augusto, era uma vista indiferente. Os despojos do ofício. O tipo de vitória que lhe comovia tanto quanto uma sentença desfavorável. Deferida, indeferida. Integral, parcialmente. Eram palavras registradas no papel, transações conduzidas por códigos bem definidos. Eram as histórias dos outros, reduzidas a termo.

Leila Cardoso sentou-se à sua frente e disse que pagaria o que fosse necessário pelos seus direitos. Ela sabia que alguém havia colocado uma câmera no banheiro do escritório, registrando suas vergonhas para fins perversos. Augusto perguntou-lhe se tinha provas, ou mesmo evidências dessa acusação tão grave. Ela respondeu que não, mas que sabia.

Ana Peçanha entrou no escritório com expressão triste e informou que se sentia triste. Ela ocupava a posição que buscara por anos em uma carreira concorrida. Perfilou uma sequência constante e paulatina de sucessos, destruindo os futuros profissionais daqueles que ousaram conter sua campanha de conquista. Atingiu cada uma das metas que havia se dado aos vinte anos de idade. Era objeto de medo e de inveja. Contudo sentia-se triste. Acordava triste e deitava-se triste. Ela estava convicta de que Augusto conseguiria da empresa uma vultosa indenização pela felicidade que a eludia. "Doutor, alguém tem que ser responsabilizado."

Quando Gilberto Quadros acomodou-se na poltrona, Augusto sabia que reclamaria do frio. "Doutor, mas que gelo nessa sala". Augusto deu de ombros. Conhecia as demandas de Gilberto, assim como suas baixas perspectivas de sucesso. Informara-lhe sobre elas. Era atribuição do empregador a organização espacial dos empregados pelo estabelecimento. Mesmo que isso significasse mover Gilberto da sala onde trabalhara pelas últimas duas décadas; mesmo que a nova sala estivesse no prédio anexo, pouco frequentado, e que Gilberto fosse o único usuário da cozinha e da máquina de café que lá ficava. Mesmo, inclusive, que isso resultasse em Gilberto aos poucos deixar de ser convidado para o bolinho da tarde e para a comemoração de aniversários. Mesmo, finalmente, que essa tenha sido a maior felicidade que tivera no cargo por duas décadas. Não levaria mais de um mês até que Gilberto Quadros voltasse, mesmo que fosse apenas para reclamar do frio.

Soraya Pagu disse que bastava. Que não pagaria mais um centavo em honorários, que advogados eram todos uns abutres carniceiros, predando sobre a carcaça dos momentos mais vulneráveis que uma pessoa pode passar em vida. Que sua demissão por justa causa não foi nem justa, nem teve causa, e que um profissional decente já teria convencido o juiz disso. Para Soraya Pagu, bastava.

Augusto ouvia e anotava, perguntava uma coisa ou outra, apresentava seu parecer. Cada uma dessas histórias seria arquivada em uma pasta, e essa pasta se juntaria às pastas que vieram antes dela, ordenadas pela primeira letra de um sobrenome e pelas datas em que foram abertas. Toda manhã, Augusto abria seu escritório e era recebido pelos registros dessas histórias, pelos fatos que as motivaram, por seus desdobramentos e por suas conclusões, quando conclusão havia. Era uma companhia conveniente. Falavam apenas quando provocadas. Mantinham-se inertes até que intimadas.

Inerte estava bom. Inerte estava mais que adequado.

ß

Em abril o calor de São Paulo se cansa no final do dia. Quando o último cliente deixasse o escritório, Augusto desligaria o ar-condicionado. A casa espreguiçava-se, estalando as juntas. Tudo que se ouvia era o suspiro dos cômodos trocando confidências. Na edícula, Dagmar Kopfschuss se engalfinharia com seus demônios, com vitórias cada vez mais raras. Augusto subiria treze degraus, trancaria portas, desfaria o nó da gravata em movimentos reflexos. Weberbauer Advogados Trabalhistas Associados: trabalho, casa, a vida inteira. *Nosso legado*. Sentado em seu escritório, Augusto encarava a garrafa de Chivas 12 anos, fazia cálculos de custo-benefício. Decidiu que não. No sábado veria Otávio, e fazia tempo que conhecia as consequências. Precisava entregar ao amigo envelope que deixaram no escritório em seu nome. O pacote tinha todo o jeito de intimação judicial, mas esse é o tipo de coisa que advogados recebem.

Dagmar entrou na sala sem bater. Augusto colocou as mãos sobre a cabeça, em uma pose pensativa. Não queria que a velha apontasse, mais uma vez, como estava ficando calvo.

Estava, contudo. Se vista de cima, a careca tornava-se cada vez mais nítida, um corpo d'água condenado aos poucos pelo sol. Recorria aos paliativos disponíveis. Evitava compartilhar elevadores e outros espaços fluorescentes; não mergulhava em piscinas ou no mar; até comprara um chapéu panamá, mas nunca o vestira. Não é que fugisse do destino, mas fazia o possível para não o cumprimentar.

Verdade é que também Dagmar perdia os cabelos. Com exceção do tufo prateado que prosperava abaixo do queixo, os pelos do seu corpo decidiram abandonar o barco, caindo aos poucos, sem ordem definida. Ao final de dias mais cansados, Augusto tinha certeza de que seu destino era seguir decaindo naquela casa, ano após ano, perdendo folículos, dentes e sinapses nervosas, com Dagmar por testemunha e companhia. Que profissão teria o sujeito designado para remover seus corpos, pelados, gordurosos, carecas, como dois bebês com prazo de validade expirado? Ele pensava nessas coisas.

"*Schatz*, você acaba cego nesta sala. Você parece um vampiro gordo de terno."

"Hum."

"Último cliente. *Frau* Edna."

Edna Montesquina não desviou o olhar do chão enquanto desfazia a distância da porta à cadeira em número recorde de passos; a velhice faz do corpo diligência, e agradeça. Augusto não se levantou para recebê-la. Observava o feito como a um fenômeno meteorológico decenal, apertando os olhos, registrando detalhes, agradecido e temeroso por estar em sua presença. Ela era mínima, um ajuntado passarinho de ossos, pele seca e dignidade. Quando sentou, tudo em seu olhar dizia *enfim*.

"O doutor vai ter de me ajudar."

"Diga-me como."

Seu marido falecera fazia anos, já tantos agora. Quando foi demitido da fábrica de tintas onde trabalhou por quatro décadas, acabou com um coração partido e dois pulmões inúteis. O ar roncava para entrar e sair, levando e trazendo esmolas. Edna Montesquina não deixou seu lado enquanto ele minguava, perdendo-se entre os lençóis. Cumpria as tarefas que os médicos delegaram. Trocava roupas, aplicava remédios, retirava dejetos, fazia-lhe a barba em movimentos verticais. Seu marido tornara-se linha de produção autossustentada, minuciosamente reproduzida, cujo único resultado era existir por mais um dia, mais um dia, mais um dia.

"Já viu homem desses murchar? A gente desacredita da fibra do mundo."

Após a morte – esperada, e sofrida, morte – Edna buscou o Weberbauer para conseguirem o que fosse possível da fábrica de tintas. "Sentei aqui neste escritório mesmo". Algum sucesso foi obtido – horas extras que escaparam, aquelas férias não pagas, uma indenização considerável; contudo não puderam provar que a doença fora causada pelos anos trabalhados na empresa. Edna não se resignou. "Eu nunca deixei de precisar de uma razão, doutor. Se eu acreditasse que Deus me tomou o Roberto por capricho, me acabava. Precisava de causa, de isso depois aquilo, de um caminho percorrido para voltar, visitando as culpas".

Que momento bendito, quando a justiça é alcançada pelo estado da técnica. Década, e décadas e décadas sem que a resposta vacilasse. Até o mês passado, quando gaguejou. Em um dos processos, foi deferida petição para que nova perícia fosse realizada, dessa vez com o que havia de mais novo em procedimentos legistas. *Cutting-edge*. As amostras disseram o que nunca deixaram de dizer, mas dessa vez foram entendidas – que a fábrica sempre trabalhou com traços de arsênico em suas tintas. A partir desse precedente, os processos seriam reabertos, com garantia de sucesso e a expectativa de alguns milhões de reais em compensação, veja bem.

Mas veja bem. "Não tenho os documentos, doutor. Tudo se perdeu no incêndio da antiga vara. Os laudos, certidões, atas e procurações; a foto do pulmão do Roberto, tudo. O senhor me ajude. Vocês devem ter cópias da papelada, um arquivo dos autos. Alguma coisa."

Não fosse a sedução dos zeros enfileirados em honorários, Augusto diria de pronto que não, lamento, sem chance, entendo, como entendo, me comovo até, sou todo empatia, mas impossível; qualquer coisa, qualquer um, desbota e expira se intocado por tempo o bastante. Contudo havia os zeros e, se ele fosse sincero, uma chance, embora miúda, embora indecente.

"Dona Edna, eu posso checar, mas adianto que é difícil. É tempo."

"Fale com a doutora Judite. Ela cuidou do caso do Roberto. Doutora Judite Weberbauer."

Alguns nomes vibram em frequências tectônicas. Sua menção, sua pronúncia apenas, inaugura cadeia de suspiros, o prenúncio de que algum arranjo sedimentar foi perturbado. Você testa o chão sob seus pés, avalia as estruturas em que se fia. Olha ao redor, o mundo como ele foi até agora. Por mais que tudo pareça sólido, você sabe, você recebeu a notícia – a mudança começou em suas frações mais tímidas. Certeza. Alguns nomes são a língua materna do subterrâneo.

"Doutora Judite faleceu faz cinco anos."

Edna recolheu-se um instante, mastigando o próprio azar em silêncio; até que se aprumou, comovida de estalo pela constatação. Encarou Augusto com interesse, cada porção de seu rosto examinada, consultou memórias, outros dias, este escritório, aquela senhora canetando petições enquanto comentava dos juízes, do generalato, do péssimo Brasil e da

Alemanha péssima, mas diferente, mas péssima, de como São Paulo enchia o saco, mas enchia menos do que qualquer outro lugar, Edna ria, aquela raiva, aquela mulher brilhante, "Doutor – me perdoe – o senhor é o filho."

E não era? Era. Augusto Baldemar Weberbauer, primogênito de Edna Weberbauer, tudo isso. Sorriu, assentiu. E não era?

"Lamento. Que perda. Se eu soubesse."

"Não é nada."

ß

Se vista de fora, uma casa quase morta. Sua janela mais alta piscava com a confiança de uma estrela condenada. Aqui há vida, aqui há vida. O rosto de Augusto se iluminava de vermelho, azul, verde, de suas combinações espectrais. Sua mão trocava calor com o vidro do copo, com o uísque puro malte, com a pedra de gelo que aos poucos relaxava em estados invisíveis. Na televisão, um avião jogava morte sobre terras estrangeiras. Augusto sentava ali, passivo, atravessado por ondas carregadas de energia, câncer e mensagens de otimismo.

Estava puto. Invadiram sua casa sem aviso prévio, gritando palavras de ordem, desafios e demandas. Sentia-se devassado. Injustiçado. Há anos cumpria o que se esperava dele, atendia aos rituais que lhe impuseram, construiu uma vida sem assinatura e a construiu em silêncio. Sem protestos. Quantas concessões um homem tem de fazer antes de ser deixado em paz? Estava puto. Sob a pele, sentia ser transportada matéria antiga, deixada quieta por tempo demais. Avançava em campanhas de reconquista, com promessas de terra arrasada. Augusto deu um gole de uísque e suspirou medos de homem velho.

A empreitada de lidar com comoções que não têm nome.

2.
O PREÇO DOS OUTROS

As gaiolas eram abertas uma a uma. Atrás da portinhola, o corpo miúdo revelava-se hesitante, nariz erguido para receber a realidade daquele corredor, suas formas, os sons rebatidos pelas superfícies de metal, as espécies que o habitavam. Atento a rumores de dor e de morte. Assim que a soma de sinais lhe garantia, *estou seguro!*, a constatação de que estava livre lançava a criatura em espasmos incrédulos. Um salto para a direita, três à esquerda, uma volta completa ao redor do eixo do corpo. Divulgava as notícias de liberdade. Uôf, uôf. Recomposto, buscava os colegas já libertos. Comunicavam-se por secreções reveladoras, trocavam confidências sobre o que aconteceu e sobre o que deveria acontecer. Entravam em acordo, decidiam prioridades, negociavam rixas insuperáveis. Até que esgotavam a atenção que dedicariam aos semelhantes. E aí, sim. Virariam os olhos, curvariam a coluna, ergueriam a cabeça para buscar aquelas existências verticais e seus presentes de propósito.

O barulho de cinquenta e sete cachorros mendigando toque humano tornava Augusto um canicida irredimível.

Um espécime encurvado aproximou-se trotando. Era quase uma vírgula sobre quatro patas, resultado de mutações aleatórias entre gerações de pinschers, chihuahuas e tipos vulgares de terriers. A pelagem distribuída pelo corpo em arquipélagos rarefeitos. O pequeno quasímodo desacelerou um pouco antes de encaixar-se feliz nas mãos abertas de Otávio

Bustamante. O homem ergueu-o, encarou-o à altura dos olhos, observou-o retesar o focinho para oferecer cumprimentos. Sorriu, colocou-o no tanque, sentiu seus músculos relaxando sob a água morna.

"Olha esse monstro. Olha bem. Não existe simetria. O olho esquerdo é um iogurte de catarata, o direito ameaça pular para fora do crânio. Três das patas são cobertas por isso que eu vou arriscar chamar de pelo, a outra parece que veio de um gato importado do Egito."

Otávio apertou gentilmente as bochechas da criatura com o polegar e o indicador, pedindo que abrisse a boca. O hálito era de algo apodrecendo em banho-maria. "Nove dentes? Se tanto? Essa língua sempre para fora da boca. Ele é repugnante à luz de qualquer princípio estético que você escolha. Você não pode nem chamá-lo de barroco. Ele não tem *chiaroscuro* ou sofisticação que o ressalve, ele não é um projeto de ironia, ele é completa e irremediavelmente *feio*. Ele é *a* feiura. E antes a gente estivesse falando apenas de estética, não, não! Esta é uma criatura imoral. É egoísta; implora sem vergonha o que puder tomar, e vai embora. Sua lealdade dura enquanto durar a promessa de recursos. É nojento, é de um tipo que não hesita em recorrer às práticas mais abjetas. Coprofagia, canibalismo, incesto. O que for necessário. Incesto! Este aqui certamente é fruto de uma longa sucessão de cruzamentos incestuosos, a genética não esconde. Digo mais, estaria absolutamente confortável em seguir a tradição familiar se, um, sua mãe estivesse viva, e, dois, aceitasse receber dentro dela o pinto defeituoso dessa aberração de quatro patas."

O cão escutava indiferente, enquanto Otávio massageava seu lombo com as mãos cheias de sabão líquido. Augusto pensou sobre quantos eventos de quase-morte alguém deve viver antes de decidir renunciar a sentimentos de orgulho.

"A reação natural do homem ao encontrar esse restolho de virtude seria refugar, dar pra trás, rejeitá-lo. Até mesmo atacá-lo, investir contra ele, reação de autodefesa contra essa ameaça à beleza do mundo. No mínimo, deixá-lo só, para viver ou morrer pelas próprias forças. É da natureza humana negar o feio e buscar o belo, sem ressalvas. Entretanto. Entretanto. Olhe para mim. É sábado de manhã, e eu acabei de dar um banho de água quente neste cachorro. Espalhei sabão por todo o corpo dele, pata, barriga, cu e enxaguei. Passei devagar, em movimentos circulares, com cuidado para não o machucar. Ou mesmo incomodar, se possível. Por esses dez minutos, sem que eu tivesse qualquer obrigação, me tornei garantidor de sua sobrevivência e bem-estar. Por quê? Há quem diga que impulsos de solidariedade são inerentes à experiência humana, que atos desinteressados de bondade estimulam o cérebro a produzir moléculas de prazer e propósito. Pode ser. Eu não acredito. A minha opinião é de que os vira-latas compartilham forma superior de sabedoria, há milênios depurada pela evolução, e nos manipulam pela exibição desavergonhada da sua miséria. Eles não escondem um defeito sequer. Eles não elaboram artimanhas para compensá-los. Pelo contrário. Eles se apresentam, bom dia, eu sou coitado, faça o possível para tornar minha experiência de vida mais agradável, e faça agora. E, ridiculamente, pateticamente, em algum nível nós respondemos a isso. Gerações e gerações dessa artimanha, com sucesso suficiente para que sigam reproduzindo, sobrevivendo, contra todas as probabilidades. O vira-lata é resiliência em corpo e sarna. Não é? E não é? Quem é a coisa mais feia do mundo? Quem é? Quem é? Venha cá, sua coisa mais feia do mundo, venha cá, venha. Sua aberração. É sim, é sim, é aberração! Na boca, não! Seu safado, seu pecado estético, seu aborto! Seu coisa mais linda!"

O cão agora repousava sobre o colo de Otávio, enrolado pela toalha úmida, apenas a cabeça de fora. Um kebab extragrande semidigerido. Colocado no chão, dançou sobre as quatro patas no mesmo lugar, enquanto resolvia se o momento entre ambos havia expirado, se a linha humana de caridade havia sido rompida. Até que bocejou, buscou no ar indícios de oportunidades não exploradas e bateu em retirada, como se o que vivera com aquele homem já pertencesse aos humores mais voláteis do passado. Em frente.

Augusto observou-o espanar a constelação de pelos na camisa, observou-o desistir. Puta merda, se Otávio está velho assim, que lixo eu devo estar. Quando trafega sozinho os corredores do escritório, de sua casa, o estado do corpo é um detalhe do qual ele se poupa. Raramente encara o espelho; quando o faz, descarta o que vê por boataria, e logo esquece. Circula pelo imóvel como um espectro, volume incorpóreo que cumpre todas as funções de homem inteiro, trabalha, e dorme, e lembra. As dores que sente com cada vez maior frequência considera castigos sem qualquer relação material. Mas quando estava com Otávio, não podia escapar. O júri do tempo lhe apontava os dedos, você está velho, você está bem velho, você está pior do que já foi.

Algumas coisas continuavam iguais, contudo. Por exemplo, a relação entre Otávio e as palavras. A forma como ele exigia delas seus últimos esforços e as deixava no chão, puxando ar. Para cada tópico de conversa, Otávio construía uma ferrovia intercontinental de períodos que levaria, ou não, ao seu destino final. O som uniforme dos motores, o balançar dos trilhos, a duração da viagem; com o tempo os interlocutores caíam em transe, aceitavam por verdade o que era só linguagem. Augusto lembrava-se, com maior frequência do que podia se orgulhar, daquela tarde na faculdade de direito.

"Liberdade de expressão: ilimitada ou inexistente!"

Era insuportavelmente dezembro. O anfiteatro ancestral, feito de madeira, aço e sobrenomes. O tipo de cômodo que, só de pisá-lo, promete algum lugar de prestígio em registros invisíveis da história. Augusto sentava na última fila da arquibancada, de onde podia ver que o lugar estava lotado. Sentia a virilha suar dentro do terno. Mais e mais, novos poros se abriam para descarregar sua carga na malha de poliéster. Augusto mantinha o blazer fechado, os braços colados ao corpo, tentava restringir odores ao bolsão insalubre de sua privacidade. Era a segunda vez que Mirella dizia "calor, né", como se a lembrança de que compartilhavam a mesma atmosfera fosse deixar mais confortável o rapaz que ao seu lado derretia. Ele gostava dela, gostava de como ela parecia estar sempre na iminência de algum deslumbramento. De como ainda acreditava que o silêncio de Augusto escondia mistérios.

O ar era ocupado pelo ruído apícola de opiniões, discordâncias, concordâncias, insistências, concessões. Cada diálogo privado, cada comentário jogado sem compromisso, cada piada sem *timing* somavam-se ao monolito de desinformação universitária. Em debate, o regime constitucional do direito à liberdade de expressão no pós-88. Os estudantes se revezavam no palanque, tentavam compensar sua ignorância com convicção e gestual. Quem assistisse à cena sem escutar o que diziam pensaria que disputavam o papel de algum ditador, de algum líder populista latino-americano em filme de baixo orçamento. Histeria inconsequente, energia jogada de volta para o Sol.

Otávio levantou a mão e caminhou até o púlpito. Daquele ponto, a sala se abria como um leque. Os lugares eram ocupados quase integralmente por estudantes, por gente confusa e esperançosa com as potências de um novo corpo, de verdades parcialmente reveladas, de uma nova ordem constitucional. Estar ali, produzindo o barulho de interjeições e pontos de vista inconsequentes, parecia tudo que podiam fazer para exercer algum controle, para não flutuarem sozinhos por onde a vida perde atrito e lhes escapa. Otávio devia saber, devia intuir em algum nível. Devia pelo menos sentir o cheiro da ferida aberta, devia saber o ponto exato onde doía, porque quando começou a falar, foi lá onde tocou.

"Liberdade de expressão: ilimitada ou inexistente!"

Augusto não se lembraria, mesmo se tentasse, do conteúdo do discurso, das teses desenvolvidas, dos argumentos e conclusões. Duvidava que alguém conseguisse. Não importava. Quando Otávio começou a falar, o ar na sala mudou de consistência, talvez apenas para entregar suas palavras com maior peso, em mensagens quase sólidas. O silêncio se espalhava como gripe pela plateia. Augusto observou olhos se estreitando, sobrancelhas franzidas e maxilares que travavam despercebidos. Uma a uma, aquela gente desistiu de produzir sentido, ruído e caos, desistiu de mesmo arriscar um pensamento em nome próprio, e entregou a Otávio os próximos momentos de vida, enquanto esperava em suspensão.

Augusto sentiu sobre a coxa, a proibidos centímetros de sua virilha, a mão de Mirella. Não sabia se ela percebia, ou se o corpo somente desligara, limitado a focar na próxima palavra, e na próxima, e na próxima. Tornou-se consciente da existência do pinto, animado aos poucos como um boneco de posto. Sentiu de repente o cheiro doce do lubrificante despejado na calça, diluído por suor. Teve medo de que Mirella o sentisse também, que soubesse dos mecanismos em movimento ao seu lado. Mas não, ela olhava para frente, a boca semiaberta, esquecida. Naquele momento ela desistia de ser Mirella, aquelas pessoas abriam mão de seu nome, de seu protagonismo. Estavam passivas e dispostas a receber o que fosse que Otávio lhes entregasse por aquela frequência de ondas cuidadosamente moduladas.

Aquela foi a primeira vez que Augusto entendeu o medo que tinha de palavras. Palavras em linha, de uniforme, palavras escolhidas por seleções cruéis, as palavras certeiras para o cumprimento da missão, palavras que matariam quem estivesse no caminho. As suas palavras, por outro lado, saíam como fogos de artifício molhados, cafofas. Fumaça, estalos, frustração. Ele tinha medo, medo e um pau duro. Ele era mais um astro morto na órbita de Otávio, esperando por gravidade ou entropia. Palavras exatas têm poder, e poder é o que vem do outro e não se pode ignorar.

Augusto sentou e ouviu; ouviu enquanto as palavras preenchiam o espaço, enquanto compunham, período a período, textura que sustentava os homens e mulheres ali presentes, que os unia, naqueles poucos instantes, em uma massa de estupidez adolescente, tesão, suor e vontade. Vontade de ser presente, de estar no tempo, de fazer sentido de uma vida que se tornava de repente tão vasta. Vontade e medo. Medo de tanta coisa, poderia até dizer medo de tudo, mas medo, principalmente, medo de se achar, agora e pelo futuro, completamente sem palavras.

"Augusto, pega o caso. Não existe um motivo pra você não pegar esse caso. Nenhum."

Augusto escondeu os beiços, baixou os olhos. Desde que deixou o escritório para caçar sentido, Otávio permitia-se contundência ainda maior em suas receitas, previsões, prognósticos. Ainda segurava a intimação judicial que Augusto lhe entregara. No chão, um carrapato se arrastava para atender a urgências hematófagas.

"Você passa o ano congelando atrás daquela mesa. Atende dona Maria, seu Fulano, Zé Ninguém. O que é que você quer proteger? Qual o nome daquele senhor, aquela história? Olavo. Seu Olavo. O véi Olavo passou onze meses enchendo seu saco pra conseguir uma nova perícia. Toda semana ele aparecia no escritório, jurando – jurando – que o pau tinha entortado depois da queda na obra. Ele fez você escrever 'trinta graus' na petição. 'O pênis do senhor Olavo sofreu um desvio de trinta graus em decorrência do sinistro laboral'. Eu lembro. O pessoal no fórum lembra também. Depois de tudo isso, como ele te pagou? O que tinha naquela caixa que ele deixou na porta do escritório? Um peru. Vivo."

Augusto lembrava. Com pernas, asas e bico amarrados, a criatura estaria para todos os efeitos morta, se não fosse pelos olhos. Negros, opacos, úmidos, indiscutivelmente vivos e fixados naquele homem sem ação. Seu efeito era agravado por enfeitarem uma cabeça que parecia vestida do avesso, frouxa, tecido conjuntivo pendurado em sobras, balançando. Augusto sentia-se severamente julgado pela presença jurássica que o encarava; decidiu deixá-la solta no quintal enquanto decidia o que fazer, para desespero e histeria de Dagmar ("*Hässlicher Vögel!*"). Dois, três dias passados, e a ave parecia aceitar, sem grandes ressentimentos, aquela realidade como a vida a partir de agora. Criava hábitos, preferências, cronogramas. Aquele quintal era tudo que já existiu, até que deixou de existir, com três pancadas secas da machadinha guiada pela mão de uma octogenária alemã absolutamente insensível a narrativas aviárias. Augusto finalmente consentira, o que mais poderia fazer? Decidiu que deveria, ao menos, assistir à execução, como um monarca esclarecido garantindo que o direito em seu reino fosse aplicado de forma justa e necessária. Era estranho que aquela fosse a primeira vez, em quarenta e poucos anos sobre a

Terra, que testemunhasse a morte em ofício? Ao vivo, presente, sem o intermédio de telas, de morte traduzida em sinais elétricos, de representações fictícias, de ligações telefônicas às duas da madrugada? Três golpes e um anticlímax. A cabeça do peru fez um barulho sem eco quando bateu no fundo do lixo. O pescoço cuspiu ainda três jatos de sangue, um mais curto do que o outro. Augusto pensou sobre o momento exato em que a morte chegara àquele quintal, e se ela já havia partido. Pensou que a morte era um grande silêncio.

"Ninguém diz não a uma oportunidade dessas. Você só precisa entrar com a petição, o trabalho já está todo feito."

"Não sei nem se a papelada ainda existe."

"Você sabe que existe. Você sabe onde."

O carrapato de repente desviou de seu percurso original, motivado por variações térmicas e olfativas que entendeu convincentes. Dirigia-se agora ao tênis esquerdo de Otávio. Ele não o notava, contudo. Encarava Augusto com o tipo de compaixão concebida por décadas do testemunho ocular de uma biografia.

"Não estou dizendo que seja fácil. Que seja agradável. Estou dizendo apenas que às vezes a vida oferece uma escolha que nos obriga a sujar as mãos. E que depois, olhando para trás, você percebe que era a única escolha possível. Porque você é um homem, e se escolhesse o contrário não seria. Você é um homem inteiro, Augusto, e pagou a vida inteira pelo preço dos outros. Você aguentou, provou, sustentou a história dos outros sem vacilar. Está mais do que na hora de você começar a fazer algumas escolhas em seu nome, custe o que custar. Ou você já morreu. Morreu, e vai continuar morrendo mil vezes antes de finalmente ser colocado embaixo do chão. E meu discurso no enterro vai ser um sucesso, mas isso não tem nada a ver com a história. É apenas um fato."

Endereço, sobrenome, currículo, bens imóveis, conta corrente e seus passivos, os sobreviventes e seus passivos. Obituário, assinaturas, genética. Obrigações contratuais e não escritas, homologadas por canetas estatais. O preço dos outros. Augusto conhecia essa ideia como se conhece o uísque batizado no boteco da esquina.

"O que eu faria, a essa altura da vida?"

"Se eu disser qualquer coisa, é mentira. Você está velho, é inegável. Inclusive, velho demais pra sua idade. Mas isso pode ser bom, pode ser ótimo. Qualquer coisa é péssima, qualquer coisa é uma bagunça. Qualquer coisa é o que desperdiça metade da nossa vida. *Você pode fazer qualquer coisa.* Imagina. Ouvir desde cedo que a vida é assim tão larga. O sujeito se perde, escolha sem fim é escolha nenhuma. Mas você não tem esse problema. Você é velho e tem meia dúzia de escolhas realmente importantes para fazer ainda. Essa grana chegou para deixar essas escolhas mais bonitas, mas ainda são meia dúzia. Escolhe. Sai daqui. Vai pra Portugal, pra Maceió. Olha minha vida como está."

"Você quase não sai de Santana."

"Eu tenho a Bruna. Preciso estar perto. Nunca se sabe."

"Eu tenho o Théo."

"É diferente."

O carrapato escalava o tênis esquerdo de Otávio. Um ponto aracnídeo cruzando o logo da Nike. Augusto leu certa vez que esse era o símbolo romano da vitória militar.

No dia em que completou cinquenta anos de vida, Otávio desapareceu. Augusto e Dagmar esperaram no escritório o dia inteiro com a surpresa ensaiada, o bolo de chocolate e morango sobre a mesa, a coluna de copos plásticos ligeiramente inclinada. Não atendia o celular ou respondia mensagens.

Dagmar queria acionar a polícia, fazer da ausência um caso às autoridades, com número de registro, profissionais designados, uma pasta arquivável e reabrível. Augusto a impediu, sabia que não era isso.

Era noite, e Augusto só esperava coragem para subir as escadas e dormir, quando ouviu o ruído bifásico de uma fechadura e a presença de um corpo em movimento dois cômodos à frente. Esperou em seu escritório, sabia que estava na linha de chegada do percurso. O corpo que entrara seguia sem hesitar, cumprindo as missões que se dera, comandando o tempo com a experiência de cinquenta anos vividos até ali. Estava finalmente à porta, e bateria só uma vez. Otávio Bustamante entrou com uma garrafa de Glenlivet 18 anos pela metade em uma mão e dois copos baixos na outra.

"Ninguém vai dizer que o cinquentão tá andando com menor de idade."

"Feliz aniversário."

"Foda-se."

"É o seu dia."

"Foda-se."

"Dagmar não vai perdoar você ter perdido o bolo. Floresta negra."

"E foda-se ela também."

Sentou-se na cadeira dos clientes, de frente para Augusto. Quantas vezes não lhe serviu uísque nessas últimas três décadas? Uísque para celebrações, uísque para o luto, uísque pelo uísque. Se houvesse gelo, duas pedras para Otávio, quatro para Augusto. Hoje ninguém tomaria gelo nenhum, talvez porque Otávio não quisesse deixar dúvidas sobre o fato de aquela não ser uma ocasião festiva.

"Hoje eu vi uma mendiga andando só de calcinha na rua, e eu fiz cinquenta anos sobre a Terra". Do jeito que falou, parecia que os dois fatos ocupavam extremos opostos de um arco que ameaçava se fechar.

"Não era nem uma calcinha de verdade. Era um pedaço de pano que ela amarrou na cintura um dia e deixou lá, pegando a sujeira da calçada. O peitinho de fora, mas mal se notava. Do pé à cabeça, era tudo uma cor só, cor de São Paulo."

O uísque descia a garganta com uma suavidade orgulhosa, de pernas cruzadas e contando histórias. Augusto pensou que não podiam ter escolhido melhor companhia. Três velhas coisas conversando sobre assuntos tristes.

"Mas não foi nem a aparência que me comoveu. Não. Era como ela andava, era o que ela fazia enquanto andava. Ela comunicava. Ela cuspia mensagens, pedaços de substantivos, interjeições, suspiros. Ao mesmo tempo, ela sacudia a cabeça, *não, não, não*. E, ao mesmo tempo, durante quase todo o tempo, ela sorria. Um sorriso de segredo, guardando ironias. Aquela mulher explodia em certeza e ressalva, tese e antítese, tudo junto."

"Perguntei no boteco. O nome dela é Cida, ela vive por ali, dorme embaixo de toldos e sacadas. Quando tem fome, fica transitando pelas padarias até alguém comprar um PF. De vez em quando alguém a recolhe, leva para um abrigo, dá um banho, uma muda de roupa. Mas não dá um mês e Cida está de volta, pelada e suja, resmungando. Ninguém nem liga mais. É doida, disseram. É doida. Um namorado chegou bêbado, puto da vida por qualquer coisa, e fechou a porta na cabeça dela três vezes. E ela ficou doida."

O ar-condicionado roncava sua melodia monotônica, a música que Augusto conhecia, que lhe era confortável, que o protegia das tentações de vontade, das revoluções que se insinuavam quando pisava a rua. Contudo percebia, pela comunicação subliminar daquela amizade e de seus anos, a presença de qualquer mudança se esgueirando pela sala.

"Eu segui a mulher. Ela nunca percebeu, mas eu a segui de perto enquanto ela avançava, descansava, escolhia esquinas para virar, bares onde parar, enquanto cumpria um roteiro para todo efeito aleatório, mas o roteiro dela. Sempre comunicando, sempre falando, falando. E, quanto mais eu acompanhava aquela mulher, mais eu começava a entender que existia um filete, um rascunho de coerência interna no que ela falava. Personagens que se repetiam, que agiam, que provocavam reações. E como não teria? Em algum momento, na cabeça daquela mulher, uma ideia foi construída. Pode não ter sido uma boa ideia, uma ideia sensata, produtiva, consequente, mas uma ideia. Se essa ideia foi deturpada no caminho entre a cabeça dela e o meu ouvido, não importa. Aquela mulher estava contando uma história."

"Que ninguém escuta? Entende, respeita?"

"Foda-se quem não escuta, quem não respeita. Foda-se. A verdade daquela história não tem nada com isso. A verdade de uma história não pode depender de quanto tempo a plateia consegue prestar atenção. Isso a torna respeitável, reconhecida. Mas verdadeira? Nunca. Eu. Eu! Eu passei a vida inteira contando uma história perfeitamente digna. Uma história com terno e gravata. Conveniente, diplomada. Se eu sorria, sorriam de volta. Bem-vindo, bem-vindo, escolha um lugar, qualquer lugar. Apertei tantas mãos; apertos firmes, viris, assinados em sangue. Pares e pares de pernas se abriram e me convidaram. Porque eu contava uma história que não constrangia ninguém. Absolutamente adequada. Nunca faltou quem a escutasse, nunca houve quem dissesse, ei, veja bem, essa parte aqui não faz o menor sentido, explica melhor isso aí. A perfeição da forma. Um homem com uma história. Já me perguntei várias vezes – como é o bastante? Como se deixam engolir tão fácil a merda que eu enfio na goela deles? Mas hoje percebi. O resto do mundo se dá por satisfeito porque é indiferente. E eu? Eu tenho cinquenta anos e preciso de alguma verdade antes de morrer."

Era isso. A mudança à espreita. Familiar, e verdadeira, e vulgar feito um clichê. Depois de décadas de parceria, Otávio deixaria o Weberbauer Advogados Trabalhistas Associados, *seu direito é o nosso legado*. Não seria de imediato; resolveria pendências, extinguiria passivos, acertaria os detalhes para receber a chegada do futuro próximo. E então sairia. Meu irmão, meu irmão. Dois rostos de homens mil e tantas vezes barbeados se tocando constrangidos pela falta de hábito, pelo bafo de uísque, pelas lágrimas. Meu irmão. Décadas têm o hábito de vestir as roupas da eternidade, sem pedir. Uma hora ou outra, fatalmente, ela as reivindica. E restam apenas os anos nus, envergonhados, pensando no que foi que fizemos com nosso tempo.

"Como era? Liberdade de expressão, inacabada, ou superveniente?"
"Intocada, ou intermitente."
"Imediata, ou semiurgente."
"Afrouxada, ou adstringente."

Não faltava ninguém. Aos poucos, em ondas espontâneas, os estudantes deixavam o auditório e ocupavam o bar extraoficial do campus. Espalhavam-se em facções sob a luz incandescente. O lugar cheirava a camadas sedimentares de cerveja Antarctica e suor. A soma de cada conversa, de cada interação descontínua, compunha uma parede de som que queria mais, que pedia tudo.

Augusto dividia a mesa com Mirella, Beatriz e o personagem da noite. Otávio estava ainda mais expansivo, mais performático, instigado pela matéria que o corpo produz depois de um triunfo absoluto. Nesse momento, o que conduzia o rapaz iluminaria cidades.

"Eu me senti um missionário levando a palavra."

"Nesse caso a gente é o índio?" Beatriz deixava uma marca de batom vermelho a cada gole que dava na cerveja. Um registro personalíssimo, uma impressão digital sobre o copo americano.

"Depois de hoje, não mais. A civilização vos recebe. De nada."

"Como é a visão no centro de tudo?", Mirella perguntou, "você vê cada pessoa escutando, prestando atenção, ou é todo mundo junto uma massa sem forma?"

"Na verdade", e Otávio parecia mesmo surpreso, "eu mal lembro. Eu lembro de mim."

Augusto não ficava à vontade em bares. Sentia um perigo, a retaguarda desprotegida, a iminência de descumprir norma que só ele ignorava. Mas o álcool aliviava os desconfortos mais superficiais, e, se ele fosse sincero, aprendia aos poucos a sentir um prazer diligente em cumprir deveres inescapáveis.

"E esse calor?" Seguia vestindo o blazer do terno. Sentia os pingos de suor apostando corrida em suas costas, a camisa empapada revelando formas de que não se orgulhava.

"O Augusto! O Augusto tem uma habilidade secreta! Ele é humilde e discreto, mas eu não. Mostra, Augusto."

Balançou a cabeça, fez que não, torceu o rosto, que ideia besta. A velha dança. As meninas pediram, insistiram, ansiosas pelo privilégio a que teriam acesso. Lá vai, então.

"*Seltsam, im Nebel zu wandern! Einsam ist jeder Busch und Stein. Kein Baum sieht den anderen, Jeder ist allein.*"

Otávio sempre bateria palmas. "*Heil! Heil!*".

"Você morou fora?"

"Filho de alemã. Mas isso é tudo que sei, quem fala mesmo é meu irmão."

Mirella tomava um campari tônica cheio de gelo, cada vez menos vermelho, as bolhas de ar cansadas antes de chegar à superfície. "Então o senhor é cidadão da Alemanha. Se fosse eu, me formava e ia embora. Corria daqui."

"Eu penso nisso", mentiu Augusto enquanto desabotoava a camisa uma vez, uma vez só.

A cada tantos minutos, uma buzina fatiava a noite. Os estudantes deslocavam-se para acomodar o carro, conduzi-lo, expulsá-lo. Eles transbordavam da calçada, reivindicavam a rua de maneira casual, como quem carrega no bolso o termo de posse da vida inteira.

A essa altura, os engradados já engordavam de três em três garrafas. Augusto concordava com as ideias fáceis, ria tenso das controvérsias, buscava ambiguidades quando raramente opinava. Era uma noite simples, rotineira, perfeitamente anônima. Mirella seguia perto. Ele sentia-se grato; adequado e grato.

Com seu gesto de ilusionista, Otávio tirou do bolso uma lata redonda de pastilha. Dentro, um cilindro de papel branco, tão espesso e tão denso quanto um dedo mindinho. "Prensado pra vocês". Ele orgulhava-se de ter os contatos mais exclusivos, de enrolar o beque em cigarros invioláveis. Levantaram-se da mesa e começaram a sequência de perdão, com licença, que os levaria ao outro lado da rua. Ninguém falou enquanto Otávio acendia; não queriam correr o risco de quebrar a aura distinta do clube de que agora faziam parte. Eram de repente intrépidos, criminosos, imorais e nem ligavam. Nem ligavam. Eram adultos, somos adultos. Decidindo como viver e como morrer, pagando o preço, tirando proveito, e nem ligavam. Otávio puxou primeiro, segurou, soltou. Repetiu o gesto. Ofereceu a Beatriz, que fez do ritual um manifesto. Com ela, dela, sobre ela, era estética. Segurava o cigarro com dedos vitorianos, sorria enquanto mantinha a fumaça nos pulmões, de olhos fechados; quando finalmente a liberava, era como se ficasse um pouco surpresa de ainda estar ali. Era generosa, emprestava algum glamour à situação e aos presentes. A maior parte, contudo, a parte que fica, era dela e dela só. Inalienável. Passou o cigarro com a ponta pintada de vermelho borrado. Mirella puxou quase nada, demorou quase nada para soltar. Ela estava feliz em pertencer àquele grupo, em compartilhar liturgia, em ser aceita e perceber que aceitava. Observava satisfeita Otávio e Beatriz começando a rir baixinho, a rir das conclusões e hipóteses que piscavam em suas cabeças. Perguntou se Augusto queria um pouco. Quando respondeu que sim, ela encostou os lábios nos dele e soltou a fumaça em sua boca. Aquela fumaça esteve dentro dela. Queimou-lhe os lábios, desceu-lhe a garganta, perdendo calor e matéria. Foi recebida por seu corpo, levada com cuidado por entre tecidos tão tênues, que seria exagero dizer que são sólidos. Mergulhou no sangue substâncias que, por um instante, mudariam a textura do mundo e criariam ideias coloridas, ideias seminovas, ideias de beijar Augusto. E essa fumaça tomou o caminho inverso, o caminho de saída, despediu-se quase invisível do corpo de Mirella. E agora estava dentro dele. Isso só podia ser alguma forma de pacto irrevogável. Isso só podia ser verdade.

    De olhos fechados, Augusto ouvia Otávio batendo palmas, gritando "*Heil*!"

3.
UMA LUZ ATÉ BONITA
(LÍRIO, ANTÚRIO, VIOLETA)

Ele conhece este lugar.

A memória desgarrada, dançando no ar, presa ao chão por um fio de cabelo, fazendo de tudo para ceder à vontade do vento. Mas ele ainda conhece este lugar.

O miado da porta quando abre, um anúncio de chegada e um alarme de visitas.

O piso de taco solto, riscado por uma vida de entradas, saídas e voltas ao redor do próprio eixo.

A flora que esta sala abriga, como ela extrapola o bom--senso de espaço e de geografia, quase antipática, quase um microclima. Talvez, com algum esforço, ele ainda saiba o nome de cada uma delas. Lança-de-são-jorge, rosa-de-pedra, palmeira-ráfia, begônia, pau-d'água, camedórea, lírio, antúrio, violeta. No canto mais distante da sala, uma planta que ele não conhece, ou uma planta que ele já esqueceu.

A imagem de Iansã com sua espada erguida. Parede amarelo-hepatite, os retratos pendurados – quão estranho é recordar um retrato, e não o momento que ele retratou? Prateleiras e livros gastos; uma janela com luz nascente. A casa toda com cheiro de soneca no sofá.

Lá de baixo, o barulho do ônibus articulado subindo a Brigadeiro Luís Antônio parece um município assoando o nariz.

Ele conhece este lugar.

Ele conhece essa mulher.

"O escitalopram tem me dado uns sonhos megavívidos. Ontem sonhei que tinha um pinto minúsculo. Como se fosse um molusquinho morto. Só que eu tinha ainda a periquita também. Eu ficava confusa, minha mãe aparecia e falava: calma, Têca, um é pra xixi, outro é pra xoxó. Mas ela não disse qual é qual. Qual era qual?"

"Eu acho que o pintinho não daria pra xoxar."

"Ele era bem pequeno."

Tereza Dalma conversava observando o cômodo, como se a sala e seus detalhes tramassem uma insurgência popular ao menor sinal de descuido. Passou a Augusto uma caneca de café. Ela sentia orgulho do seu café, e com razão. Era produto de um ritual intransferível, de um processo tão minuciosamente repetido, de etapas tão perfeitamente ordenadas, que bem poderia constar nos livros da repartição pública competente para esses assuntos, registrado, patenteado, como seja. Moía os grãos, arranjava o filtro, esquentava a água na iminência da fervura e despejava-a em intervalos cuja duração só a ela pertencia. Augusto deu goles agradecidos. Ambos beberam em silêncio e sem açúcar.

"Tu queria conversar?"

O café lançou mensagens de bravura pelo corpo. Coragem para ir ao ponto, para expôr-se às reações.

"O dinheiro que eu mando pra vocês. Ele é suficiente? É pouco?". Tereza levantou os olhos com um sorriso que era estandarte de guerra. "Apareceu uma oportunidade, mas eu tenho ressalvas."

"Vai virar traficante a essa altura da vida, Augusto?"

"Envolve muita história. Eu não sei."

"Augusto. A gente se virou, a gente se vira, a gente vai sempre se virar. Se tu morresse, a única diferença seria que

Theo veria o pai uma vez a menos por ano. Faz o que quiser. Apesar do que tu acha, é só o que tu faz."

Seus olhos caíram ao piso de taco, e lá ficaram. Ele sabia o que ela pensava. Soube tantas vezes, soube por grito, por texto, por mensagem de voz, por palavras de desprezo, de ironia, de sarcasmo, soube por olhar, por gesto, por corpo, por ausência, e, finalmente, soube o que ela pensava por vias de absoluta indiferença. Uma ideia que irrompia dos limites da linguagem. Uma ideia justa, quase justa, justa em partes, em algumas. Era verdade, vinha buscando o filho cada vez mais raramente. Indefensável. Um homem equivocado. Ele aceitava, engolia, tomaria para si o sobrenome. Entretanto. Suas razões Tereza ignorava, e ele não confiava nas palavras para expressá-las, sabia que as palavras lhe seriam desleais, o tornariam ainda menor. Um homem pequeno.

Tác. O armário da sala estalou sozinho, reagindo a forças invisíveis e suas interações. Era feito de mogno, uma construção imponente de portas, gavetas e uma cristaleira sobre tudo. Foi o presente de casamento que Judite lhes dera. Desde então esteve ali, confiável. Guardava livros, pratos, copos, taças. Um vinho do porto decenário, licores, um uísque pela metade. Nos compartimentos de baixo, por trás da porta de madeira, todo tipo de passado desimportante ou desagradável demais para ficar à vista. Tereza tinha a ideia engraçada de que, se o deixassem em paz, cumpriria suas funções até o fim dos tempos. Contudo, se resolvessem movê-lo, um centímetro que fosse, desabaria com tudo que havia dentro.

Com tudo que havia dentro. Talvez não tudo, mas um pouco, um pouco do que havia dentro Augusto pudesse mostrar, ao menos um esboço, o quanto fosse possível, não mais. Era Tereza, afinal. Tereza, ainda.

"Tenho pensado na minha mãe."

"Na véia racista?"

"A própria. Tenho pensado nela."

"Essa oportunidade tem a ver com ela?"

"De certa forma."

"Como eu disse, Augusto – faz o que tu quiser."

"Eu sei". Lá embaixo, no parquinho, um cachorro latiu. Um border collie corria abaixado, pastoreando as crianças, os outros cachorros, tentando estabelecer uma ordem que fosse satisfatória. "Sabia que, quando eu era criança, os presentes de natal que ela dava pra mim e para o Rafa tinham que somar o mesmo valor, exatamente? Até os centavos. Era o sistema de justiça que ela criou na cabeça dela. Se faltava alguma diferença, ela completava com uma meia, uma caneta. Uma vez, o boneco que eu ganhei veio com um sonho de valsa amarrado nele. Depois de um tempo, ela começou a dar o mesmo presente, independente do que a gente tinha pedido. Cansou, eu acho. Entendi depois que ela tentava encontrar o mínimo denominador comum entre nossas vontades. Claro que nunca mais ninguém ficou completamente satisfeito. Um dia ela simplesmente não comprou mais nada. A gente comia a ceia, ela tomava uma garrafa de vinho, botava a gente pra dormir às dez. Natal passado, pela primeira vez pensei que não tenho ideia do que ela fazia depois."

"O que tu fez natal passado?"

"Provavelmente a mesma coisa que ela fazia depois."

Ele conhece essa risada. Ele se lembra de como se sentia quando a causava, por acidente ou perícia (em geral, acidente). O dia estaria ganho, eram dele os louros, e o que restava das horas podia ser gasto recolhendo as recompensas – um filme a escolher, um jantar feito a dois, um silêncio comungado sobre o sofá. Hoje, contudo, não havia despojos a serem coletados; hoje as trombetas sequer haviam soado.

"Puta que me pariu, mas fogo, Tereza?"

Pela primeira vez naquele dia, a atenção de Tereza voltou-se toda para ele. Ela esperou, como a testemunha ocular espera o acidente de trânsito cumprir seu curso de destruição, o torcer do metal e da carne, cada pirueta de capotagem, antes de prestar os primeiros-socorros.

"Quem faz isso? O quanto a sujeita precisa se odiar pra escolher morrer com fogo?"

Tiro na cabeça, tiro no peito, cianeto; explosão controlada, atropelamento por trem de metrô, salto de altura maior do que dez metros; carro ligado na garagem, excesso de remédio controlado, excesso de drogas ilegais; enforcamento, sufocamento, invasão da jaula do tigre no zoológico de São Paulo; eletrocução por poste de energia, raticida, pesticida, inseticida; inanição, carro lançado do alto da ponte estaiada, abraço em casa de maribondo; tédio, memória, solidão; até a porcaria de um corte vertical no pulso suficientemente profundo, ele imaginava, todos métodos menos dolorosos, mais rápidos e igualmente eficazes.

Era isso, bem isso, finalmente isso.

"Fogo, caralho?"

Pois é assim que o fogo age, em seus caprichos obstinados. Ele fará sem demora subir a temperatura na salinha da casa de sessenta metros quadrados onde você mora em Jabaquara. Com alguma sorte, a fumaça a faria perder a consciência em um minuto ou dois, mas você é inteligente e masoquista, pensou nisso, abriu as janelas. Você está sentada em sua poltrona no meio da sala, e observa o fogo tomar as paredes, as cortinas, a porta. Os quadros e as molduras consumidas; a possibilidade de arrepender-se, também. Seu corpo leva mais a sério do que você as chamas que se aproximam pelo carpete em formas agudas, quase dedos. O coração batendo recordes pessoais de sístole-diástole, a pupila dilatada, o cérebro despachando mensagens de fuga, fuga, fuga. Você não escuta; tampouco faria diferença neste momento. O fogo lambe seu pé descalço, e que estranho ele parecer gelado. Você encolhe-se, põe os pés sobre a cadeira, abraça as pernas. Seu pé está vermelho, mas nada tão diferente das queimaduras do sol de Ubatuba. Você lembra que nos levava a Ubatuba? Você lembra? No que você pensa, agora que o fogo lhe destrói a derme, epiderme, os nervos, os folículos pilosos, as glândulas sudoríparas e os capilares sanguíneos, agora que a pele inteira em pedaços se descola, e dói. Você grita, você certamente grita, uma mãe que grita, e agora você perdeu a consciência, você apagou, já vai? A pele se descola, a carne se desembrulha, e revela o quê? O que você quis dizer com isso? Quem escolhe morrer por fogo acredita que deve doer, que interromper a vida, tão somente, seria gentileza descabida. Uma casa aberta, um corpo aberto, e você fugiu para onde? Se olhasse para trás, quando finalmente fugisse, em seu ímpeto arrebatado, sobre as ruas e prédios e sobre a gente que por aí vive, sobre mim, talvez concordasse – essa miséria deu uma luz até bonita. Adeus.

"Ela sabia que ligariam pra mim. Que eu seria o primeiro a chegar. Não bastava se odiar? Que contrato foi esse que eu assinei, pra sair catando o que essa mulher deixa pra trás? Já não bastava o escritório, a casa, tudo?"

Tereza segurou sua mão, e ele se lembrou daquela temperatura de areia de praia no final da tarde.

"Ela sabia que eu ia acordar com o telefone tocando às duas da manhã, que uma voz que eu não conhecia me diria que minha mãe decidiu tacar fogo na casa, com ela dentro. Que eu teria de pegar o carro, dirigir até lá, e ver que a casa parecia um cinzeiro. Que eu sentiria a merda daquele cheiro, que eu não conseguiria me esquecer daquele cheiro nunca mais."

Areia de praia, ele estava enterrado em um abraço de areia de praia. Achou que choraria dessa vez, mas nada. Chorar pede um tanto de compaixão.

"Acho que desde o casamento eu não te vejo falar tanto."

Separaram-se, olharam-se um instante. Reconheceram-se.

Tereza não podia ser contida em um instante apenas. Para Augusto, ela transbordava em uma coleção de dias, processos, nomes, vergonhas, compartilhadas e solitárias. Está aqui na minha frente porque esteve e porque estará. Leva consigo um pedaço de sua biografia encarnada, livre para correr e se perder de vista. Espera que a trate com algum carinho, com responsabilidade, mas pode tão somente esperar. Tereza era sua testemunha de acusação, de defesa, prova cada vez mais rara de sua passagem sobre a Terra.

Ficaram em silêncio, dando golinhos de café já morno. A tarde caía naquela hora triste, sebosa, de penumbra, em que já se perdeu a esperança de que o dia possa ser coisa diferente. Não ligaram a luz, deixaram as formas aos poucos se perderem sem resistência. Ele sabia que ela estava ali, sabia que bastaria um gesto para alcançá-la.

"Quer ouvir outro sonho que eu tive? Esse eu contei na terapia."

"Por favor."

"Eu tô em um corredor. O chão é igual ao daqui de casa, mas não é a casa. Meio que é, mas não é. É só um corredor bem longo, com piso de taco. Por todo ele, tem vasos de plantas encostados na parede. As plantas daqui, sim, mas outras que eu nunca vi também. Que nem existem. As folhas de uma eram rabos-de-gato laranja. Várias, várias, ao longo do corredor inteiro. No final dele, bem longe, tinha um lugar ótimo. Eu não via como era, mas eu sabia que era ótimo. Eu queria ir até lá, o corredor estava me incomodando. Era mal iluminado e tinha um cheiro estranho. Não tinha ninguém comigo. Eu queria ir até aquele outro lugar. Então eu ia. Dava um primeiro passo bem pequeno, quase não saía do lugar. O chão na verdade era meio fofo, quase areia, difícil de andar. Mas eu continuava. Outro passo, outro, outro. De repente eu engatava um ritmo melhor, começava a andar mais rápido, me animava. E aí *tác*! Um barulho bem alto atrás de mim. Eu me virava, e alguém tinha quebrado um vaso. Eu não via quem, mas sabia que tinha sido alguém, de propósito. Fez a maior bagunça, pedaço por todo lado, a terra espalhada pelo chão. Tu me conhece. Eu não conseguia continuar daquele jeito. Eu voltava, puta da vida, me abaixava, juntava cada pedacinho, consertava o vaso, juntava a terra, colocava ela de volta com a mão. Então voltava a andar. Difícil, um passo, dois, vou ganhando velocidade, dou a correr, e *tác*! De novo. Alguém quebrou um vaso. Dessa vez mais atrás até. Eu penso não, não é possível, que se foda, eu vou em frente. Mas quem disse que eu conseguia? Puta, puta da vida, voltava e limpava a bagunça. Esse vaso era maior, demorou mais. Pedacinho por pedacinho. A terra de volta, um punhadinho por vez. Eu estava mais longe do final do corredor do que no começo do sonho. Já tensa. Preocupada. Com medo de acontecer de novo. O corredor parecia mais escuro. Decidi andar de costas, pra ver se pegava o filho da puta no flagra. Era ainda mais difícil avançar, mas continuei. Passo, passo, passo, passo, *tác*! Onde, que eu não via? Só podia ser lá atrás, bem para o fundo. Eu queria continuar andando, eu não estava nem vendo a sujeira. Mas eu *sabia*, sabia que estava lá. Comecei a chorar de raiva, mas chorando de raiva voltei. Dessa vez, por um segundo, vi o vulto de alguém, ele corria para o escuro antes que soubesse quem era. Mas o vaso estava lá. Imenso, completamente quebrado. Eu chorava, chorava. Isso aconteceu ainda outras vezes. Eu via um vulto, mas só o vulto. E o vaso. Até que eu desisti. Fiquei parada chorando, esperando o próximo vaso quebrar, e voltando sempre para trás, um pouco mais para trás a cada vez. Foi isso."

"Que horror."

"O psicólogo falou que sonho é neurose condensada. Ou qualquer coisa que o valha."

A noite caíra de vez, acenderam enfim as luzes.

Era hora de ir.

"Certeza? O Theo chega já com o namorado. O Fábio tá quase morando aqui."

"Eu vi na internet. Parece boa pessoa."

"Ele é. Não quer esperar?"

"Fica pra próxima. Hoje realmente não vai dar."

Tereza engatilhou algo para dizer, seu corpo preparou os músculos necessários, mas desistiu. Augusto agradeceu em silêncio. Safara-se. Pegou suas coisas, apalpou cada bolso, realizou sua cerimônia antiesquecimento. Tudo certo, ele levaria tudo de volta, carregaria tudo consigo. Tereza esperava com a porta aberta. Despediram-se sem toque. Quando o elevador chegou, Augusto parou com um pé já dentro. Uma ideia nova rodopiou e escapuliu.

"Têca, já faz tanto tempo. Você podia tentar outra história."

Se ela desconcertou-se com a pergunta, não deixou notar. Com o rosto mudo, passeou o olhar por aquela sala, sua flora, pelos móveis decenários, pelos retratos, pelos objetos e a história que continham e recontavam. Augusto preocupou-se, arrependeu-se de questioná-la. Não sabia que dias ela visitava, que rotas tomava entre as lembranças que se produziam em fila neste mesmo lugar. Ela finalmente o encarou, e sorriu. Um sorriso cansado, qualquer coisa triste.

"Pra ser bem sincera, eu ainda tô arrotando você. Não leva a mal."

4.
ELE OFERECE AS MAIS PROFUNDAS CONVERSÕES

É verdade o que dizem – um homem velho perde o sono.

Augusto dera para acordar às cinco da manhã; abria os olhos, recebia o novo dia sem cumprimentos e ficava na cama apenas por falta de criatividade. Sua cortina deixava passar uns poucos raio de luz, que projetavam sobre a parede formas indefinidas. Ele assistia enquanto escorriam, emprestando calor até chegar ao chão. Ele assistia enquanto sentia em seu corpo embrulhado, fechado para a luz, estranhas movimentações.

Edna Montesquina tinha culpa. Era uma irresponsável. Como lhe joga, assim desavisado, um peso desses sobre a mesa? O passado, quanto mais distante, mais envolve perigos em seu manejo. Você acha que conhece suas esquinas, suas ruas, mas elas mudaram desde que você as deixou pela última vez; agora não há mais como saber aonde o levarão. Esquecimento, resignação, esses são presentes pelos quais a humanidade nunca agradeceu.

Otávio e Tereza tinham culpa. *Faça, faça o que quiser, faça.* Quão mais simples seria se dissessem *não, fique onde está, não é perfeito, mas é real, é inteiro, é você? Fique aí.* Ele ficaria. Acataria seus conselhos razoáveis, adequados, e não se mexeria. Continuaria onde estava, da forma que estava, enquanto escorria pela parede até chegar ao chão.

Desceu a escada em espiral. Se por alguma razão terminasse cego, seguiria pisando cada um dos trezes degraus sem hesitar. Se o joelho permitisse, até aos saltinhos. Conhecia aquela casa como gostaria de conhecer a palma da própria mão.

Dagmar estava na cozinha tomando chá. Usava sua camisola mais velha, sem sutiã. Augusto desviava o olhar; nunca se acostumara com a visão de intimidades octogenárias, daqueles peitos cedendo à própria massa, de mamilos largos feito um pires. Sentia repúdio. Perguntava-se se era assim que as meninas de hoje se sentiam sobre ele.

"*Morgen.*"

"*Morgen.*"

Escolheu cápsulas, apertou botões. O café caiu na caneca. Preto, forte, mas só. Uma potência genérica, vulgar, com gosto de urgência. Tão diferente do que precisava, tão diferente do café de Tereza. Tereza lhe disse para fazer como quisesses, e o que era isso? Como era isso? Tereza tinha o dom de fazer escolhas doerem. Tereza podia era tomar no cu.

"Dagmar?"

"*Schatz.*"

"Quem a gente tem hoje?"

"Agora de manhã, só *Herr* Capitulino."

Hélder Capitulino era um dos poucos patrões que Augusto tinha por cliente. Diferente do desfile de desamparados que o escritório geralmente atendia, com suas dívidas, suas esperanças na justiça, suas expressões travestidas de dignidade, seus casamentos em risco, suas doenças ocupacionais, suas higienes pragmáticas, suas roupas esbranquiçadas, seus vocabulários aleatórios de expertises, suas deferências a títulos e hierarquias, suas disfunções eréteis, suas idades galopantes, seus documentos sobre a mesa em pastas sanfonadas, seus vales-transporte, horas extras, férias vincendas, FGTS, planos de saúde, suas decepções com as formas que a vida toma, seus estoicismos compulsórios, seus mais profundos e paralisantes medos, Hélder era todo autoestima.

Não é quem gostaria de ver hoje, mas que escolha tinha? Que escolha já teve? Terminou o café e subiu os treze degraus. No andar de cima, havia um banheiro e três quartos. Desde que colocou a televisão em seu quarto, quase não entrava nos demais. Sequer saberia dizer com exatidão o que ainda havia neles, e preferia assim.

Atender Hélder Capitulino pedia seu melhor terno. Não saberia descrever com precisão, mas havia uma dinâmica marcial entre eles. De avanços e recuos, de blefes, testes, xeques e xeques-mate, mas também de um essencial respeito entre os participantes. Comparecer insuficientemente vestido seria menosprezar o jogo.

Há anos aprendera a vestir-se sem espelho. No começo, por necessidade; hoje, por legítima defesa. Escolheu no armário a gravata preta, sentiu a seda entre os dedos, as referências, os predicados que um objeto evoca. Realizava mecanicamente os gestos e curvas, as etapas daquele ritual de transfiguração em que adotava uma identidade eficiente, executiva. Trinta e seis centímetros de distância entre as pontas. Passe uma para lá, outra para cá. De baixo para cima, a ponta larga por sobre o nó, na altura do pescoço. Duas vezes, esquerda, direita. Uma terceira, mais uma vez. Envolva a ponta estreita com a larga, uma volta completa ao redor do nó. Passe a ponta larga pelo nó uma última vez. Aperte-o gentilmente, está feito, você é um advogado, você está pronto.

"Doutor Augusto!"

"Doutor Hélder."

"Excelência, mas que frio é esse nessa sala? Rapaz."

Hélder Capitulino tratava cada cômodo como se tivesse seu nome escrito na porta, nos móveis, na testa de seus ocupantes.

"Como posso ajudá-lo?"

"Ainda aquela situação com o Luizinho, acredita?"
"O rapaz não cedeu."
"Pelo contrário. Piorou. Está fanático, obcecado, agressivo, irresponsável."
"Não diga."
"Venho aqui, doutor, esperando, da sua parte, sugestões mais... *efetivas*."

Augusto acostumara-se com o cliente – acostumar-se, afinal, era seu hábito e vocação – mas a primeira visita de Hélder Capitulino, há uns bons anos agora, deixou-o com todo tipo interessante de dúvidas.

"Conversões?", perguntara.
"Conversões", ouvira.
"Não entendo."
"Eu ofereço as mais profundas conversões."
"Desculpe, mas não entendo."
"Minha empresa – a Mutatis Mutandis Ltda. – oferece um serviço, mais que um serviço, uma oportunidade aos nossos clientes. A oportunidade de reformar, reformar visceralmente, os aspectos mais desagradáveis de sua personalidade, aquelas convicções que parasitam a mente, que paralisam ideias que, de outra forma, levariam as nossas ambições mais elevadas aos caminhos por onde elas prosperariam."

"Um alcoólatra contrata vocês e, no final do processo, desiste do copo? O senhor é a concorrência do Alcoólicos Anônimos? Ou é como aquelas igrejas que oferecem conversões sexuais? De bicha para macho em três aves-marias."

"O *Gota D'água* é historicamente nosso líder de vendas, sem dúvida. Já a *Readequação Afetiva*, o senhor pode imaginar, sofreu uma queda drástica de procura desde os anos noventa. Ela é oferecida, não se engane, mas achamos por bem retirá-la dos panfletos. Mas a verdade, doutor, é que isso é uma parte muito pequena do que fazemos. Minúscula."

A expressão de Augusto deve ter traído alguma descrença, pois Hélder continuou.

"Eu tenho um caso que talvez convença o senhor do que estou lhe falando. Perceba. Um indivíduo buscou a Mutatis Mutandis. Rapaz novo, recém-saído da faculdade. Administração de empresas. Até então, tinha vivido a vida normal, tendo sucesso onde podia ter, nenhuma frustração definitiva, saltitando sem maiores obstáculos para onde quer que quisesse chegar. Perto do final do curso, começou a namorar uma mocinha. Apaixonado de morte. Essa moça era drasticamente cristã, ela e a família inteira. Um pouco por pressão, um pouco por curiosidade, ele começou a frequentar missas, encontros de jovens, batizados, crismas, e todo tipo de cerimônia que distribua sacramentos. Agradou-lhe a liturgia, a estética. Entrou de cabeça nos textos sagrados. E foi aí. Alguma coisa na cabeça daquele rapaz, algum arranjo malfeito de neurônios, chakras, químicos, alma e retenções ancestrais recebeu de forma excessivamente intensa a doutrina cristã. Particularmente, tudo que envolvia *compaixão*."

Hélder fechou os olhos um instante; movimentou os lábios em silêncio, conjurando o feitiço que invocaria palavras de um passado em que elas ainda possuíam sintaxe, forma, sentido. Abriu os olhos. "*Tenham compaixão daqueles que duvidam; a outros, salvem, arrebatando-os do fogo; a outros, ainda, mostrem misericórdia com temor, odiando até a roupa contaminada pela carne.* O doutor sabe o que significa *misericórdia*? Dar o coração a quem padece da miséria. O rapaz fez isso e fez mais. Ele não conseguia mais conceber a felicidade, se ela não fosse compartilhada por todos. Acabou o namoro com a mocinha porque amor romântico era egoísta, limitado, era pouco para o que sentia. Saiu do emprego porque o capitalismo era um jogo de soma zero, e era mais fácil passar um camelo pelo fundo de uma agulha do que entrar um rico no reino de Deus. Doou suas posses, tornou-se um asceta. Mudou-se para a igreja na Praça da Sé, passava o dia em trabalhos voluntários, dando, dando, dando, dando o coração a quem padece da miséria. A família tentou interceder, a mocinha aparecia às lágrimas, pedindo que voltasse. Mas nada. Viver em compaixão não era fácil, mas estava quase em paz. Quase. Algo ainda o incomodava, impedia a plenitude de sua missão compassiva. Numa ruela ali no centro, ficava um grupo de mendigos que não recorriam à caridade da igreja. Putas, drogados, travecos, michês. Sujos demais, perdidos demais para buscar salvação. Todos os dias o rapaz passava por eles, tentava tocá-los, lia a palavra para eles. Pra nada. Eles riam, ou ignoravam, ou xingavam, ou ofereciam, ou ameaçavam. Ou simplesmente, na maioria das vezes, ficavam ali deitados, olhos semiabertos, semifechados, viajando na verdade de que não podiam ser tocados, de que estavam à deriva, longe demais da praia para qualquer redenção. O rapaz não conseguia parar de pensar neles. De repente, aquela paz, quase paz, tornou-se obsessão, tornou-se fetiche. Ele precisava daquilo. Passava horas relendo a passagem do cego Bartimeu, curado por Jesus. Jesus disse: vai, a tua fé te salvou. Salvo. Uma noite, repassando na cabeça essas palavras, repetindo-as, mastigando-as, o rapaz andou até o ponto daquela mundiça. Só havia um mendigo. O resto tinha saído para vender, fuder, picar, roubar, pedir, andar sem rumo. O mendigo não tinha idade, não se contam anos sob a miséria. Dormia, na verdade nem dormia. Afundava, entregue. Por que ele não acordava, olhava o rapaz nos olhos, pedia por compaixão? *Jesus, filho de Davi, tem compaixão de mim! Muitos mandaram que se calasse, mas ele clamava ainda mais: Filho de*

Davi, tem compaixão de mim! O rapaz o abraçaria, ofereceria misericórdia, entregaria seu coração. Mas ele não era Jesus. Ele não podia curá-los. Ele podia, contudo, ele podia libertá-los daquele vale de lágrimas, e eles se encontrariam no céu em Cristo, Hosana, Hosana nas alturas. Bem-aventurados vós, os pobres, porque vosso é o Reino de Deus! A essa altura, a pedra já estava em suas mãos, já estava sobre sua cabeça, e no próximo instante cairia com as forças somadas de sua massa, da gravidade, do tônus muscular desse rapaz, de sua fé. Uma, duas vezes. Uma terceira. Pele, osso e carne ofereceram menos resistência do que ele esperava. E ascendeu liberto o mendigo, para tomar seu lugar de direito no reino dos céus."

O rosto de Augusto contorceu-se com a vontade de mostrar virtude, de cuspir palavras de justiça, de provar, por gestos, o quão melhor ele era do que a maldade que havia no mundo. Contudo nada disse, nada diria, e Hélder continuou.

"Não durou muito o delírio do rapaz. Ele era humano, animal, racional, no final das contas. Projetou. Continuasse assim, só havia um futuro para ele, e bem pouco adequado a vocações beatas. Em um lampejo de juízo, buscou a Mutatis Mutandis. Sentia culpa, e medo, e uma vontade sem fim de simplesmente trocar de pele. Isso a gente faz. Reformá-lo foi um desafio. Requereu forças-tarefa e grupos de trabalho. Pessoas foram promovidas e pessoas foram demitidas. O doutor entenda, os serviços na Mutatis são elaborados sob medida para nossos clientes. Claro, a maioria pede coisas parecidas, as pessoas costumam ser bem pouco originais no que detestam sobre si mesmas. Mas, quando necessário, a gente monta um tratamento cem por cento individualizado, uma combinação holística de nossas terapias, em um *approach* quadridimensional. A reforma do rapaz requereu os procedimentos mais rigorosos – reprogramação quântica, metanoia ayurvédica, a porra toda.

Mas no final deu certo. Quando recebeu alta, estava pronto para voltar a ser um membro produtivo da sociedade. Foi para casa. Comprou umas roupas. Voltou com a mocinha por um tempo, mas não deu certo. Achou outra mocinha, está com ela até hoje. Arrumou um emprego que amava, subiu na carreira, faz sete anos que é o presidente da empresa. Nunca teve um segundo de arrependimento. Não pensa no passado. Foi completa e integralmente reabilitado. Outro, e livre porque outro. Acho que agora deu para o senhor ter uma ideia do serviço que oferecemos. Da oportunidade. As mais profundas conversões."

"Mas ele cometeu um crime. Um crime terrível."

"A sociedade dispõe de institutos mais do que suficientes para julgar um jovem que cometeu um erro. A Mutatis não tem pretensões de ser mais um. Sua missão é reformar."

"O senhor entende por que é difícil de acreditar?"

"Ora, doutor, pois deveria, se o rapaz era eu. Era. Isso é o que importa aqui – *era*."

E era esse Hélder Capitulino, o materialista, pragmático, finamente vestido, presidente, reformado, que estava agora, anos depois, em sua frente mais uma vez.

"Então o Luizinho continua a dar trabalho."

"Mais do que nunca."

Luizinho era um dos mais competentes terapeutas na Mutatis Mutandis Ltda. Detinha o recorde mensal de conversões bem-sucedidas. Entretanto, em uma virada de eventos que Hélder hoje chamaria de irônica, e um dia chamou de milagre, Luizinho converteu-se, súbita e profundamente, ao neopentecostalismo; tornou-se frequentador assíduo da Igreja Universal do Reino de Deus.

"Se fosse só isso, doutor, passava". Não era. Famílias de clientes atendidos começaram a aparecer, a reclamar que, de repente, os maiores libertinos, as mentes mais esclarecidas, os humanistas de vocação, começaram a entoar cânticos de louvor no banho, orar antes de jantar, a adotar posturas sociais anacrônicas. Um deles, um professor universitário categoricamente gay, foi detido por espancar seu companheiro de décadas. Perfeitos cristãos. Todos, sem exceção, pacientes de Luizinho.

Hélder confrontou-o. Sozinhos em seu escritório, botou o sujeito na parede, afagou-lhe uns pescotapas. Ele confessou. Independente do que o cliente contratava, ele aplicava sem aviso o pacote *Sexta Chaga*. Em cinco semanas, nascia um devoto. "Seu merdinha, você corra daqui, você não apareça mais, peça demissão e suma daqui". Luizinho disse que essa podia, sim senhor, ser uma opção. Mas que delicado seria ter um sujeito assim magoado na rua, frequentando multidões de fiéis, um sujeito que sabia tanto.

"O filho da puta deu pra me chantagear, doutor."

"E não é blefe."

"Doutor, o senhor sabe melhor do que eu. Leis, direito, judiciário, é tudo muito bom se o sujeito está com a vida feita, se encontrou ali o caminho dele. Eu tenho o mais puro e inabalável respeito por tudo que é legal. Mas convenhamos, infelizmente, não se reforma o indivíduo por trâmites legítimos. Muitas vezes, uma conversão abrangente requer caminhos mal iluminados."

"E por que o senhor então não reforma o Luizinho? Faz com que ele mude de ideia, se acalme, vá mansinho. Até mete um Maomé no meio da conversão, se achar que ele merece."

"Ora, doutor, seria bom, não seria? Moldar as cabeças todas a nossa conveniência. Maravilha. Inclusive nem digo que não se tenha tentado. Mas não. Por mais que nossos serviços sejam, para todos os efeitos, extraordinários, não tem nada de magia. A regra número um da conversão é que o sujeito deve buscá-la."

Passaram a próxima hora dançando, jogando de um para o outro projeções, riscos, valores, sentenças, apertando o passo, fazendo força, devolvendo cada lance com mais energia. Cansavam-se. Perdiam o fôlego. Dois homens flácidos na metade final de suas vidas, tirando dignidade de onde podiam. Estavam em silêncio, reunindo esforços para a próxima investida, quando ouviram o grito.

Um grito de velha, rasgado.

Do lado de fora do escritório, no corredor de entrada, Dagmar estava sentada no chão, as costas na parede, uma das mãos sobre o peito, a outra apontando para a porta. Arquejava com a boca paralisada, os olhos tão claros e tão abertos, que o seu rosto parecia pintado de branco. Ainda vestia a camisola.

Augusto e Hélder olharam de Dagmar para a porta. Por trás dela, a luz do dia traçava as formas de dois pés. Sua sombra invadia o corredor e por pouco não os tocava. Os pés não se mexiam, sua sombra também não. Dagmar, Augusto e Hélder ficaram um instante em suspensão, equalizando expectativas, traçando em silêncio o plano de ação.

Bateram três vezes na porta.

"Doutor Augusto Baldemar Weberbauer?"

Seu nome. Buscavam seu nome. Se o chamavam pelo nome inteiro, não o conheciam, conheciam seu nome. Seu nome inteiro era a senha que destrancava portas perigosas, perigosas feito o passado. Alguém buscava seu nome, sem saber o que ele envolvia, sem desconfiar da responsabilidade necessária, do tamanho da empreitada.

Bateram novamente. Duas vezes agora.

"Doutor Augusto?"

Augusto foi até a porta, espiou pelo olho mágico. Destrancou a fechadura, abriu a porta. O rapaz do correio não traiu qualquer surpresa quando viu a cena que compunham os ocupantes da casa. Flagrar pessoas em vergonhas comezinhas devia fazer parte do ofício.

"Tá tudo ok? Ouvi um grito."

"Tudo ok, amigo. Tudo ok."

"Para o senhor. Assina aqui."

Entregou-lhe um pacote no formato de um quadro de tamanho grande. Não era pesado. Agradeceu pela entrega e levou o pacote para dentro. Fechou a porta. Dagmar seguia no chão, olhos abertos, respirando em intervalos curtos. Hélder olhava para ela, um pouco preocupado, um pouco ansioso de não ficar ali tempo suficiente para que aquele se tornasse um problema seu.

"Doutor Augusto, o que acha de continuarmos a reunião em outra oportunidade?"

"Obrigado pela compreensão, doutor Hélder."

Despediram-se com um aperto de mãos talvez um pouco firme demais, e Hélder pisou a rua, para seguir tocando o negócio de reformas e conversões.

Augusto olhou Dagmar no chão. Ela acalmara a respiração. Estava ali parada, solta, esperando que seu corpo cumprisse os processos requeridos, que lhe entregasse mais uma vez o controle. Augusto ajudou-a a levantar. Envolveu-a com um dos braços, e seguiram juntos em direção à edícula onde ela morava. Passos lentos, passos idosos. Dois corpos em diferentes estados de declínio, arrastando-se por uma casa escura.

Pensou que nunca a havia tocado de modo tão íntimo e por tanto tempo. Não se sentia confortável. Parecia que cometia um ato indecente, alguma forma de obscenidade. A pele da velha tinha consistência mineral. Esticava, recolhia, formava rachaduras, contornos geológicos, um cemitério de colágeno. Contudo era quente, que surpresa. Por alguma razão, Augusto pensou que a morte fosse resfriando os corpos conforme se aproximasse, até que enfim os encontrasse quase inertes, já bem duros. Mas não. A vida pulsa quente até a extinção. E então não pulsa.

 Ajudou Dagmar a deitar-se. Puxou uma cadeira, sentou ao seu lado. Seu quarto era nu. Um armário, uma escrivaninha; sobre ela, apenas um calendário e o espelho de maquiagem. Um abajur, a cama. Nada nas paredes, nada que dissesse aqui tem gente, gente e sua história. Se uma criança desenhasse um quarto, desenharia este. Talvez com uma flor e alguém sorrindo.

 Ela parecia mais calma. Boca fechada, olhar fixo na parede em sua frente. *Frau* Dagmar. Quando Augusto nasceu, ela estava lá. Sempre esteve. Um elemento da natureza, agindo ao seu redor; limpando, passando, fazendo, bebendo, indo e voltando para fora do seu campo de vista. Descolada do tempo, sem história. Augusto sabia que ela imigrou da Alemanha com a mãe dele, que se conheciam de antes. Sabia pouco mais, bem pouco. As palavras de Dagmar pertenciam ao presente, eram vinculadas ao gesto; descritivas, prescritivas, pragmáticas.

 Para ele, ela sempre fora velha. Um corpo sem idade agindo pela casa, transitando à margem dos anos, tornando-se ligeiramente mais branco, mais rígido. Mineral. Velho. A velha era velha, sempre fora velha.

 E doida. A velha doida, não era o que diziam, o que seguem dizendo? Quem diria que não têm razão? No começo, Augusto lembrava-se de episódios excêntricos, causos recontados pelas costas, na privacidade do quarto que dividia com o irmão. Piorou, contudo. Com a idade, provavelmente. Pelo jeito a velha ficou mais velha, definitivamente mais velha. Surtos de longos dias em que não a viam, em que ela se trancava na edícula, nesta mesma edícula onde estavam agora. Judite levou-a ao médico. Diagnosticaram-na. Esquizofrenia paranoide. Medicaram-na. Múltiplas tentativas, permutas transgeracionais de medicamentos, até achar aquele que funcionaria. Clorpromazina, haloperidol, mesoridazine, perfenazina, flufenazina, tioridazina, thiothixene, trifluoperazina. E só. Um médico amigo da família entregava algumas caixas marcadas de vermelho uma vez a cada dois meses, e esperava-se que ela seguisse as rotinas prescritas. O suficiente para que ninguém mais se preocupasse com isso. Em verdade, houve melhora. Anos passaram sem episódios de surto. Isso mudou quando sua mãe decidiu acender uma fogueira.

"*Schatz?*" Ela voltara ao quarto. Presente. Seu olhar já não estava perdido, mas imóvel. Fixo. Talvez cansado, guardando energia para visões melhores. Talvez com medo, desconfiado das formas e imagens que produziria, um centímetro para o lado. Talvez. Mas certamente triste.

"Estou aqui, Dagmar. Está tudo bem."

"Na gaveta. O remédio azul. *Bitte.*"

A gaveta da escrivaninha. Augusto abriu, e ele estava lá. Augusto estava lá. Augusto amarelo, cabeludo, oxidado. Sentado sobre um banco de três pernas, vestido de esporte fino, segurava no colo um gato sem nome. Encararam-se. Nenhum deles sorria. Era a primeira de uma pilha de fotos. Passou para a próxima. Por pouco não reconheceu as pessoas que se abraçavam, talvez porque se abraçassem. Por pouco. Passado coagula, passado solta. Tectônicas.

Sentiu vontade de vomitar.

Fechou a gaveta, entregou o remédio a Dagmar, buscou um copo de água. Sentou em silêncio, esperando a náusea passar. O remédio produziu seus efeitos, e Dagmar adormecia. Augusto esperou que fechasse os olhos. Levantou-se. Deixava o quarto.

"*Schatz?*"

"Estou aqui, Dagmar. Está tudo bem."

"*Schatz.*"
"Dagmar."
"Você era um menino tão doce, *Schatz. So süß.*"
Talvez já sonhasse, porque não disse mais nada.
Augusto subiu as escadas. Os treze degraus. O pacote ficou no corredor, esquecido.
Estava puto.
Então era uma conspiração. Edna, Otávio, Tereza, Dagmar. Como Hélder disse – *quadridimensional*. Cada um do seu canto, orquestrados, cutucando, empurrando-o para um caminho mal iluminado, onde perigos de rosto oxidado, amarelo, esperavam para assustá-lo. Para pegá-lo pelos tornozelos. Para abraçá-lo.
Por que não o deixavam em paz? Ele fez tudo que pediram. Sempre concordou, aquiesceu. Deixou-se levar. Não era sua culpa. Não era sua culpa. Exceto o que era.
Estava puto e com sede. Botou meio copo de Chivas 12 anos sem gelo. Tomou inteiro. O estômago chiou, não estava recuperado. Augusto correu para o banheiro e vomitou de joelhos. A água da privada ficou amarela de uísque escocês, de bile, de passado.
Passou a mão pela cabeça. O cabelo não oferecia mais resistência. Devia ser essa a sensação de afagar uma nuvem, pensou. Serviu mais um copo de uísque. Com uma pedra de gelo, agora.
Sentou-se na poltrona do quarto. Manteve a televisão desligada. Deixou o uísque passear pelo corpo, percorrer o caminho todo, pregando palavras de motivação aos átomos que tocava. Seu corpo semiaceso, fogo-fátuo. Um homem cortou a noite com um grito de raiva, de triunfo, de ambos. Mas era a raiva e o triunfo de outra casa, e tanto faria ser de outro mundo. Augusto estava naquele quarto, ele mal estava naquele quarto. Sentia-se descolado daquela poltrona, da televisão apagada, do quarto cujas paredes adivinhava no escuro. Descolado

da própria pele. Deslizava, quase mesmo escapulia, para um mundo amarelo, oxidado, onde ele tem cabelo e abraça os mortos. Augusto, sua mãe, seu irmão, vivendo abraçados e amarelados na gaveta de Dagmar. Quantos mortos cabem numa gaveta? É feito coração de mãe, cabe sempre mais um?

Mãe, você me espera?

Mãe, eu devo ir?

5.
AS EVENING HURRIES BY

O espírito de São Paulo tem mil vozes.
Mil vezes mil. Vezes mil.
Elas falam ao mesmo tempo.
Contam histórias que se perdem em um instante de desatenção. Passou. Passou e foi embora na narrativa linear de um trilho de metrô. Lá vem outra. E outra. Elas nunca deixarão de vir, nunca cessarão. Novas linhas, frases, parágrafos; discursos, diálogos, solilóquios; metáforas, eufemismos, catacreses; neologismos, barbarismos; pleonasmos, pleonasmos, pleonasmos; novos capítulos a cada tantos minutos, embalados em desarranjo nos vagões de trem. Quem esperou fazer sentido está morto. Quem desistiu que fizesse, também.
Somente a busca é permitida, a busca renitente, apaixonada.
O espírito de São Paulo é a busca desenganada.
Aquela senhorinha ali? A asiática? Arrastou por três bairros a cesta com ingredientes que serão lavados, descascados, fatiados, refogados, levados a fogo alto, depois baixo; o tempo os fará sopa. Seu caçula comerá metade da tigela antes de dizer que não quer mais, que nada mais cabe dentro. Só mais um pouco. Só mais uma colher cheia.
O homem de terno gasto encostado na porta fechada do vagão ainda se assombra com a informação recém-adquirida de que a principal causa do câncer de pênis é higiene inadequada e reflete sobre o quão adequada é sua própria higiene no local

e pensa que aquela mancha é bem recente e que um câncer dessa natureza colocaria os boletos que levava na pasta sob uma perspectiva toda nova.

Aquele homem de barba ruiva sente culpa por sentir culpa pela segurança de um emprego público.

A menina com uniforme de colégio particular faz as contas para saber quantos dias antes do ano acabar, quantos dias até que sua vida mude completamente, e agora?

A mulher de vestido azul resolve naquele instante que não é a hora de ter um filho e que ninguém sobre a Terra pode julgá-la.

O senhor de meia-idade sentado com olhar fixo em algum ponto indefinido à sua frente resolve naquele instante que aquela é a hora, decididamente, conclusivamente, inadiavelmente a hora de crescer um bigode e que ninguém sobre a Terra pode julgá-lo.

Aquela senhora.

Aquele rapaz.

Aquele.

Aquela.

Falam sem parar, falam de uma vez só. Contam uma história, ou todas as histórias, a quem lhes empresta um pouco de atenção.

Mas Augusto Baldemar não sabe, não percebe, nada vê ou escuta. Senta no fim do vagão com a cabeça perdida por territórios sem nome, mastigando a textura estranha, até então esquecida, de uma decisão.

ß

Abriu os olhos.

Estava na poltrona. Passara a noite na poltrona. Tentou se levantar, chutou a garrafa vazia de Chivas 12 anos. Ficou sentado um pouco mais. Sentia-se pastoso. O cérebro provavelmente escorria pela orelha. Pensou o que sempre pensava quando passava por isso, pensou que ressaca é o envenenamento que falhou por pouco. Bem pouco.

A cortina era competentíssima. Dentro desse quarto não havia forma natural de se contar o tempo além do envelhecimento celular. Ele não se lembraria agora, mas doutor Marcondes certa vez lhe disse, nessas mesmas palavras, que o destino de toda célula é câncer ou senescência. Essa noção o assustou por algumas semanas e continuou a assustar mesmo quando já não lembrava bem a razão. O medo prescinde da memória formada.

Eram seis e meia da manhã e sua língua tinha gosto. Desceu os treze degraus, cada um deles uma penitência aplicada pela gravidade, pela massa do seu próprio corpo.

A cozinha estava vazia. A porta da edícula, fechada. Pensou em bater, em checar se Dagmar precisava de algo. *Melhor deixá-la dormir*, mentiu para ninguém. Escolheu cápsulas, apertou botões. O café encheu a caneca com gosto de sobrevivência.

Foi até a porta apanhar o jornal. O pacote que lhe entregaram no dia anterior ainda estava encostado na parede do corredor. Abriria depois de tomar seu café e ler as manchetes. Cada coisa em sua ordem. Sobre o tapete que dizia bem-vindo, mais um envelope para Otávio.

As notícias criavam a sensação fugaz de que exercia algum protagonismo sobre o esquema geral das coisas, de que os fatos relevantes se apresentavam para ele, todo dia, na expectativa de validação. Balançava a cabeça, distribuía muxoxos, suspirava. Era um juiz rigoroso da realidade impressa.

O sol já invadia a casa em fachos definidos, amarelo-fundição. Era um sábado sem compromissos. Um dia sustentado inteiro pelo otimismo de que haverá distrações suficientes antes de alcançar o copo. Com ressaca, sem ressaca, dava no mesmo. Certos hábitos são mais fortes do que a fisiologia.

Dagmar não aparecia. A porta da edícula seguia fechada. Não se ouvia barulho, sinais de vida, os ruídos contingentes que acompanham um corpo velho na empreitada do movimento. O sumiço não era de todo estranho; quando a crise aportava pelas praias de Santana, era comum que Dagmar passasse dias inteiros trancada no quarto. Contudo nessas ocasiões havia os gritos. Uma multidão deles. Gemidos guturais, suspiros, lamentos, ganidos assustados, exclamações vitoriosas, apupos, a gargalhada insana que tantas vezes acordou Augusto de um sono já fracote. Com o tempo, acostumou-se. Era o rumor distante de uma guerra que nada tinha a ver com ele. Hoje, porém, apenas silêncio.

Augusto foi até o corredor, ergueu o envelope retangular. Ali mesmo rasgou a embalagem bege. Cada puxão revelava outro pedaço da imagem em preto e branco. Era o pôster emoldurado de uma foto antiga. Parecia antiga. Parecia estrangeira. Um bairro desconhecido à beira de um corpo d'água; talvez rio, talvez mar. Era o começo ou o fim do dia. Um homem empurrava seu carrinho de mão em direção a Augusto. Parecia vir de longe, e não descansaria tão cedo.

Um bilhete caiu do pacote. Augusto abaixou-se para apanhá-lo. As letras eram pequenas, cursivas. Trouxe-o para perto do rosto.

Pai,
Lembrei de você. Espero que goste.
Beijo,
Theo

Augusto não distinguiu os sentimentos que surgiram, da mesma forma que não se identifica o assassino em um linchamento. Ele sentiu sua presença, contudo. A massa semissólida competindo por espaço no peito. Produzindo calor. O estômago engulhou, por que isso agora, toda vez? Era náusea ou deslocamento? Sentou-se no chão do corredor, no mesmo lugar de onde ajudou Dagmar a levantar-se. Um homem velho com sentimentos amotinados, saltitando pela casa toda.

ß

Estação Ana Rosa, Paraíso, Vergueiro.
Quase lá.

ß

Um café cheio demais, com gente jovem demais. Conversando entre si, compartilhando fatos e as impressões sobre eles, traçando referências, conexões; tecendo, em linguagem e volume, a malha comum pela qual se arriscavam no mundo. Com que idade começamos a perder o medo do silêncio? E com que idade nos tornamos confortáveis demais sobre ele?

Theo escolhera o lugar. Augusto nunca questionaria. Quando ligou para o filho naquela tarde de sábado, não sabia o que esperar, ou mesmo o que esperava. Mas Theo tinha a bem-vinda habilidade de retirar o peso das circunstâncias. Atendeu feliz, propôs o encontro, avisou que talvez se atrasasse um pouco.

Augusto pediu um expresso. O garçom, com sua barba de ângulos improváveis, sugeriu o grão orgânico na prensa francesa. Não era tanto uma sugestão, mas um desafio. Você abre mão de seus velhos hábitos, das palavras que já conhece, de escolhas seguras, do mundo ordenado a sua imagem e semelhança, e nós reservamos um lugar decente na plateia das coisas como são agora. Um desfile de conceitos fluidos, convicções, avocados, frases curtas e efetivas, ideias curtas e inefetivas, prensas francesas, telas de polímeros orgânicos e os rostos que elas iluminam. Augusto sorriu passivo. Só um expresso, por favor.

Sentia-se deslocado, em terras estrangeiras. Theo era uma língua em que já fora um dia fluente. Hoje gaguejava, buscava a palavra certa, atropelava raciocínios. Limitava-se às frases diretas, às afirmações mais simples, a perguntas de manual. Seu filho. Quando o segurou pela primeira vez, coberto por sangue, placenta e merda, sentiu a possibilidade quase divina de uma página em branco, da página um, esperando por palavras finalmente suas. Mas não, a verdade é que a história nunca começa; ela apenas prossegue, avançando em rimas fatais.

Theo e Fábio entraram no café. Varreram o lugar com os olhos até localizar Augusto, acenando com a mão na altura do rosto. Abraçaram-se sem jeito, sentaram-se.

"Finalmente conhecendo o senhor."

"Não é?"

O garçom de barba aguda conhecia os rapazes. Cumprimentou-os, surpreso com a conexão entre eles e aquela entidade arcaica. O casal fez seu pedido sem olhar o cardápio. Eram cidadãos desta terra, cientes das normas escritas e costumeiras, responsáveis por apresentá-la ao bárbaro com quem dividiam a mesa.

Atrasaram-se porque na Paulista se protestava a favor da reforma. Para Fábio, eram fascistas que ocupavam a avenida. Augusto não sabia o que pensar sobre o termo. Na primeira parte de sua vida, fascista era uma palavra ainda morna de sua concepção. Seu significado, incontestável. Os fascistas vestiam uniformes e proferiam discursos e eram derrotados em batalhas cujos nomes constavam em páginas destacadas dos livros de história. Depois, a palavra sumira. Passou décadas oculta em filmes de época e simpósios universitários, longe da língua corrente de moradores do bairro de Santana. E agora ele devia ajustar-se à sua ressurgência, ao fato de ela ter engordado de significados e, pelo jeito, definir a época que vivemos e seus personagens mais notórios.

Ele comentou precisamente isso.

"Não", Fábio respondeu tão rápido, que a resposta devia estar pronta e embalada para entrega antes mesmo de a conversa ter começado, "o senhor não está entendendo. É uma questão *estrutural*". E continuou. Em um discurso cheio de convicção e fúria, ele demonstrou a inadequação de Augusto, os pontos-cegos de sua geração, os rombos em sua filosofia moral.

Palavras, palavras, palavras. Augusto as conhecia, como qualquer sujeito conhece o vírus da gripe: não entendia muito bem sua estrutura e função, mas fora tantas vezes submetido a seus efeitos deletérios. Ambos, ainda, eram melhor prevenidos por isolamento social.

Ele entendia o rapaz. Sabia quem era para ele. Era o monstro que habitava os silêncios do seu namorado, a ausência nas conversas de travesseiro. O pai omisso, e nada mais. Augusto não se defenderia. Era um velho cuja sabedoria consistia em receber palavras no peito e deixá-las escorrerem pelo chão.

Theo pouco dizia. Pontuava com um sorriso os argumentos mais exaltados, assentia quando eles faziam sentido. Por toda a conversa, mantinha os olhos no pai. Augusto sentiu-se grato; era mais do que merecia. Era a declaração silenciosa de onde estava sua lealdade.

Mudou-se o assunto. Levantaram unanimidades e concordaram sobre elas. Comeram e beberam o que o garçom trouxe. Praticaram o tipo rasteiro de civilidade que se produz quando a linguagem é reduzida a ritual. As atenções já começavam a dispersar para celulares e eventos exteriores, quando Fábio perguntou, "mas e aí, Augusto, o que o senhor achou do quadro?"

"Gostei. Eu gostei. Bonito, passa uma calma. Não? De quem é?"

"É uma foto do Fan Ho, pai. Um dos meus preferidos."

"Ali é o quê? Japão?"

"Hong Kong. Ele quase que só fotografou a cidade a vida toda. Ele dizia que o importante na criação artística é tentar de tudo. Essa ideia é bem importante pra mim."

"É uma foto muito bonita."

"Ela me dá a sensação de que o tempo passando não é perigo. Que a vida tem paciência."

A semelhança. Bastava um gesto, uma sequência de palavras e sua melodia, para Augusto ter de esforçar-se para lembrar que aquele em sua frente era Theo, seu filho, ninguém mais. Ninguém amarelo, oxidado, enviando mensagens do passado.

"Você continua fotografando?"

"O Theo é um puta fotógrafo."

"Ridículo."

"Mas é verdade. Você contou para o seu pai da residência?"

Theo não respondeu. Abriu a mochila e retirou uma câmera. Colocou-a sobre a mesa. Era um objeto retangular, preto e cinza. Exibia uma dignidade pragmática, como se aquelas fossem as formas mínimas necessárias para exercer com eficiência suas funções. Não havia excedente ou perfumaria, aquele era um objeto com uma missão. Theo fez um gesto de vai, pega. Augusto segurou-a com cuidado. Parecia algo produzido na época em que obsolescência era uma falha na linha de produção. Mas algo nela era familiar e antipático. Devolveu-a para o filho.

"É pesada."

Theo tinha uma expressão de que aquilo ainda não era tudo o que esperava desse evento. "Pai, essa é uma Leica M3. Ela foi construída em 1955. É mais antiga que você. Se eu cuidar bem dela, vai ser herança do meu filho e do filho dele. Veja – o fotógrafo é o porteiro da eternidade. Ele decide quem entra, quem sai, espera pacientemente enquanto todos não chegam. A vida organizada em seu nome. Por um instante, clique. Cabou-se o tempo. Ele não alcança mais. O fotógrafo é o porteiro, e essa aqui é a chave mais perfeita que já criaram."

A semelhança, a culpa que ela traz. O medo de novas culpas. Distância não era a maneira de evitá-las por completo, mas de selecionar as menos nocivas. Uma forma toda nova de heroísmo.

"Eu tô dizendo. Esse menino é o Cartier-Bresson paulistano. Meu bem, conte ao seu pai da residência."

Ele conhecia bem o olhar que Theo jogou para Fábio. Quem esteve em casamento o conhece. Um olhar que alude a conversas passadas, declara confianças quebradas, lança ameaças imprecisas.

"Filho, me conta."

"É besteira. Não vai rolar."

"Mas me conte."

"Eu fui aprovado para uma residência artística no *Institut für Alles Mögliche* em Berlim. Dois anos. É um curso foda, abre várias portas. Fiquei feliz só de ser aceito. Mas é muito caro. Impossível de caro."

"Caro quanto?"

"Caro demais. Não dá. O que você ganha em um ano, provavelmente. Paciência."

Paciência. Desde quando dinheiro era a plataforma comum onde se reunia aquela gente toda? Cutucando, sugerindo, precisando. O dinheiro pedia paciência. Dona Edna teve paciência. Décadas. A paciência que Augusto precisava era de uma natureza bem diferente. Nada tinha a ver com tempo. Ao menos com o tempo adiante.

Pediram a conta. Fizeram a dança das gentilezas até que Augusto pagou tudo. Os rapazes subiriam a Augusta até a Paulista. Pegariam o metrô. Cortariam a cidade por baixo do chão. Augusto pediu um táxi. Encararia São Paulo na altura dos olhos, trocando indiferenças.

Theo abraçou-o com força. O filho usava um perfume que ele nunca sentira. Enquanto ainda se tocavam, disse: "Pai, você não reconheceu mesmo a câmera?" Augusto disse que não. "Era da sua mãe. A vó me deu antes de tudo aquilo. Me disse que tirou com ela as fotos de vocês pequenos. Das viagens, dos natais. E agora ela é minha. Fiquei tão feliz."

Pronto. Estava completa a conspiração. Os vivos e os mortos gritavam renda-se.

Mais tarde, sentado na poltrona, o copo de uísque cheio em uma das mãos, discou aquela sequência de números pela primeira vez. Sete vezes chamou, sete chances para desistir. *Era só o que me faltava,* pensou enquanto meio copo de Chivas descia a garganta, *tomar decisão nessa altura da vida.*

Uma voz esfolada disse alô.

"Dona Edna, andei pensando, decidi pegar o caso da senhora. Não sei bem ainda o estado das coisas, mas vamos em frente."

ß

Próxima parada, Estação Liberdade.

Era aqui.

Os corpos deixavam o vagão como partículas em um experimento de física. Cuspiam para fora, ocupavam o ambiente de maior volume enquanto se chocavam entre si. Perdiam e ganhavam momento. Até deixar a estação, as pessoas eram pouco mais do que partes de um todo, sua individualidade em suspensão, obedecendo a regras incontornáveis, inscritas em silêncio no inconsciente coletivo da cidade.

Fora da estação, suas histórias continuam. São pessoas novamente. Regras naturais dão lugar ao alvoroço das biografias. Anarquia. As histórias continuam, elas sempre continuam. Por linhas distintas, por vezes paralelas, na iminência do toque continuam. Prosseguem descompassadas em direção ao lugar onde foi possível chegar. De onde continuarão.

Augusto tinha destino certo. Rua Glicério. Lembrava-se exatamente da primeira vez que ouviu esse nome. De onde estava quando ouviu. De quem lhe falou.

No dia em que sua mãe resolveu testar o ponto de fusão da carne humana, ela deixou um envelope no quintal, em um canto que considerou seguro. Esse envelope continha um bilhete, um endereço e uma chave, o delegado lhe disse. O endereço era de um galpão. A chave, de sua porta. O bilhete era destinado para Augusto e dizia apenas: *"Aí está tudo que tive. Disponha da forma que julgar melhor. Auf Wiedersehen"*. Rua Glicério. Esse nome ficou cinco anos em uma gaveta. Agora era destino.

A chave estava no bolso da calça. Apertava sua coxa. Incomodava. As palavras nas paredes já não lhe diziam nada. Caracteres estrangeiros transformam o mundano em presságio. Ele até preferia assim, sem ter de lidar com mensagens literais e seus mistérios. Acompanhava o celular, dobrava as esquinas que ele mandava, seguiria sempre caminhos já traçados. Náusea, de novo. Náusea sempre, agora. Sentia-se vítima de envenenamento por radiação. Tocado por matéria invisível, rearranjado por dentro, modificado em suas propriedades essenciais. Aguardando a gravidade do resultado, impotente. Envenenamento por passado. Rua Glicério. O passado agora era a porta à sua frente. A chave no seu bolso. O passado chamava seu nome, qual é meu nome? Por que um nome?

LIVRO II

NOMES, NEUROSES, ENDEREÇOS

6.
RECIFE NEVA

A porta não abriu.

Augusto forçou a fechadura, empurrou, sacudiu. Tentou sutis variações de pressão e técnica. Nada. A porta pouco se movia, vibrando levemente com um ruído metálico. Conferiu se estava no lugar certo; os galpões repetiam-se em fileiras quase idênticas. Mas estava. Galpão 1311. Era esse, era onde deveria estar. O estômago queimava, ele sentia o retrogosto de bile na garganta. Colou o ouvido na superfície de metal, como se dentro do galpão acontecesse a reunião que deliberava se ele entraria, ou não. *Eu tenho a chave, é direito meu. Eu decidi.* Ele imaginou argumentos e barganhas. A parede do crânio queimava. Esmurrou a porta, na esperança de que a força bruta de um homem tivesse sucesso onde chaves, decisões e o direito sucessório falharam. Não, não. Conseguiu fazer barulho, só. E de novo. E de novo. A linguagem do desespero era esmurrar aquele portão, transmitindo mensagens de derrota.

Parou quando ouviu o tilintar de chaves. O som estava quase sobre ele. Virou-se assustado, para ver o sujeito que o encarava com interesse. Era daqueles homens que poderiam ter qualquer idade entre quarenta e cinco e setenta e três anos. O tipo de homem para quem o tempo era apenas um entre tantos malfeitores.

Dos ombros às coxas, estava coberto por chaves de diferentes formas, cores, tamanhos. Augusto não entendia como não o escutara chegando. O barulho daquele arranjo repercutia por quarteirões. Pensou se não havia conjurado um espírito-chaveiro, se os murros na porta não teriam por acidente cumprido a exata fórmula mágica que o convocasse. Encararam-se por um instante suspenso entre planos astrais, até que as vozes tornaram tudo definitivamente mundano.

"Vai levar?"

"Perdão?"

"Vai levar pra casa?"

"A porta não abre."

"Que bom que ela funciona."

"Eu tenho uma chave."

"Exato."

"Mas então por que ela não abre?"

"Você tem uma chave."

A expressão de Augusto era universalmente estúpida. Fitava em silêncio aquele homem desconhecido. O sujeito das chaves sustentou seu olhar pelos longos instantes em que o sadismo rendeu dividendos. E aí falou.

"Você tem *uma* chave. Essa porta pede duas", e apontou para o sopé.

Era verdade. Havia uma segunda fechadura; miúda, escondida o suficiente para escapar a um velho monomaníaco. O peito de Augusto começou a parir um mau presságio.

"O senhor não poderia abrir a outra pra mim?" Apontou para os molhos de chave sobre o corpo do homem. "O senhor deve ter, certamente que ela está por aí. Certamente!"

"E o doutor não pede nem por favor? Nem um por favorzinho?"

"Mas naturalmente! Perdões. O senhor poderia, por favor, um grande favor, me abrir essa fechadura? Alguém deve ter se enganado, a outra chave se perdeu de alguma forma. Por favor."

O homem desatou a rir, uma risada quase tão fina quanto o barulho das chaves balançando.

"Mas que merda de porteiro eu era, heim? Se bastasse um por favor!"

A força da gravidade piscou sob Augusto. Apertava, relaxava. Causou vertigem. Ele apalpou os bolsos da roupa, apalpou os lugares onde já houve bolsos em outras roupas que vestiu. Ele sabia que não havia sentido em fazê-lo, nunca houve mais do que uma chave naquele envelope, mas o gesto era uma forma de prestar contas a alguma autoridade sem nome, era a prova de que tentara de tudo.

O desespero provoca regressões. A linguagem engatinha, torna-se toda verbos, interjeições, frases em ordem direta e as demandas mais primárias.

"O senhor me ajuda, por favor? Por favor?"

Um sorriso zombeteiro permanecia no rosto daquele homem sem nome. "Posso fazer nada pelo senhor. Até queria."

"Meu deus."

As pernas de Augusto tomaram a iniciativa de reconhecer a derrota. Ele sentou-se encostado na porta trancada, o olhar fixo em ponto invisível dentro da própria cabeça.

"Juro que, se eu pudesse, eu resolvia pro doutor."

Aquele homem sorria. Estava ali parado, sorrindo, por nenhum outro motivo que não fosse curtir o espetáculo. *Sorria mesmo*, Augusto pensava. *Sorria até cair os dentes. Eu mereço. Eu riria também, se pudesse.* É pra rir. Então era essa a história. Judite mesmo um dia disse, não disse? Em uma das raras ocasiões em que resolvia jogar pérolas aos dois porquinhos com quem dividia a mesa de jantar. Ela disse, a diferença entre tragédia e comédia está em quem carrega a esperança. Na tragédia, ela fica com quem assiste; o mundo inteiro espera aquele final feliz. O herói altruísta apenas cumpre seu destino fatal, qualquer que seja. Na comédia, o protagonista, e só ele, acredita na virtude de sua jornada, nas possibilidades de sucesso. A plateia espera, segurando o riso, pelo tropeço inevitável. Pela queda. Pelo som da tuba indicando a hora de rir. *Riam. Riam, mesmo.* É essa a história. Uma farsa. Uma comédia de erros.

Ou seria, se fosse eu o protagonista.

"Olha, mãezinha, você se superou. Meus parabéns, dona Judite. Conseguiu, viu? Conseguiu. Fique tranquila. Aproveite. Curta bastante. Sorria, sua puta. Sua puta."

Era uma mensagem sem destinatário, jogada ao alto, para desmanchar-se no vento. Mas atingiu o homem das chaves, que desfez o sorriso no rosto. Augusto não percebia, mas era observado com interesse. Conexões eram refeitas. Memórias, acessadas.

"Você é filho de dona Judite?"

Augusto levantou a cabeça confuso. Parecia não se lembrar exatamente de onde estava, dos personagens envolvidos naquele momento. Tinha os pés mergulhados em substâncias etéreas.

"Perdão?"

"Dona Judite era mãe do senhor?"

"Claro. Sim. Minha mãe."

O homem encarou-o ainda por um instante. O silêncio repentino dos molhos de chave era matéria precária. Mais um instante. E outro.

"Vem aqui". Ato contínuo, começou a descer a rua Glicério, tilintando a cada passo.

Andaram calados por alguns minutos. A rua inteira era uma redundância de galpões de cores apagadas, distintos apenas pelo número que os marcava. O som das chaves se chocando, a caminhada e suas repetições, tudo se somava em um murmúrio mântrico; a mente de Augusto enfim calou-se, preocupada somente com os afazeres imediatos. Era um passo, mais um passo, um galpão, depois outro. Só. Não saberia medir em metros, ou minutos, o quanto andaram. Mas foi o intervalo exato entre a derrota e a expectativa.

Pararam na frente do galpão número 02. O prédio tinha uma única porta vermelho-sangue. O porteiro, em um gesto preciso, puxou do colete a chave que ela pedia. Augusto perfurou com cuidado um escuro que poderia ser sólido. Quando as luzes foram acesas, engoliu o susto. A primeira impressão foi a de que a escuridão era mesmo a única coisa que mantinha aquela estrutura em pé. Agora ela se desmontava sobre eles, infinitas chaves em queda livre. Exceto que elas não se mexiam. Seguiam suspensas, paradas no ar. Ele agora via. As chaves penduravam-se pelas paredes, colunas e tetos, formavam um grande paetê por toda superfície disponível. Uma biblioteca refeita em ferro e bronze.

O porteiro já estava mais adiante. De costas para Augusto, inclinava-se sobre uma escrivaninha. Mais de perto, viu que examinava um grande livro, preenchido por letras escritas a lápis. Passaram alguns minutos ali, o silêncio rompido apenas pelas páginas viradas com violência. Augusto passeava os olhos pelo galpão, sem saber exatamente onde focar. A luz ziguezagueava, rebatida pelo metal, desorientando a vista e confundindo o contorno das coisas.

"Isso tudo é pra essa rua? Todas essas chaves?"

"Não. Nossa jurisdição vai bem além. O que não falta nessa cidade é porta fechada, esperando pela chave certa."

"O senhor está procurando a chave da minha porta?"

"Não. Eu sei exatamente onde ela está. Mas isso não posso fazer mesmo."

"Então?"

"Sua mãe me ajudou muito."

Era um conceito difícil de assimilar. Para Augusto, dava no mesmo ouvir que em Recife ano passado nevou demais.

"Eu tive uns problemas. Ela entendeu e me ajudou. Não cobrou um centavo."

Em Recife neva, está nevando agora mesmo.

"Ela entendeu que nêgo não pode falar o que quer e ficar achando que o cara vai ficar de boa. Manso na dele."

Ele falava sem tirar os olhos do livro, que varriam a página de cima a baixo. Quando terminava a última linha, passava para a próxima com um estalo.

"Se vão atrás de mim depois, tranquilo. Eu assumo. Não fiz? Fiz. Querem tirar minhas coisas? Vamos lá. É jogo. Agora, me dizer que eu não posso ver meu menino, aí você quer deixar o cara doido. Aí é maldade. Justiça passa é longe."

Seu dedo indicador encostou na página. As buscas cessaram. Ele encarou Augusto.

"Se não fosse a doutora, minha vida tinha era acabado. Hoje eu vejo o Davi uma vez por semana. A gente pede pizza e o moleque escolhe um filme. Essa dívida eu não vou pagar é nunca. Mas o que eu puder fazer, eu faço. Aqui, ó. Na última vez que dona Judite veio, ela veio com uma carreta cheia de caixa. Nunca tinha visto trazer tanta coisa. Antes de ir embora, falou comigo. Se despediu e disse que, qualquer coisa, qualquer necessidade, a segunda chave tava nesse endereço aqui. Abrir o portão pro senhor eu realmente não posso, nem se Deus-Pai pedisse. Mas o endereço taí. O senhor pode bater lá. Veja aí no que dá. Boa sorte."

Augusto anotou a rua, anotou seu número. Mais um endereço. Mais um capítulo. Que história é essa? O caminho tem pouco, tão pouco a ver com onde ele leva no final. A história continua. Em oscilações, inflexões implacáveis, ela continua.

Apenas no instante derradeiro você terá, com alguma sorte, uma fração de segundo para constatar a verdadeira natureza da história. Então foi isso. Então foi.

    Sentiu-se cansado. As paredes brilhavam uma luz rebatida, refratada por vapores invisíveis. Seu destino original quase esquecido. Em Recife neva, quase não se vê o chão.

7.
O ARMÊNIO

Há algo de antinatural em caminhar pelo Minhocão fechado para carros. Uma inversão de lugares. As pessoas desfilam em linha reta enquanto, de ambos os lados, a cidade se apruma e espia, um olho em cada varanda. Observa, anota, cria opiniões. Espreita. Delibera a sorte dos modelos na passarela ao sabor de seus caprichos urbanos.

Augusto pensou que, em outras circunstâncias, seria um belo dia. Em São Paulo, o céu de maio tem requintes. Cores quentes, texturas matizadas; vai saber por que tanta vaidade. Mas ele bufava, desabotoava a camisa. Tentava com as mãos dar algum volume ao cabelo afinado de suor. O taxista deixou-o na Consolação e disse que, para a Marquês de Itu, teria melhor sorte andando. Sequer fingiu haver espaço para réplicas.

Um dogue alemão veio correndo de longe. Augusto acompanhou impotente o volume equino aproximar-se, um metro e meio de cada vez. Não pôde fazer muito mais do que antecipar o impacto, as patas em seus ombros, o bafo orgânico de uma dieta onívora. "Duque! Duque!", o dono puxou a coleira sem enfrentar maiores resistências. Desculpou-se. "É um bebê ainda."

Cachorros galopantes, crianças sobre patinetes, vendedores empurrando seus carrinhos, jovens adultos trotando em roupas de poliamida. Tudo isso compunha a nuvem de elétrons que zumbia ao redor da massa, atômica e inchada, de Augusto. Uma partícula morosa, viajando retilínea com São Paulo por testemunha.

Era um prédio-caixão, pregado no solo sem intermediários. Suas paredes descascadas tinham uma textura quase arbórea. Poderia ter brotado ali mesmo, décadas atrás. Teria crescido preguiçoso, andar por andar, ganhando espessura em anéis de lenho, ocupado aos poucos por indivíduos que compartilham da mesma crença em andamentos mais tranquilos para a vida.

Augusto tocou o interfone. Depois de alguns segundos, uma voz de mulher atendeu como se não esperasse visita: "alô?"

"Boa tarde. Gostaria de falar com o senhor Bibiano Xavier."

O silêncio no interfone digeriu a informação por alguns instantes.

"Sobre o que se trata?"

"Minha mãe deixou algo com ele. Queria conversar um pouco. Não vai demorar."

Seguiu-se um silêncio de cenho franzido, inteiro confusão.

"É coisa rápida, prometo."

A estática do interfone estalou mais algumas vezes, antes de a voz retornar resolvida. "Entra". Uma sineta antecedeu o ruído de mecanismos contorcendo-se, rearranjando-se para permitir a entrada de Augusto naquela estrutura ancestral.

O apartamento ficava no térreo. Encontrou a porta, tocou a campainha, ouviu passos aproximando-se do outro lado. Uma mulher vestida de branco surgiu. Encarava-o como se recebê-lo envolvesse protocolos há muito não praticados. Fazia cálculos atrapalhados entre a cortesia e a cautela. Chamou-o para dentro, mas hesitava sobre os próximos estágios da interação.

Dentro do apartamento, o ar tinha uma consistência antiga. Substância composta por elementos expirados, alguns deles já nem mais encontrados no mundo porta afora. Impregnava a parede, a mobília, as pessoas que ali habitavam. Transformava-as. Era uma casa com cor e cheiro de velhice.

A mulher observava-o, talvez na expectativa de que aquela visão fosse suficiente para que ele desistisse dos objetivos que o trouxeram até ali. Quem lhe dera. Ela ignorava que ele viera guiado por forças incontestáveis.

Augusto tentou facilitar o processo.

"Seu Bibiano se encontra?"

Com a cabeça, ela disse que sim e apontou para uma poltrona virada de costas para eles, encarando a janela que dava para o jardim do edifício. É verdade, Augusto agora percebia o som, uma melodia murmurada, sem palavras, que vinha daquele canto da casa. Ele aproximou-se devagar para ver quem ocupava a poltrona.

Bibiano Xavier tinha os olhos tão claros, que por um segundo Augusto temeu enxergar através deles. Magérrimo. A pele era esgarçada pelos ossos como se, depois de quase um século em harmonia, passassem a perder matéria em ritmos diferentes. Ele cantava baixinho uma música indistinta. Não pareceu notar Augusto. Sua atenção era inteira dispensada aos fonemas e inflexões da melodia. Era um ofício, um exercício de resistência.

Alguns minutos passaram sem que a cena se alterasse. Augusto não via alternativa a não ser ficar ali, às margens do fenômeno, aguardando oportunidade de ser incluído de alguma forma. Enfim, seus olhos se cruzaram. Depois de um momento de hesitação, Bibiano fez uma expressão de fúria. Seu corpo aprumou-se na cadeira com mais agilidade do que Augusto pensou possível.

"Mas que coisa, Felipe! Eu não quero ouvir desculpa. Saia daqui!"

A mulher agiu prontamente. Colocou as mão sobre os ombros ossudos e falou com a boca em seus ouvidos, "Seu Bibi, esse não é o Felipe, seu Bibi. Se acalme."

O velho sustentou ainda o semblante zangado, talvez por inércia, talvez por dignidade, até que retornou à posição original. Os músculos do rosto relaxaram. Voltaram a mexer-se apenas o necessário para continuar a melodia sem nome e receber as imagens secretas que ela invocava.

A mulher puxou Augusto de volta para a entrada. "É isso, doutor. Difícil. Cada vez pior. Passa dias assim."

"Alzheimer?"

Com a cabeça, ela disse sim.

Filho da puta. Depois de uma cidade, agora é a cabeça de um velho para atravessar? Que tipo de cachorro vai pular em mim lá dentro?

"Mas me diga – ele ainda aparece? Ou não se alcança mais?"

"Cada vez menos. Às vezes fica umas horas conversando, conta os causos dele, quer saber das notícias. A gente joga canastra. Mas a maior parte do tempo é assim como o senhor tá vendo. Se insiste, ele se irrita, fica perturbado, não consegue dormir. Passa a noite gritando, chamando os nomes. Trabalho aqui faz três anos. Ele é um senhor muito bom, muito gentil. De verdade. Mas já começou a se afastar."

"Eu entendo". Augusto só poderia barganhar. "Veja bem. Eu entendo, mas o que eu tenho para tratar com ele é rápido, simples e importante. Muito importante. Essencial. Eu não posso sair daqui esperando que um dia ele se lembre e me ligue. Infelizmente, do jeito que a senhora está falando, mais provável é que ele se esqueça cada vez mais. Em definitivo. Pra sempre. Eu não posso arriscar."

Evidentemente era uma mulher razoável. Identificava os interesses em jogo e buscava o menor número possível de concessões entre eles.

"O senhor pode tentar. Dez minutinhos. E comigo do lado. Mais que isso, eu não arrisco."

Voltaram para o campo de visão do velho. Ele entoava o mesmo mantra, em variações modestas. A poltrona abraçava-o como a um amigo. Desta vez, Augusto não esperou a conclusão dos processos imperfeitos operados na cabeça de Bibiano; agachou-se até que seus olhos estivessem à mesma altura. Falou pausada e firmemente, dando tempo para que cada palavra levasse consigo o significado que lhe foi designado.

"Senhor Bibiano, me chamo Augusto Weberbauer. O senhor conheceu minha mãe, Judite Weberbauer. Ela deixou com o senhor, faz pouco mais de cinco anos, uma chave. Uma chave pequena. Eu preciso dessa chave. O senhor saberia dizer onde ela está?"

A música continuava, irreconhecível. Aqueles olhos nublados sequer se moveram.

"Tenta de novo. Às vezes repetindo dá certo."

"Seu Bibiano", Augusto levantou o tom de voz, "meu nome é Augusto. Eu sou filho de Judite Weberbauer. Eu sou filho de Judite Weberbauer. Ela lhe deu uma chave. Eu preciso dessa chave."

Era uma melodia tranquila, inocente; parecia zombar da tensão que fermentava ao redor.

"Senhor", Augusto quase gritava. A enfermeira pôs-se de pé. "Meu nome é Augusto Weberbauer, eu sou filho de Judite Weberbauer. Sou Augusto Weberbauer, e Judite Weberbauer é minha mãe."

Declarar isso em voz alta era uma confissão. Exasperava-se. Sentia-se injustiçado. Não entendia o que tinha feito para que esses fatos o emboscassem, metessem o dedo em sua cara, exigindo reconhecimento. Antes de Edna Montesquina entrar em sua sala, passara anos tratando lembranças e palavras como artigos raros, supérfluos, distribuindo-as cirurgicamente pelos dias. E agora gritava seu próprio nome para uma criatura inanimada.

"Eu sou Augusto Baldemar Weberbauer, filho de Judite Weberbauer. Eu sou Augusto, filho de Judite! Eu sou Augusto!"

"Meu senhor, se controle, ele é doente!"

"Foda-se! Foda-se! Parece que eu atraio. Esquizofrênico, suicida, demente. Foda-se que ele tem Alzheimer! Vá à merda. Essa palhaçada". À essa altura, já batia no peito. "Eu sou Augusto Weberbauer! Eu sou Augusto! Vá à merda! À merda! Augusto!"

Raiva é uma festa surpresa. Ele tinha esquecido; quanto tempo que não a experimentava assim, em sua forma elementar. Surpreende, libera, traz promessas de redenção. Faz você sentir-se a pessoa mais importante da sala. Você merece essa satisfação, não importa o que digam. Não importa que uma enfermeira, para todos os efeitos decente, se atraque com você, empurrando-o para fora de casa. Não importa. A satisfação é sua. Não importa que você esteja com um pé fora de um apartamento repleto de velhice e esquecimento, arrastado para fora dele por uma mulher com todos os motivos para detestá-lo. A satisfação.

"O véio alemão."

Era uma voz idosa, que flutuava quase desfeita pelo ar.

Augusto e a enfermeira cessaram a peleja, bufando. Entreolharam-se um instante antes de encararem o ocupante da poltrona. "Judite falava que era o véio alemão. *Você tá ouvindo, ô Bibiano, ou é o véio alemão que chegou? Olhe que vou embora, viu, que de alem*ão já deu pra mim nessa vida."

A mulher de pronto iniciou a sequência de toques, esperas, contagens e medidas que lhe diriam não haver urgência clínica a ser debelada. Bibiano deixou-se manipular, conformado com a necessidade desses protocolos. Augusto recompôs-se. O senhor agora observava-o com interesse. Estava presente.

"Seu Bibiano, tudo bem? Prazer". O velho respondeu com um aceno. A enfermeira deixou a interação prosseguir, embora detestasse sem retorno aquela visita. "Me chamo Augusto. O senhor conhece minha mãe, Judite. Ela deixou uma chave para o senhor guardar, faz uns anos. Eu preciso muito saber onde ela está."

Bibiano apertou os olhos. Prestou atenção. As memórias lhe gritavam da praia, gesticulavam distantes, e do seu barco ele ouvia apenas as palavras recortadas. Obrigado a fazer sentido de umas poucas sílabas.

"Judite, você disse? Judite alemãzinha?"

Augusto nunca ouvira alguém falar de sua mãe em diminutivos, mas as referências eram suficientes para concluir que sim, era ela, Judite alemãzinha. Assentiu.

"Judite. Você é o filho dela, você disse?"

Assentiu.

"O Rafael?"

Não haveria problema em dizer que sim, era o Rafael. Os resultados seriam obtidos, os procedimentos, encurtados. Mas não conseguiu. Ele não podia. Havia fatos demais com o dedo em sua cara.

"Eu sou o Augusto, seu Bibiano."

Ele fechou os olhos. A boca contorcida, semiaberta. Em um corpo em melhor estado, essa seria uma expressão de dor. Dor talvez houvesse, é verdade. Provável. Mas naquele momento ele era apenas um homem tentando entender o que lhe gritavam da praia.

"O advogado."

Augusto assentiu.

"Sua mãe e eu éramos unha e carne. Grandes amigos. A gente não se desgrudava". Augusto conteve o impulso de questionar como nunca o encontrara antes, se eram assim tão próximos. Não importava. Não importava mais. "Tardes e tardes no clube. Bailinhos. Juventude é tão rara, tão besta."

"Seu Bibiano. Eu tenho uma questão, acho que o senhor pode me ajudar. Minha mãe deu uma chave para o senhor guardar. Eu preciso dessa chave."

"Sua mãe era um docinho. Pessoa generosa. Quando o Felipe nasceu, ela me ajudou tanto. Era eu e ele, sozinhos em casa. Nesta casa. Se não fosse ela, não sei o que teria sido. Minha amiga, minha irmã. Tão preciosa."

Em Recife neva. Augusto era acometido por acessos críticos de dissonância cognitiva. Por um momento, cogitou tudo tratar-se de um equívoco, batera na casa errada, estava aqui tratando com um velho doente que diria qualquer coisa para não ficar sozinho. Mas não. Ele sabia. De alguma forma, sabia. Verdades têm um cheiro carregado, quase dá para sentir o gosto.

"Seu Bibiano. Sim. Eu imagino. Bom saber disso. Obrigado. Mas veja, essa chave. É uma chave pequena, ela deixou com o senhor faz uns anos. Eu preciso dela."

Era tristeza, vergonha, algo entre os dois sentimentos, o que esse rosto velho agora declarava?

"Eu me lembro da chave. Judite chegou aqui com uma chave. Fazia uma eternidade que a gente não se via. Conversamos sobre tudo. Rimos. A vida é sempre tão bonita de costas. Falamos sobre lugares e nomes, falamos sobre coisas devastadas."

Augusto e a enfermeira escutavam atentos. A voz de Bibiano parecia cantada na mesma melodia de antes, agora preenchida por palavras, sentimentos, memórias.

"Eu me lembro. Lembro bem. Ela queria que eu ficasse com uma chave. Que guardasse até alguém vir pedir. Ela disse que eu só precisava deixar na gaveta, esperando. Alguém viria. Eu disse que não. Me neguei."

"Mas meu senhor, por quê? Meu senhor!" Augusto engasgava.

"Por quê? Ora, meu filho, por quê?" A melodia soou um tom abaixo, levada por pesos tristes. " Era eu e o velho alemão, dali em diante. Minha companhia. Meu filho, eu nunca negaria alguma coisa a sua mãe. Nada. A beleza que ela me trouxe. Sou tão grato. Mas isso eu não poderia fazer. A chave se perderia. Eu me perderia. Tudo que se chamava Bibiano, escorrendo aos poucos para longe do meu alcance. Eu disse que isso eu não poderia fazer, Judite. Por mais que me doa, e dói."

Náusea, bem-vinda de volta. Fique à vontade, você é de casa. Por que a resistência em desistir, no final das contas? Era o que ele tinha por hábito, era sua cama, forrada e pronta. Quanto demoraria para passar o gosto de uma decisão mastigada até o fim? Augusto já antevia um resto de ano amolecido por uísque e documentários na Discovery Channel. Entretanto.

"Líria Ogawa. Eu disse. Líria Ogawa. Ela não gostou, mas aceitou. Sua mãe". Bibiano fechou os olhos. Começou a murmurar baixinho. A enfermeira indicou com a cabeça que era hora de se retirar.

"Seu Bibiano, desculpe abusar da sua vontade, mas o senhor sabe onde encontro a Líria Ogawa? O senhor teria um endereço? Por favor?"

Não houve resposta. A mulher agarrou-lhe o braço e puxou-o dali. "O senhor abusa. Eu avisei. Depois quem vai lidar com a noite de gritaria sou eu. Vá, só vá embora. Lamento, a chave não está aqui, o senhor tem que ir embora. Vou dar o banho dele."

Augusto aquiesceu. Nome e endereços. Parecia que a vida hoje era organizada em endereços a visitar e nomes a serem ditos. Às vezes o seu próprio. Às vezes gritado. Que perigo, palavras e os movimentos que elas provocam. A enfermeira destrancava a porta, quando Bibiano ressurgiu, em pé, apoiado na poltrona. Ele apontava para Augusto, seu dedo cumprindo a trajetória de um metrônomo descalibrado.

"Não culpe sua mãe."

A enfermeira correu para segurá-lo.

Augusto ficou parado, esperando saber se era de fato o destinatário legítimo daquela mensagem.

"Ela não tem culpa. Sofreu muito depois do seu pai. Foi uma coisa tão violenta."

O velho parecia mal. Era evidente o esforço para manter-se em pé, manter-se ali, proferir palavras que pertenciam ao presente. Que pertenciam a Augusto.

"Seu Bibiano, o senhor está confundindo. Meu pai foi embora quando eu era muito novo. Ela me disse. Ele foi embora porque quis. Sumiu."

"Foi uma coisa horrível. Era o Armênio. Sua mãe amava tanto seu pai. Não culpe sua mãe. Seu pai. Ela perdeu demais. Foi o Armênio."

"Seu Bibiano, mas que armênio?"

Tarde demais, ele já se ia. Partiu com as memórias embarcadas, melodias anônimas, tecidos precários que se rasgam ao toque. Ignorava a pequena multidão deixada na praia, deixada para trás, acenando conformada mensagens de boa sorte.

8.
NEUROSES I

O mar é tão violento.

O som que se ouve da praia é pouco mais do que um vestígio. É a soma abafada de processos que nascem e morrem fora de vista. Carrega consigo histórias de crueldade, destinos selados por arbítrios inescrutáveis. Não compreendemos, por mais que escutemos. É o eco fantasma de civilizações extintas. Nunca deixaremos de escutá-lo. O mar nos seduz com canções de genocídio.

    Rafael sabe disso. Ou ao menos pressente. Mantém-se atento às investidas periódicas, cada vez mais próximas da sua obra, de seu projeto apaixonado. Um buraco. Construído com a dedicação de uma manhã inteira planejando, projetando, executando. Que estranho, que curioso que a matéria-prima de sua construção seja justamente o que dela se retira. Areia, baldes de areia, movidos do seu buraco para o resto da praia. É tão reconfortante a abundância, tão bom saber que nada se perde. Sem consequências a temer. Era um buraco lindo, cada vez mais fundo. Mais um pouco, e poderia até sumir dentro dele.

    "Gusto, me ajuda. Vou fazer um muro de proteção bem grande, pro mar não entrar."

    Augusto não respondeu. Estava envolvido em seus próprios desígnios. Em sua busca. Ele tinha uma missão, talvez a empreitada mais importante de que já fizera parte. Ele não pouparia esforços para achar uma concha para a mãe. Não uma concha qualquer, dessas que todo mundo acha, até sem tentar; mas uma concha preta, preta e fechada.

Não contara a ninguém sobre a tarefa. A surpresa era parte do seu sucesso. Espanto, alegria, reconhecimento, gratidão. Nessa ordem. Estava ansioso. Era um plano de desfechos instigantes.

Uma concha preta, preta e fechada. Ele lembrava-se. Da última vez que estiveram em Ubatuba, fazia um ano, talvez mais, Dagmar levou-os, ele e o irmão, para comprar uma coca-cola na barraca da praia. A mãe ficou sozinha sob o guarda-sol. Levantou-se. Augusto observava-a de longe. O mundo é grande, cheio de dentes, e bastava guardá-la com os olhos para saber que ela estaria a salvo. Sua mãe. Judite começou a andar vagarosa até onde as ondas se cansavam. O olhar no horizonte. Ele a enxergava através de fileiras coloridas de guarda-sóis. Pensava que, se seguisse a linha projetada dos olhos de sua mãe, chegaria no ponto exato que ela mirava e saberia também o segredo que ela guardava, e o guardariam juntos. Mas o oceano apenas continuava, plano, ininterrupto. Augusto inquietou-se, fez birra. Dagmar corrigiu-o com um apertão no braço. Sentiu medo em silêncio. Não enxergava o rosto da mãe, ela estava de costas, pronta para ir embora. Não olhou nem uma vez para trás, estou aqui, aqui eu fico. O mar parecia sugerir-lhe distâncias; distâncias que ela considerava. Augusto não teria forças para impedi-la. Era o amor, era a vida inteira. Até que algo a distraiu. Ela olhou para baixo, ajoelhou-se, catou um objeto na areia. Examinou-o perto do rosto. E aí virou-se à praia, para retornar a tudo que lhe esperava. No meio do caminho, deixou o objeto cair de sua mão. Augusto vira exatamente onde. Preta, preta e fechada. Um artefato cuja função era trazê-la de volta.

Ela estava ali, sob o guarda-sol, ao lado de Dagmar. Dividiam uma cerveja em silêncio. Naquele horário em que somente crianças deixam o abrigo da sombra. Ela não prestava atenção em Augusto, sequer suspeitava dos mecanismos em movimento. Melhor assim. Espanto, alegria, reconhecimento, gratidão.

"Gusto, me ajuda. Tem que ser bem grande!"

As ondas chegaram perigosamente perto do buraco. Recuavam cada vez menos. Pareciam tomar fôlego para a investida definitiva. Rafael afligiu-se, buscou o irmão com os olhos. Achou-o curvado, as mãos na areia, com ares de diligência. Foi até ele.

"Gusto, me ajuda. O mar tá chegando."

"Não posso, Rafa."

As preocupações de Rafael cederam espaço à curiosidade. O mundo do irmão mais velho continha novidades impensáveis. Fazer parte dele, ao menos testemunhá-lo de perto, era uma honra que trazia contrapartidas categóricas. Requeria uma seriedade, um compromisso com formas rígidas que ele nem sempre entendia, mas se esforçava para cumprir. Valia a pena. Augusto trazia sempre possibilidades muito bonitas.

"Posso brincar com você?"

"Não é brincadeira."

"Mas eu posso?"

Certamente ajudaria ter o auxílio de um novo par de mãos. O dobro. Dobro da velocidade em direção ao espanto. À alegria da mãe, seu sorriso, um banho de mar em família, quem sabe. Entretanto. Metade do reconhecimento, metade da gratidão. A glória dividida. Não haveria jeito de explicar que aquele era um plano seu, nascido de atenções que ele prestou, de inspirações de primogênito.

"Não pode. É de fazer sozinho."

"Me ajuda no muro, então. De proteção."

"Não vou. Sai, Rafa. Vai pra lá."

Rafael voltou para seu buraco, amuado e orgulhoso. Ajudava ter um projeto seu a que se dedicar. Construiria um muro bem alto, cavaria um buraco bem fundo. Protegido, fora de visão e de alcance. Só caberia um. Augusto não poderia entrar, nem que pedisse. O mar teria um rival solitário.

Augusto voltou às buscas. Agora deveria trabalhar por dois. Metia a mão na areia, sentia as texturas que alcançava, esmiuçava o material recolhido. Então movia a operação para o próximo lote, onde o processo se repetia. Era um trabalho mecânico, repetitivo. Estóico. Não havia satisfação na busca, até concluí-la. Um trabalho necessário, e Augusto era o único que podia realizá-lo.

A cada tantos minutos, olhava de canto de olho para as duas mulheres tomando Brahma sob a sombra. Mais um pouco, e ele seria da altura da mãe. Ela era miúda, quebradiça, podia ser carregada por mudanças bruscas do clima. Dagmar era irremovível. Os poderes de Judite restavam ocultos, a iminência de explodir em palavras minuciosamente talhadas para destruição assegurada. Objetos contundentes, perfurantes, sem receio de atingir qualquer um que caminhasse desavisado na zona de impacto. Dagmar, por outro lado, quando não enxergava demônios, era presença consistente, voltada à ação. Parecia dedicar-se inteiramente a eliminar, um a um, os pontos invisíveis de sua lista de quefazeres.

Aquelas duas mulheres, bebendo cerveja sob a sombra, eram tudo que Augusto conhecia em oito anos sobre a Terra.

A cada tantos minutos, ele olhava de canto de olho para seu irmão.

Escondido da cintura para baixo em seu abrigo, Rafael espiava o movimento da maré enquanto transportava baldes de areia do buraco para a barreira de proteção. As ondas chegavam cada vez mais perto. Não daria tempo. Talvez, só talvez, se Augusto o ajudasse, se trabalhassem juntos, poderiam operar um pequeno milagre. Mas isso não aconteceria. Aquele buraco era de Rafael, só dele, e caberia a ele lidar sozinho com o que quer que o mar trouxesse.

Suspense. Sentiu sob a areia a forma que esperava. Sólida, arredondada, rugosidades distribuídas uniformemente pela superfície. Resgatou-a ansioso, apenas para ver uma concha branca. Fechada, sim. Mas branca. Funcionaria? Sua mãe tinha horror a desleixo. *Faz a coisa direito, meu filho, ou nem faça. E se fizer, não me conte*. Branco era desleixo, não era bom o suficiente. Foi uma concha preta, preta e redonda, que a trouxe de volta. Seria uma concha preta e redonda que hoje lhe traria espanto, alegria. E reconhecimento. E gratidão.

Ouvia agora as duas mulheres conversando em alemão. Uma conversa modulada, cheia de arestas. Augusto tinha dificuldade com a língua. Decorava palavras, frases, os poemas que sua mãe deixara de ler para ele na cama. Mas não conseguia expressar-se, não lhe saía frase alguma de sua autoria. Rafael era o contrário. Desenvolto, acordava com *Guten Morgen*, distribuía *ich liebe dich* o dia inteiro, não dormia sem desejar *Gute Nacht* para o irmão mais velho, quando as luzes se apagavam no quarto que dividiam. Augusto às vezes tinha vontade de inventar uma língua macia, domesticada, que lhe trouxesse as palavras que ele pedisse, no momento exato em que as pedisse.

Quanto mais profunda a areia que ele movia entre os dedos, mais resistente aos seus avanços ela ficava. Areia quase sólida, maciça, em porções indivisíveis. Chegava a esfolar a pele, as mãos vermelhas pelo esforço. Doía, mas doer era prova da seriedade da tarefa, da grandeza dos objetivos. Ele recebia a dor como uma medalha, não importava que ninguém mais a visse.

Suspense? A textura, a forma. A cor! Ei-la. Preta e redonda, sem desleixo, um objeto tinindo com capacidades. Augusto esfregou-a, vai que era piche, sujeira, vai que era alarme falso. Havia pouca, quase nenhuma, margem para erro. Mas nada, ela era toda verdade. O instrumento certo para o resultado desejado.

Olhou ao redor. Não havia sido descoberto. Rafael continuava semioculto, absorto nas próprias dificuldades. Judite e Dagmar retiravam com cuidado a espinha da cioba frita. Daria certo. Augusto sorriu. Permitiu-se curtir sozinho um momento de triunfo. Deixou o mundo correr ainda um pouco em seus funcionamentos antigos, inocente sobre como seria eternamente alterado em poucos instantes. Seria no seu ritmo, nos seus termos. Observou condescendente seu irmão, perdido em fantasias de profundidade e altura. Tudo bem, divirta-se. Augusto, entretanto, lidava com questões reais, questões de família. Buscava soluções. Impunha consequências. Sentiu orgulho de si mesmo, e como era bom.

Judite catava com a mão pedaços de peixe frito. Na praia, nunca tirava os óculos escuros. Era uma forma de selecionar conexões e, principalmente, de não estabelecer conexão alguma. Dagmar fez uma afirmação sobre o clima. Ela concordou sem mover o rosto. Olhava para o mar. Já há alguns anos sentia que era hora de voltar. Nunca o sentia tanto quanto na praia. O mar simplificava as coisas. Seus caminhos abertos, os percursos sem ressalvas. O mar tem por costume oferecer respostas para perguntas que mal começamos a formular. Pensava sobre a beliche pulguenta daquela cabine apertada de navio quando Augusto jogou uma mão inteira de areia da praia sobre o prato em que comia.

"*Scheiße*! Augusto, será possível? *Scheiße*! Tá louco?"

"É preta de verdade, mãe!"

"Que preta? Que merda eu tenho a ver com isso? Palhaçada!"

Ela jogou no lixo o prato de plástico com tudo que havia nele e levantou-se para pegar outro, xingando em alemão.

A expressão inerte. Gente velha esquece o que é ser apresentado a um novo sentimento ruim. Chama a todos pelo apelido, trocam confidências. Compartilham história. Criança tem reservas; acena desconfiada para aquele estranho, pensando em silêncio se a vida agora é isso. Considerando o preço de acostumar-se. Quantas vezes mais terá de pagá-lo, e o que deve ficar pelo caminho.

Dagmar, sem fala ou papel na cena, fez o que pôde; sentiu pena de Augusto, ali parado, encarando o cesto de lixo.

O mar chegou. O muro não estava alto o suficiente, ou largo o suficiente. Foi atravessado sem cerimônias, sequer ofereceu resistência. As ondas levavam a areia de volta para o buraco, reestabeleciam a topografia do lugar só de lição – se você quer se esconder, vai levar mais do que uma manhã, rapazinho. Nunca deixe de cavar. Rafael absorvia tudo, paralisado. A destruição ao redor, o colapso de arquiteturas bem pensadas. A maré que retornava assobiando, trabalho feito, de volta para casa.

Ubatuba, praia das Toninhas, uma tarde de outubro do ano de 1976.

Quatro pessoas mastigando tristezas de sabores sortidos, tristezas já esquecidas pelo mar.

ß

A criança observava a areia recebendo do mar seu cafuné. Indo, vindo, as ondas carinhosas feito dedos. A zoada da maré, a espuma efervescida, o sal que ele apenas intuía sobre a pele. Tudo sugeria a Theo que ele estava no meio de eventos que não lhe diziam respeito, que o toleravam em boa-fé. Ele não se importava demais. Testemunhava atento, deixava-se atravessar, aprendia segredos entreouvidos.

Augusto derretia. Ele tinha certeza de que cada uma de suas células proferia as últimas palavras antes de morrer por desnaturação proteica. Toda vez que vinha a Recife era isso. Ele acreditava profundamente que o verão em Recife era emergência humanitária, que a cidade deveria ser evacuada anualmente, seus moradores realocados em temperaturas mais adequadas à sobrevivência da espécie. A latinha de Skol gelada desistia de oferecer conforto dois minutos depois de aberta, coagida à temperatura ambiente sem chances de resistência.

Tereza achava graça, dispensava o abrigo da sombra, seu corpo inteiro cedido ao sol. A praia de Boa Viagem era sua maneira de contar o tempo, de exercer influências sobre ele, de deixá-lo seguir. Quando era menina, a semana não podia terminar sem que lhe pisasse a areia, trocassem novidades, acertassem os termos dos próximos dias. E aí sim, bom domingo, até mais ver. Hoje, a vida distendida e espalhada, eram os anos que lhe pediam bênção para seguir seu curso em frente ao mar. Mas antes deviam esperar aquelas duas velhas amigas botarem o papo em dia, que a saudade é muita e o caldinho de feijão está o bicho.

"Mas tu sabia, né, que em Recife neva? Pelo menos, já nevou."

A intenção de Augusto era uma expressão de descrença; o suor pingado no olho produziu uma careta sem direções.

"É sério. Em setenta e cinco. Do nada, passou três dias nevando. Quase não se via o chão. Do nada. Nem tava esse frio todo".

"E ninguém fala disso? Os jornais todos dando a notícia. Eu lembraria."

"Pois é. O negócio é que, logo depois, essa neve toda derreteu, o Capibaribe transbordou. Aí foi o caos. Gente morreu, a cidade cinco dias debaixo d'água. Ninguém nem falou mais na neve. Tu deve lembrar, foi *a grande cheia*. Ficou famosa."

"Pior que eu lembro."

Tereza tinha a habilidade de contar apenas mentiras sem consequência. Ela fazia disso um ofício. Colecionava suas criações, recordava-as com orgulho, criava novas ocasiões só de contar o quão bem executadas elas foram. Havia um método a ser seguido. Sua massa primordial devia ser composta por fatos, fatos que ela selecionaria, recortaria, distribuiria em colagens multicor. As mentiras de Tereza aproximavam a realidade do que sua cabeça lhe mostrava. Eram gestos de compaixão.

Seu amor por Tereza não teve certidão de nascimento. Não houve o dia certo em que, arrebatado, Augusto constatou, é amor, é amor. Nada. Ele foi escorrendo, no ritmo de rituais compartilhados, ocupando os espaços abertos, aguardando com paciência a abertura dos próximos. Foi uma tomada de controle benigna, gradual, completa. Mas, se fosse obrigado a isolar um elemento dessa substância elástica, Augusto provavelmente escolheria o fato de que Tereza sabia exatamente como escutá-lo. Ela conhecia a precisa coreografia de silêncios e intervenções que o persuadiam a arriscar comentários, pontos de vista, confissões.

O dia em que se conheceram estava bem marcado no calendário. Era 12 de julho de 1998 e Zidane tinha acabado de marcar de novo. Estavam na casa de um conhecido em comum para assistir à final. Augusto olhou curioso para a sujeita que gritou *puta que o pariu caralho porra* quase encostada na televisão. Ela fazia o xingamento soar como um longo sobrenome.

Tereza tinha acabado de se mudar para São Paulo, e ainda alternava entre o deslumbramento e o menosprezo.

"São Paulo tem a cara dessas padarias. As *padocas*."

Duas semanas depois do jogo, saíram para uma cerveja. Era a primeira vez que cabia a eles preencher integralmente a ocasião com o que quer que considerassem apresentável em suas personalidades.

"Temos padarias também. Acho que são duas coisas diferentes."

"Tô falando de padoca mesmo. É a cara de São Paulo. Ela vai te oferecer o que você precisar, na hora que você precisar. Cinco da manhã, bom dia, venha tomar seu café. Café com leite em copo americano, por sinal, é um charme. Pãozinho na chapa com requeijão escorrendo, suco de laranja. Beleza, começou o dia. Agora, não se preocupe, se bater fome antes do almoço, estamos aqui, tem uma vitrine cheia de salgados, só escolha. Meio-dia? Então vamos. Temos trinta e sete opções de prato-feito, tudo saindo em dez minutos, porque tempo, meu filho, tempo aqui é mais dinheiro ainda. Vai, comeu? Cafézinho, sobremesa? Simbora. Quatro da tarde, tá cansado no trabalho, precisa de um *break*? Oi, a gente tá aqui aberto. Saindo seu pão de queijo, seu *espresso*. Vá, meu amigo, o patrão tá esperando. Acabou o expediente? Venha fazer seu *happy hour* aqui, rapaz! A cerveja tá gelada. Quarenta e três opções de petisco. Tudo frito. Fique tranquilo. Beba. Beba mais. Mais um pouco. Uma da manhã a gente passa a saideira, que daqui a quatro horas tamo abrindo de novo. E nada melhor que um café pra ressaquinha".

Augusto sorriu, convencido. Sorriria de toda forma. "Verdade."

"Abundância, escolha, compulsão social, ressaca. Essa é a cara todinha de São Paulo."

"À cara de São Paulo". Brindaram.

"Agora – tu, que é do direito, tu sabe se tem alguma lei obrigando que toda padoca tenha parede de ladrilho branco, cardápio de giz e vitrine no balcão? Porque *putaqueopariu*, vai faltar criatividade assim noutro canto."

Ela escolheu o nome de Theo. Quando perguntavam a razão da escolha para o filho de uma ateia com um agnóstico, ela respondia, "e tu quer prova maior de que deus foi criado pela gente?" Dava risada.

Praia de Boa Viagem, o mar sem banhistas, ambulantes passando, um sol inclemente.
    Theo aproximou-se com os braços erguidos. Seus passos eram hesitantes, arqueados, uma criança ainda assustada com o próprio corpo e suas capacidades. Augusto recolheu-o do chão, levantou-o, seu peso tão adequado no braço. Trouxe-o para o colo. Ele já fechava os olhos, pronto para entregar-se a um sono cheio de novidades. Augusto cheirou a cabeça do filho. Sentiu-a sobre o peito, as temperaturas dos corpos buscando um ponto de equilíbrio. Coisa rara, os sentidos de acordo. Todo sinal que recebia lhe dizia para não se mover um centímetro dali. Jamais. Pai e filho produzindo calor sob uma estrela descontrolada.

9.
ISSO É UM CRIME

O que acontece com a lembrança de alguém, uma lembrança há tempo demais entrevada, quando novos elementos são trazidos de fora, jogados sobre o muro? O que acontece com essa imagem? Ela mantém-se intocada, imperturbável após anos deixada em paz? Espatifa-se ao primeiro toque, era apenas superfície, matéria quebradiça? Ou ela incorpora a novidade, inaugura estruturas toda novas, arquiteturas improváveis, de utilidade desconhecida?

E tudo que a essa imagem se conecta? Que nela se funda, que dela depende? Vai abaixo? Declara independência? Acompanha passivo as transformações sem nome? E quem distribui garantias? Quem protege as coisas que são?

Meu deus, levantem esse muro. Ninguém entra, ninguém sai.

Depois de décadas de esforços repetidos, as mãos de Augusto tinham a expertise para escrever reclamações trabalhistas sem maiores ajudas. Sua mente podia caminhar pelo cômodo, perdida em outras preocupações, voltando apenas para garantir alguma unidade e coerência à peça.

Um docinho, ele disse. Generosa. Ajudou muito. Unha e carne. Alemãzinha, bailinhos; diminutivos. Essas palavras soavam vulgares, massudas, doces demais. A ideia que elas embalavam. Augusto repetia-as em silêncio, mastigava sua textura, tentava identificar o que exatamente de errado havia nelas. Para então cuspi-las.

Líria Ogawa era o nome. Seu endereço foi fácil. O primeiro resultado da pesquisa no celular. A senhora Ogawa tinha um estúdio de revelação fotográfica de certo renome no centro da cidade. Trabalhava apenas com filme preto e branco, abria de dez às cinco e não oferecia prazo de entrega. Pensou na possibilidade de que Theo a conhecesse, de que já tivesse contratado seus serviços, de que ambos houvessem dividido um cômodo, trocado palavras. Sobre o que teriam conversado? Via o rosto do filho abrindo e fechando a boca, flexionando músculos da face, uma expressão de interesse montada no rosto. Não ouvia o que dizia, não ouvia nada. Pensou em ligar para ele, pedir impressões. Pensou.

Escreveu para Otávio sobre a intimação que chegara em seu nome. Ele respondeu que sabia do que se tratava, que podia jogar o envelope fora. Que jogasse fora tudo o que chegasse.

Passaria no fórum, daria entrada em petições, ouviria comentários sexuais ambíguos da Marta do Protocolo. Teria a tarde livre. Decidiu visitar dona Ogawa na Rua Barão de Itapetininga, fazer o que fosse possível para começar a pôr termo nessa história. Quando escrevia petições, quando compunha a partitura repetida de pronomes de tratamento, artigos, parágrafos, alíneas, *data venia*, jurisprudência, tribunais superiores, fatos, fundamentos, pedidos, *inaudita altera pars*, pois bens, por obséquios, acórdãos, exordiais, JUSTIÇA!, sentia-se proficiente em uma linguagem voltada a produzir consequências. Lembrava-se de onde circulava confortável. O passado, por outro lado, pede sintaxes contraintuitivas, de ponta-cabeça. Augusto gagueja. Grita. Perde o controle. Muita causa para pouco efeito. Tão logo resolvesse suas pendências, voltaria a expressar-se apenas em fórmulas produtivas.

Ouviu um som da cozinha. Não via Dagmar desde o episódio do carteiro. Já há alguns dias, era verdade, passara a notar sinais de vida pela casa, luzes acendendo e apagando, passos no andar de baixo tarde da noite. Suficiente para concluir que ela estava bem, ou tão bem quanto estaria à essa altura. Encontrou-a sentada à mesa, tomando uma caneca de café coado.

"*Morgen, Schatz*. Tem café na garrafa."

Era Dagmar, mas era menos. Parecia ter perdido algo, ele não saberia dizer exatamente o quê. Densidade, volume, a firmeza dos gestos. Augusto encheu uma caneca de café até a boca.

"Vai bem, *Fräulein*?"

"*Jawohl*."

Ficaram ali sentados, dois corpos na cozinha, comparando os sons produzidos, ingerindo líquidos, fungando. Essa era a língua corrente entre ambos, um idioma construído só para dizer *está normal, hoje está normal*. Espiou o rosto de Dagmar. Não era possível que fosse verdade, que ela sempre fora essa velha, só podia ser mentira o que a memória lhe afirmava sem maiores cerimônias. Entretanto. Não conseguia, por mais que tentasse, firmar outro rosto sobre essa presença irremovível dos anos. Ali, sempre ali, um elemento às margens do tempo. Se tentava imaginá-la jovem, como certamente a vira um dia, o resultado eram criações caricatas, máscaras burlescas sobre uma verdade escondida. Dagmar nunca aparecia nas fotografias; era dela o dedo sobre o botão nos retratos de família. Ela, contudo, ela tinha fotos na gaveta, o rosto oxidado de Augusto encarando a câmera que ela segurava. Sentiu raiva. Ela estava bem, não estava? Sentada, fazendo barulho, botando café para dentro. Um arroto mal escondido. O corpo em vigência, engolindo, expulsando. Dagmar também tinha responsabilidade, agora lhe ocorria. Carregava culpas. Tivesse ela tratado o passado com melhores disposições, ele não viria com tanta sede emboscar Augusto. Ela poderia ter falado. Fala. Oportunidades não faltaram. Fileiras e fileiras de dias idênticos, sentados à mesa, soprando e sorvendo café. Fala, velha, fala. Me oferece qualquer coisa diferente do silêncio. Mas não. Os gritos trancados no quarto, as fotos fechadas na gaveta. E Augusto exposto, assustadiço, vulnerável a aparições. Raiva como vazamento, raiva com todo jeito de sadismo. Cutucaria a velha.

"Dagmar? Contei que estou com uma cliente da minha mãe?"

Ela fez que não, os olhos amarrados à caneca que já quase não esfumaçava.

"Dona Edna. Veio aqui outro dia. Achava que doutora Judite ainda trabalhava no escritório. Imagina."

Silêncio. Ela buscava objetos perdidos no fundo da caneca.

"Dagmar."

Seus olhos encararam-no.

"Você conhecia um tal de Bibiano?"

Ela experimentou satisfazê-lo com um gesto afirmativo de pescoço, uma iguana octogenária perdida em cacoetes. Augusto esperou; deixava claro que ainda esperava mais da interação.

"Era um conhecido da sua mãe."

"Um conhecido. Eles eram próximos?"

"Acho que eram amigos."

"Amigos próximos?"

"*Ich glaube schon*". Levantou-se, pegou as duas canecas, deixou-as na pia. Saía em direção à edícula.

"Dagmar."

Ela parou. Voltou-se para ele. Encararam-se. Augusto continuava sentado. *Deixem Dagmar em paz,* sua mãe mais de uma vez disse, quando os botava para dormir. *Ela tem cupim pela casa toda.*

"Você diria que minha mãe e esse seu Bibiano eram *unha e carne*?"

"*Mein Gott, Schatz, was ist los?*"

"Porque seria estranho o sujeito ser unha e carne com minha mãe, e eu nunca ter ouvido falar nele, você concorda?"

"*Ich glaube schon, Schatz.*"

Sua voz saiu diferente. Soava, ao mesmo tempo, alienígena e familiar. Uma voz deslocada da ordem natural do tempo, carregando noções esquecidas. Augusto não saberia listar razões, mas recebeu-a, concedeu-lhe passagem aos abrigos mais protegidos; deixou-se comover.

Dagmar arrastou uma cadeira, sentou ao seu lado. Tocou-lhe a mão.

"Você sempre olhou sua mãe, *Schatz*. Você nunca a deixava sair de vista."

"Eu me assusto. Tudo que não sei me assusta."

"Você era uma criança tão sensível."

Ele percebia; Dagmar investia recursos escassos para estar ali, esticando músculos há muito ociosos. Custava-lhe. Era um esforço grande demais para fundações precárias. Mas ele precisava, ele precisava de mais um pouco.

"O Rafa é que era sensível."

"Não. Isso é o que você lembra agora."

"Eu olho pra trás e só vejo perigo."

"Eu queria ajudar, *Schatz*. Deixar tudo mais fácil."

"Então me ajuda. Por favor."

"Eu queria, *Schatz*. *Ehrlich*."

"Dagmar. Por favor."

Sabia que abusava, que esgarçava o momento para além de seus limites. Que havia riscos envolvidos. O rosto de Dagmar contraía-se com violência. Parecia a caminho de se condensar em um único ponto no meio da cara.

"Não posso, *Schatz*. *Deine Mutter*. Ela fala comigo. Ela não deixa."

Sua mãe. Festa surpresa. A raiva esses dias devia estar guardada em prateleiras mais baixas; nunca foi tão fácil alcançá-la.

"Pelo amor de deus, mulher. Passou a vida comendo na mão daquela senhora. Que vocação é essa, ser empregada de gente morta?"

Dagmar estava novamente em pé.

"Você se cale. Não diga mais uma palavra. Sua mãe é uma grande mulher. Ela fez o que pôde por todos nós."

"Uma grande mulher. É só o que ouço. Um *docinho*. *Generosa*. Mas cadê? Onde está essa grande mulher? Me apresenta, me mostra. Eu quero ver. Eu quero sentir também. Me mostra, em mim, onde está essa grande mulher". Ele batia com a palma da mão no pulso esquerdo. "Porque acho que pra mim não sobrou muita coisa. Cadê? Eu sou um imbecil, que não consigo ver? Não sobrou nada. Ficou tudo pelo caminho. Com você, com o Bibiano, com o Rafael, com o pessoal do clube, com o Armênio, até com meu filho. Nada pra mim. Pra mim, a memória de uma monstra."

Qualquer que fosse a liga que a mantivesse naquelas alturas, suspensa, rompeu-se. Dagmar caía fora de alcance. Deixou a cozinha, fechou-se na edícula. Começavam os preparativos para a noite e as visitas que esta traria.

ß

A Praça da República era revelada, de cima para baixo, na velocidade única da escada rolante do metrô. Uma tela composta por fachadas de edifícios e os pombos que sobre elas montam guarda. Pelos cabos de energia, estacionamentos, homens e mulheres buscando transações, bancas de revista, putas, imigrantes sobre a calçada, imigrantes sob placas escritas em sua língua materna. Pelos automóveis e seus ocupantes, automóveis vazios, cinemas fechados para operações e cinemas que nunca deixavam de operar, canídeos e felinos subnutridos, história, história contada por placas, estátuas, prédios, relatos orais, pelas pessoas assistindo a tudo isso por ócio ou por resignação. Uma dinâmica acirrada entre espaços abertos, espaços ocupados e as trocas constantes entre eles.

Fazia anos que Augusto pisava no centro antigo da cidade apenas quando obrigações jurídicas o compeliam. Havia sinais em excesso para assimilar, depurar, projetar um horizonte de reações hipotéticas e suficientes. Era uma superfície saturada de hostilidades em potencial. Ele tentava convencer-se, com os argumentos mais sedentários, que aquela era também, para todos os efeitos, uma obrigação jurídica. Busca e apreensão, entrar e sair, vapt e vupt.

"Cinquenta, a horinha gostosa, amor?"

Os peitos da moça eram massa revoltosa, empurrando o alambrado daquela blusa. Um arquétipo quase ingênuo da puta de rua, como se uma criança tivesse recebido as instruções para vesti-la. Seu corpo moldado para que, qualquer que fosse a roupa que o cobrisse, parecesse irreprimível. À iminência de pular fora, nas mãos de quem pagasse o preço. Era todo curvas, volume, exageros topográficos. Ela era o produto em liquidação do fetiche paulistano por abundância.

"Na próxima, querida."

Augusto tinha grande respeito pelas putas. Elas sempre o fizeram sentir-se à vontade. Os momentos que compartilhavam eram guiados por intenções pragmáticas, conhecimentos empíricos, pelo mínimo de verbos necessários à realização do evento. Poucas coisas o deixavam tão confortável quanto disposições contratuais bem desenhadas.

Até hoje, se nem o Chivas combalisse seus impulsos, ele chamava os serviços de uma profissional. Conhecia um canal. Nunca repetia a mesma moça. Era a única maneira de o sexo não vir acompanhado por um pacote de inconveniências.

Foi com Otávio que ele pisou a primeira vez em um puteiro. Subiam a Baixa Augusta depois de uma cervejada da faculdade. Augusto nunca bebera tanto. As pessoas na rua deslizavam para dentro e para fora de seu campo de vista. Aceleravam, desaceleravam, seus contornos amaciados pela consciência que ainda resistia. Percebeu de repente que o amigo não o acompanhava mais. Encontrou-o um quarteirão abaixo, conversando com uma figura de terno, seu rosto iluminado por um letreiro rosa neon.

"O cavalheiro aqui disse que faz metade do preço pra gente. Tô pagando."

Não era um convite, era uma intimação. Augusto podia apenas acatá-la.

Dias depois, Otávio usaria a palavra *carregado* para descrever o lugar. Augusto concordou por hábito. A verdade é que era uma descrição adequada. O ar tinha uma consistência respirada várias vezes. A pouca luz disponível parecia transitar com dificuldade pelo local, pedindo licença. A música tinha por único objetivo preencher cada metro cúbico do estabelecimento, e preenchia. Carregado, sim. Entretanto.

A experiência também lhe trouxe revelações. Bexigas ali paradas, fora de uso, que em um instante se encheram e se romperam, em pequenos estouros, espalhando sentido para todos os lados. Quando aquelas damas sentaram-se ao lado dos amigos, cercando-os no banco de couro sintético, e iniciaram o cortejo de elogios, barganhas, propostas, ofertas e, fatalmente, rendição, Augusto sentiu-se estranhamente grato.

Aquela interação mostrava-lhe as entranhas, oferecia-lhe o coração. Nada estava oculto, mal dito. As intenções todas expostas sob o globo estroboscópico. Ele sabia com precisão o que pediam dele; e elas tinham algo, elas costumam ter, que ele não raro queria.

Naquela noite ele era um universitário com o passe do metrô na carteira. Bebeu sua cerveja de cortesia, sorriu sem graça, subiu a Augusta com as mãos no bolso.

Mas prometeu voltar, e traria consigo recursos suficientes para fazer parte daquela transação tão verdadeira. Porque *carregado*, Augusto pensava, *carregado* é encontrar-se completamente sem palavras.

Rua Barão de Itapetininga, número cinquenta. Um prédio levantado por dinheiro de café e mantido pela vontade burocrata de autarquias municipais. Patrimônio. Histórico. Uma construção com orgulho ferido, choramingando sobre o piso de mármore Carrara a injustiça das coisas que já não são. Seus funcionários fazem o possível para comprazê-la. Vestem terno, terno e gravata. Oferecem cerimônias obsoletas, exercem funções que quase nem existem mais. O ascensorista tratou Augusto por senhor e perguntou-lhe o andar. Nono, era o jeito. Desceria no nono andar.

Colado na porta havia um bilhete de papel escrito à mão. "Após tocar a campainha favor aguardar até 3 minutos". Augusto obedeceu. À essa altura, três minutos soavam como um favor que lhe faziam.

"Augusto". Ela pronunciou o nome como a resposta correta para uma pergunta que ninguém fez. A expressão de Líria Ogawa era de alguém que nunca deixava de acessar informações, processar seus fragmentos, conectá-los em redes de fatos, impressões, boatos, referências e todo tipo de dado aplicável a uma situação específica. Um metro e cinquenta centímetros de um disco rígido em polvorosa.

"Sim". Como se responde ao próprio nome jogado em sua cara? "Dona Líria?"

"Entra."

Certa quantidade de objetos inanimados, quando arranjados com suficiente falta de ordem em um cômodo apertado, produzem uma espécie de ruído. Augusto entrou confuso naquela sala de oito metros quadrados. A princípio, achou que o cômodo era inteiro revestido de papel celofane preto. Estaria em reforma? Aos poucos, contudo, ao aproximar os olhos, foi distinguindo formas pálidas distribuídas pela superfície negra. Horizontes, árvores, edifícios, janelas, animais de estimação. E rostos. A maioria, rostos. Feições espectrais, olhando em sua direção, ignorando-o completamente. A sala inteira ocupada por negativos fotográficos.

"Senta". Com dois gestos precisos, conjurou uma cadeira debaixo de um novelo de negativos. Havia também uma mesa. Sobre ela, uma CPU retangular, um teclado, um monitor, uma impressora. Todos ligados, produzindo som e luz. Os demais objetos e móveis ele podia apenas adivinhar sob a massa escura. "Chá?"

Aceitou. Não se lembrava da última vez que bebera chá, mas escolheria os caminhos de menor resistência, sempre. Sempre, e especialmente agora. A senhorinha retirou-se para onde ele imaginava ser a cozinha. Augusto ficou alguns minutos sentado naquele cômodo, acompanhando o murmúrio do computador e dos fantasmas que lhe faziam companhia. Eram figuras melancólicas, formas de luz em um mundo escuro. A vista acostumava-se aos detalhes. Ele começava a discernir gênero, idade, tipo de terreno, espécie. Humores. O garotinho fazia um gesto de *senta* a um cachorro submisso. Estavam em uma praia sem acidentes, repetida por quilômetros. Nunca deixariam aquele lugar.

Líria voltou com duas canecas cheias de um líquido opaco, quase preto. O primeiro gole jogou sedimentos vegetais e o gosto mais amargo em sua boca. Augusto decidiu que seria o último. Apoiou a caneca na mesa, encarou aquela senhora. Ela sentara-se de frente para o computador, para Augusto. Digitou qualquer coisa no teclado, aguardou o resultado, apertou uma única tecla. Com a luz da tela em seu rosto, notava-se o quão velha era. As rugas distribuíam-se em leques pelo rosto, como se obedecessem a proporção determinada por comissão artística.

"Pronto. Pode falar."

"A senhora era amiga da minha mãe, eu soube."

"Correto, em partes."

"Seu Bibiano me falou."

"O Bibiano, coitado."

"Ele falou que minha mãe lhe entregou algo pra guardar. Faz uns anos."

"Claro que faz. A chave."

"A chave. Ela está com a senhora?"

"Claro que está."

Isso era alívio? Ele sentia o coração percutir as têmporas.

"Você quer que eu pegue?"

"Por favor."

Ela deixou a caneca de chá sobre a mesa quando saiu da sala. Augusto ficou ali, envolto em vapores herbóreos, quase sem respirar. Tinha receio de que algum gesto fora de lugar interrompesse o fluxo dos fatos em vigência.

Um senhor de idade pedalava por uma cidade portuária. No bagageiro, a carga transportada tinha jeitos de encomenda.

Líria voltou com um envelope. Augusto soube então que não havia equívoco. Que os acontecimentos haviam finalmente estabelecido alguma forma de simetria entre si, que estavam prontos para produzir consequências. O envelope nas mãos de Líria era idêntico àquele que recebera do delegado na noite em que sua mãe decidiu inflamar as paredes.

Líria abriu o envelope. Deixou seu conteúdo deslizar para a mesa. Um objeto de metal, uma forma tão única quanto familiar, suas reentrâncias e saliências à disposição da tarefa exclusiva a que se prestam.

Augusto atribuía as palpitações ao fato de estar a dez minutos de papo furado, um pedido cortês e uma viagem de táxi de concluir esse trabalho e seus cansaços.

"Dona Líria, a situação é essa. Eu preciso dessa chave, com alguma urgência, para dar seguimento a um processo do escritório."

"Eu sei exatamente qual porta essa chave abre."

"Ótimo. Essa é a situação. Eu queria pedir à senhora a chave emprestada por um tempinho. Coisa de duas semanas. E aí trago de volta."

Fosse Líria uma esfinge, Augusto já estaria sendo digerido. Encarava-o, inescrutável. Não oferecia dicas, sugestões. O cômodo inteiro ocupado por seu silêncio, até decidir-se.

"Pra quê a pressa? Você está aqui. Vamos conversar um pouco. Beba seu chá."

Uma proposta razoável. Augusto forçou-se a mais um trago daquele caldo multifásico. Em verdade, o gosto melhorara, ou talvez seu paladar de repente se tornara mais tolerante, motivado pelo sucesso da empreitada. Deu um gole maior dessa vez. Ocorreu-lhe dúvida.

"Dona Líria, como a senhora sabia quem eu era?"

"Você tem o nome da sua mãe. Você está na internet. Qual o mistério?" Tamborilou o teclado, virou a tela do computador para ele e, sem engano, lá estava. Augusto, de terno, um sorriso de meia boca. Em volta de seu pescoço, um braço que ele sabia pertencer a Otávio. O fato de que ele um dia escolheu aquela foto para publicação, recortou-a, esperou que o site carregasse cada um dos seus *bytes*, o fato de que essa informação transformada em imagem agora lhe encarava de volta, com um sorriso sem graça, na sala de uma senhora asiática que conhecia sua mãe, tudo isso tornava a experiência um tipo obsceno de patético.

Varreu a sala, buscando referências suficientes para compor um assunto. Nada havia além de negativos e suas gravuras de luz.

"Meu filho também fotografa com filme. Ele diz que o fotógrafo é um porteiro da eternidade."

"Eu não faço mais fotos. Só revelo. E o que seu filho disse é uma besteira."

"Perdão?" Cedia a impulsos de autodefesa genealógica. Sustentaria uma ideia que nunca teve, sobre a qual nunca pensou além do instante que levou para escutá-la.

"Que ideia estúpida. Completamente equivocada. Fotografia não tem nada a ver com eternidade. Nada a ver com memória. Dizer que fotografia é memória é o mesmo que dizer que a vírgula é o português inteiro."

"E isso é o quê?" Apontou vagamente para o cômodo em que estavam.

"Isso é trabalho."

"Algumas fotos aqui têm décadas, pelo menos."

"Não disse que eram trabalhos de curto prazo."

Augusto deu de ombros. Não estava convencido. Líria olhava para ele como uma professora no último turno de um dia longo.

"Você olha pra um negativo e diz, isso é memória. Você quer falar de memória?" Colocou a mão sobre a tela à sua frente. "Isso aqui tem muito mais a dizer sobre memória."

"O computador?"

"Não, estúpido. O computador é um ponto de acesso, apenas. Tosco, limitado, mas é um começo. Informação. Informação inflamada, intumescida, dobrando de volume a cada segundo. Fazendo conexões, gerando resultados. É o mais próximo que chegamos de imitar a memória. A memória habita uma dimensão só dela. Invisível na maior parte do tempo. O que nos chega é apenas o que transborda. São aparições. Tudo que a gente pode fazer é aprender a tratar da melhor forma o que decide se manifestar."

"Desistir do controle."

"Memória tem instinto de sobrevivência. Ela se defende. Pulsa, comprime, produz esforços criativos. Fabrica neuroses. Eu sei. Como sei. Mas, rapaz, ela pode ser tão generosa. Trate-a bem. Experimenta. Veja como ela responde. Ela coleciona tanta beleza. Acumula. Compila. Classifica. Deixa ali guardada, esperando de você uma gentileza. Um cuidado. Memória perdoa fácil. Tanta coisa bonita que ela pode contar sobre você."

"É uma visão cor-de-rosa sobre o assunto. Na minha experiência, a memória convida monstros. Aprendi a deixá-la quietinha, trancada no quarto, saindo apenas para serviços muito específicos."

"O senhor vê alguma coisa cor-de-rosa nesta casa? Você não me conhece, Augusto Weberbauer. Eu o conheço. Você não me conhece."

Estava definitivamente ultrapassado o limite do papo jogado fora, o limite das altercações indolores.

"Dona Líria, deu minha hora. Muito obrigado pelo chá. A chave."

Líria já estava em pé, de costas para ele. Buscava algo. A chave seguia deitada sobre a mesa, intocada. Augusto experimentou o impulso de pegá-la, levá-la ao bolso, deixar aquele apartamento escuro em direção às obrigações que faziam sentido. Mas estaria disposto às complicações de responder por um crime? Aquilo devia ser um crime. Chutou tipos penais. Furto, certamente furto. Um a quatro anos, e multa. Não passaria um dia preso. Talvez sequer fosse condenado. Princípio da insignificância. Alegaria o princípio da insignificância. *Mas doutor Augusto, como você explica tanta encheção de saco para obter um objeto supostamente insignificante?* Ora, excelentíssimo, *data venia. Data maxima venia. Data* uma caralhada de *venias*, excelentíssimo. O que dizer? Isso é um crime, isso é tudo um crime.

Líria jogou sobre a mesa alguns negativos. Ofereceu um fotograma a Augusto. "Agora me diga se isso é memória."

Demorou a entender o que a imagem continha. Os corpos estavam muito próximos. Abraçados. Os cabelos, as roupas, eram tão perfeitamente fora do tempo que pareciam ser tiradas de um filme de época. Três pares dançavam, os troncos colados. Ao fundo, fora de foco, formas pretensamente humanas fundiam-se umas às outras, preenchendo o quadro. Um dos casais estava mais perto da câmera, em plano quase fechado. A moça, era uma moça, recém-entrada nos vintes anos, sorria de olhos fechados. Os dentes apontando para o teto. Augusto viu-se esperando ouvir um som estridente de riso, mas nada. O rapaz segurava-a, a expressão séria. Parecia difícil fazê-lo rir. Olhava para ela. Era uma dança lenta, certamente lenta. Augusto quase tocava a imagem com o nariz. Não soube de imediato, mas logo depois.

"Minha mãe."

Líria não reagiu.

"A senhora não sabe o quão alienígena é esse sorriso no rosto dela. Parece uma colagem. Mesmo se ela achava algo engraçado, era um riso de boca fechada, escondido, como se não devesse. Se eu ou meu irmão começávamos com palhaçada, ela gritava pra gente fazer silêncio."

"E essa imagem é memória?"

"Não minha. Certamente é uma lembrança de alguém. Dessas pessoas". Olhando novamente, identificou mais um rosto, conseguiu traçar as relações melancólicas entre antes e depois, o corpo anterior às visitas do tempo e de seus processos transformativos. "Esse aqui atrás não é o Bibiano?"

Mas Líria já lhe oferecia outra imagem.

Logo de cara, viu uma piscina. Sua borda. De dentro dela, os troncos emersos, saíam dois corpos. Um deles pertencia a Judite. Ela vestia um maiô sem detalhes, de cor desconhecida nesse mundo subterrâneo. Sorria. Era um hábito, pelo jeito. A sorridente *alemãzinha*. Ao seu lado, inequivocamente Bibiano. Eles se olhavam marotos, trocavam referências secretas, riam-se delas. Unha e carne. No primeiro plano, deitado, traçando um eixo horizontal sobre a imagem, o mesmo sujeito com quem sua mãe dançava na primeira foto. De olhos fechados, recebia o que o sol despejava sobre ele. A luz que refletia queimou o filme com detalhes, suaves reentrâncias no abdômen, a linha dos ossos esticando a pele, a pele coberta por pêlos espessos. A mesma expressão carregada gravada no rosto. Garçons, guarda-sóis, a suspensão do movimento, crianças correndo imperturbadas pelo risco. Era o clube. Os elementos arranjados na imagem sugeriam em uníssono uma manhã de domingo.

"E isso, Augusto, isso é memória?"

"Novamente, deve ser. Tem de ser. Mas não minha. Nada aí é meu."

Líria já lhe estendia um terceiro fotograma. Ele não estava pronto para seguir em frente ainda. Em sua cabeça, frações de ideias tilintavam.

"Dona Líria, um momento. Esse sujeito deitado. Dançando com minha mãe. Quem é?"

Os leques ao redor dos olhos contorceram-se levemente ao encará-lo, esgarçando o que restava de colágeno naquele rosto.

"O nome desse homem é Anastás Babayan."

Sim, ela mesma, uma ideia formada, vestida de verdade, pronta para o mundo.

"O Armênio."

"O Bibiano esquece o próprio nome antes de perder a boca enorme."

"Dona Líria."

"Agora espere. Só mais essa."

Augusto demorou a entender o que havia na terceira imagem. Sua atenção tropeçava, cada perna ia em um sentido oposto ao outro, confusa entre conjecturas e constatações.

Era sua mãe, era sempre sua mãe. Apesar da imagem negativa, em plano médio, era evidente ser registro feito alguns anos depois do que os outros. O rosto de Judite parecia ter começado a caminhada que levaria às feições de que ele se lembrava. Sorria, de novo e de novo. Um sorriso mais discreto, buscando dignidades, mas um sorriso. Um vestido, um véu, um buquê. Ela se casava. Ah, sim. Olha ele. O bigode. Por trás dele, seu pai. Homem forte, delegado de polícia, o Tom Selleck de Piracicaba. Bonito. Uma beleza que prometia prover e punir, como se esperava dos homens de certa época. Augusto conhecia-o de fotos que espiou e resmungos que entreouviu. Só. A história era simples, para que se contasse uma única vez. Judite estava grávida de Rafael quando ele saiu de casa. Deixou para trás esposa, um filho sem nome e outro batizado em nome do pai. Saiu porque quis, porque assim são as coisas, há quem fique, há quem parta. Partiu. Homem forte, homem sumido. Homem nenhum. Augusto nunca conseguiria crescer um bigode daquele.

"Isso é memória?"

"Não minha. Uma vez perguntei à minha mãe sobre como tinha sido o casamento dela. Eu era bem criança, ainda não tinha aprendido a desistir dessas curiosidades. Mas dessa vez ela respondeu. Era um dia bom, vai saber por quê. Sabe o que ela disse? *Eu dei sorte com os docinhos.* O que é isso? Que merda é essa que você tá querendo evitar, se tudo o que você lembra do seu casamento é o bem-casado? O gosto, a textura. Como os convidados elogiaram. Pediram o contato da doceira. Levaram pra casa. Você me mostra meus pais no dia em que eles casaram, e me pergunta se isso é memória. Não minha, não senhora. Mas tenho minhas dúvidas se é memória de alguém. Minha mãe tratou de esquecer tudo, quase tudo, com exceção dos docinhos. Meu pai era um admirador tão grande da arte do esquecimento, que ele conseguiu nem ser lembrado. E os convidados, com todo respeito, estão loucos, extintos, ou quase isso. Memória de quem?"

Augusto descobriu que Líria podia sorrir.

"Perfeito. *Memória de quem.* Não é sua. Não é minha. O que você acha que eu faço? Que eu realmente faço. Você está certo, estou quase louca, quase extinta. O momento perfeito para trabalhos impossíveis". Pôs a mão sobre o computador. "Escute os nomes. Judite, Bibiano, Anastás, Augusto pai, Augusto filho, Theo, Fábio, Rafael, Tereza, Otávio. Não apenas. Nomes que você nunca ouviu, ou vai ouvir. Nomes inteiros que deixaram de existir antes de você receber seu primeiro apelido. Nomes falados hoje pela última vez. Nomes ainda nunca sequer pronunciados. Cada um deles, um ponto de partida. De acesso. A memória é uma só, tudo que a gente pode fazer é encontrar novas passagens. Perspectivas, pontos de vista. E aceitar seus perigos. Há muitos anos, decidi aceitá-los. Há muitos anos que eu trabalho para a memória."

A melodia dos nomes ditos em sequência, os rostos que eles evocavam, suas palavras e silêncios; Augusto estava exausto.

"Fotografia não é memória, Augusto. Mas ela pode facilitá-la, sim. Abrir caminhos. Sente, nos próximos dias, o que acontece. Sente o que já vem acontecendo. Os processos dos quais, querendo ou não, você agora faz parte. Presta atenção no que dentro se movimenta. Memória é transitar pelo tempo, pagando preços e recolhendo tributos. Para trás, para frente. Escolha. Memória só não admite retenção. Paralisia. Você diz que a deixa num quarto, trancada? Estúpido, você está trancado com ela."

Havia um tipo penal específico para o ato de preencher as vias respiratórias de uma senhora asiática com filme fotográfico, contra sua vontade? Qual a pena prevista para homicídio mediante passado?

"A chave, por gentileza."

A velha ainda sorria quando disse *não*.

"O senhor é advogado. Sabe muito bem que não tenho qualquer obrigação de lhe dar essa chave. Ela foi entregue a minha posse e nada impede que continue assim indefinidamente."

Augusto nada disse. Reconhecia quando barganhas não requeriam sua participação. Não ainda.

"Eu nunca fui inclinada a caridades, Augusto, e a escassez cada vez mais óbvia de dias em meu nome não me tornou mais generosa. Pelo contrário. Eu tenho um trabalho a fazer, e me falta tempo, me faltam recursos, me falta corpo, falta tudo que permite o sujeito sair pela rua caçando feitos e conquistas. Eu só tenho energia elétrica, internet banda larga e a convicção de uma velha. Você vai me ajudar."

"Eu vou?"

"Vai, claro que vai. Você até já começou. Informação, Augusto. Sua mãe deixou lacunas particularmente interessantes. Você não quer abrir portas? Eu também quero. Você vai ouvir histórias, vai trazê-las para mim. Se prestar atenção e tiver alguma sorte, pode até começar a entender. Memória é bicho solto."

Não saberia dizer exatamente quanto tempo esteve ainda na sala escura de Líria Ogawa, em meio ao vapor de novas canecas de chá. Detalhes foram acertados; objeções, protestadas; concessões, parcamente concedidas. Cessadas as trativas, havia um acordo. Obrigações que, quando cumpridas, garantiriam a Augusto a propriedade, exclusiva e perpétua, da chave que abriria uma determinada porta na Rua Glicério.

Levantaram-se. Acenaram com a cabeça, não eram pessoas de apertar mãos quando podiam evitar. Veriam-se novamente, talvez em breve. Quando Augusto deixava o apartamento, um último negativo chamou-lhe a atenção, pregado na parede. Sua imagem terminou de fixar-se em sua mente quando a porta já se fechava atrás dele. Virou-se, pedaços de palavra na boca, mas estava só, em um corredor cheio de números que lhe diziam muito pouco.

Era uma praia em plano aberto.

O mar paralisado em movimentos destrutivos.

Dois garotinhos.

Um deles erguia um muro que não seria nunca suficiente.

O outro caminhava para a esquerda, quase deixando o quadro, olhos fixos na areia.

Ele buscava algo.

10.
NEUROSES II

Estava sóbrio. Logo hoje.

A bebida não entrava. Garrafas de Chivas 12 anos em número suficiente para oitenta pessoas, mas não para ele. Não culpava o uísque. Bebericava sempre que havia o risco de notarem a abstinência, e era um produto honestíssimo, principalmente pelo preço que pagaram. Era seu corpo que estava ocupado com outros assuntos.

Não que a bebida contasse com ele para ser consumida. Os convidados tomaram para si o dever de esvaziar as garrafas incluídas no pacote casamento completo que ele fora, cheio de ressalvas, convencido a adquirir. Augusto só precisava estar ali, suando em algodão e poliéster, tentando não destoar demais dos ritos e incubências que a ocasião pedia dele.

Estava feliz. Não era isso. É só que a felicidade cultiva companhias estranhas.

Tereza estava linda. Augusto observava feito turista a forma como ela e as amigas se arranjavam em coreografias espontâneas, movimentos laterais e verticais, risos, gritos, troças. Preenchiam o espaço com uma cultura só delas, com sua estética, seus mitos, seus acordos tácitos.

Dentro daquele vestido branco, dentro daquele corpo, Tereza carregava seu filho.

"Filho homem, Augusto. Varão". Dentro daquele corpo, Otávio carregava meia garrafa de Chivas 12 anos. "Você sabe.

Quando o filho nasce, está entregue o primeiro convite para o velório do pai. O primeiro passo no caminho da redundância sobre a Terra. É o começo da turnê de despedida. Então beba. Cabou-se."

Bebeu o mínimo que cabe em um gole. Esse é o gosto que o uísque tem depois de casado? Não era isso. Ele sabia que não era isso.

O braço de Otávio enganchado em seu pescoço como um despojo de guerra. Seu padrinho. Falava tão próximo que sua boca por vezes alisava o rosto de Augusto. Compartilhavam a mesma atmosfera, uma atmosfera composta por bafo doce, inflamável, por palavras repletas dos sentimentos mais elevados.

É claro que seu discurso foi um sucesso. Distribuição científica de relatos biográficos, pungência e constrangimento para os noivos. Augusto ouviu os convidados reagirem com as emoções precisas nas respectivas deixas. Otávio faria com que vaiassem o casal, se desejasse. Tereza chorou baixinho o tempo todo.

Havia um subtexto, contudo. Uma corrente de ar que corria por baixo daquela arquitetura verbal emocionada. Augusto notara, provavelmente só ele notara. Anos de amizade ensinam forma bem específica de poliglotia. Não conseguia deixar de ouvir. Desconcertou-o. Pelos corredores impecáveis que a linguagem exibe, corria um bicho desagradável. Um subtexto. Um desconforto essencial.

Desvencilhou-se do mata-leão afetivo, dizendo que precisava ir ao banheiro. Era mentira. Levantou-se, percebeu que não sabia onde o banheiro ficava. Capaz que até precisasse ir mesmo. Deu uns passos vagos rumo à margem do salão, identificou a porta de onde os garçons saíam como um vazamento. Dali era possível a vista completa do local. Oitenta pessoas distribuídas em um espaço retangular, traçando trajetórias curiosas, chocando-se, disputando espaço, trocando informações. Seus movimentos limitados ou expandidos pela quantidade e qualidade do que decidiram enfiar pela boca. Um algoritmo mal rabiscado, repleto de ambiguidades. Elas estavam ali, cumprindo aquela coreografia, em consequência e reconhecimento de uma escolha que Augusto fez. De uma escolha que Tereza fez. Era uma experiência inédita.

Escolha. Por que a tentação de colocar a palavra entre aspas, de torcer a boca, alargar os olhos, inclinar a cabeça, sempre que a pronunciava? Via Tereza no meio do salão, no meio de tudo, o epicentro de propósito que levava oitenta partículas a movimentos aleatórios de colisão. Tereza levava na barriga a octagésima primeira partícula. Ela queria batizá-la com um nome irônico. Theo. Augusto concordara, mas agora talvez também tivesse algumas ideias, se o jogo era ironia. Nasceu Escolha, Escolha Weberbauer.

Weberbauer. O nome escrito em uma placa sobre a mesa. Ao redor dela, em trajes formais, a única família que tinha até então. Do canto do salão, podia vê-los. Rafael, Judite, Dagmar. E agora? Augusto, Theo, Tereza. Comporiam todos uma grande família? Ou duas famílias que se intercedem, que somam suas convenções, seus feriados, seus desconfortos hereditários? Não lhe haviam dito como funcionaria, e fora acometido por uma violenta azia quando concluiu que deveria liderar o processo.

Achou o banheiro. As lâmpadas fluorescentes ressaltavam no espelho os detalhes que a meia-luz do salão amenizava. Olha o noivo. Verdade é que não era seu pior dia. O terno sob medida alongava formas cada vez mais definidas por depósitos de gordura cheios de otimismo sobre o futuro. Fora barbeado por um profissional, vestia cores designadas para garantir harmonia e leveza. Estava ok. Nada para se sentir orgulho, também. Parecia mais velho do que era. Trinta e dois anos é uma idade adequada para as mais variadas coisas, mas decididamente não para começar a nutrir um segundo queixo. E o cabelo, a principal fonte de suspiros em frente ao espelho. Suspirou novamente. Não importava como arranjasse o que ainda havia sobre a cabeça, o resultado era uma massa translúcida, que a luz do banheiro trespassava sem esforço. Parece um cachorro com sarna, pensara um dia. Ele era criativo sobre imagens de autocomiseração.

Escolheu o mictório mais próximo da parede. Ele precisava mijar, no final das contas. Abriu o fecho da calça, tirou o pinto para fora. Pronto, uma região do corpo sobre a qual ele não tinha nada de tão mal a dizer. Comprimento, circunferência, curvatura, odor, aspecto geral. Era um pinto perfeitamente conforme. Suas qualidades foram confirmadas repetidas vezes por profissionais de inatacável expertise. Elogios simpáticos, desinteressados, pequenas gentilezas imprevistas no contrato de serviços prestados.

Pintou de amarelo a cerâmica em formas que apareciam e se transformavam no mesmo instante. Lavou as mãos, suspirou mais uma vez para o espelho. Quando deixava o banheiro, cruzou com um senhor distinto, um convidado da parte de Tereza que ele nunca vira. "Olha o noivo aí".

A banda tocava as primeiras notas de Dancing Queen. Braços levantados em aprovação. Ela tocaria qualquer canção solicitada, com a competência desinteressada de músicos profissionais. Uma máquina de transações universais. Augusto perguntou-se o que cada um daqueles músicos tocaria, se pudesse escolher. Imaginou cada um deles tocando sua música preferida em seu instrumento, todos ao mesmo tempo. A cacofonia de boas intenções. Perguntou-se se ficariam satisfeitos com o resultado. Perguntou-se quantas concessões cabem em uma única canção de três minutos. Ele entrou na cerimônia com "I Want You" tocada ao fundo pelo trio de cordas. Caminhava em linha reta, braços dados com Judite. Rostos sorrindo de ambos os lados, buscando um instante de seu reconhecimento. Um momento bonito, casamentos têm o condão de suspender o cinismo por algumas horas.

Seu olhar cruzou com o de Rafael, sentado na mesa da família. Foi até eles. Estavam em silêncio, observando o movimento do salão.

"Não vão dançar?"

"*Doch*". Se Dagmar usasse maquiagem, seu rosto seria um borrão a essa altura. Chorou a cerimônia inteira. De costas para os convidados, Augusto escutava-a fungando, murmurando interjeições teutônicas.

Sentou-se na mesa dos Weberbauer.

"A Tereza tá linda", seu irmão disse. Augusto concordou com a cabeça.

"É uma irresponsabilidade ficar pulando assim com essa barriga."

"É o casamento deles, mãe. Tá tudo bem."

"Só estou dizendo. Seu irmão é que não vai."

Augusto não retrucou. Quando estava com Rafael, os destratos de Judite perdiam densidade, batiam afofados, escorregavam para o chão. Era uma aliança histórica, triunfavam pelos números. Seu irmão agora levantava um copo para que brindassem. Só os dois. O vidro estalou. Augusto bebeu virando, com gosto. O uísque desceu cantando hinos de libertação.

Judite estava tão bonita, com seu vestido verde-mar. A mãe do noivo. Seus filhos divertiam-se ao vê-la lidando elegante com os convidados de Tereza que vinham parabenizá-la, conhecê-la, criar um momento de cortesia interfamiliar. Seu rosto impassível sob o peso de desaforos não ditos. Apesar de tudo, ela parecia feliz. Se por nada mais, pelo fato de que Augusto não era mais problema dela, ele pensava. Era possível.

A presença de Tereza trazia consigo a massa de olhares que se deslocavam com ela por todo o salão. A noiva. Uma partícula de magnetismo irreprimível. Dagmar voltou a torcer o rosto, extraindo as lágrimas que sobraram. Em sua frente, um copo de cerveja esquecido.

"*Wunderschön, Liebling. So wunderschön.*"

"Tá todo mundo comendo, bebendo? Tudo certinho? Cadê você na pista, Rafa?"

Rafael e Tereza vinham cultivando uma amizade cheia de potências. Cunhados, irmãos por direito. Uma instituição autônoma dentro do casamento, cada dia mais próspera, toda constituída por meias palavras, riso solto e concordâncias à mesa do jantar. Augusto era grato, embora sentisse uma inveja branda. Sua relação com a esposa – *esposa!* – ainda dependia de frequentes ajustes, ajustes extensos, verbais, literais. Custava-lhe um excesso de palavras bem pronunciadas para que pisasse firme aonde quer que fosse. Mas tudo bem, tudo em família. Irmãos, sangue, direito. A vida a partir de agora.

Rafael sorriu, terminou seu copo de uísque, seguiu Tereza pelo salão. A banda começava a tocar "Pérola negra", um pedido da noiva. Sua favorita. Rafael tomou-a nos braços, trouxe-a para perto. Os dois corpos moviam-se sem esforço, com a graça das coisas fáceis. Augusto olhava de longe, enternecido. O uísque finalmente batera. Olhava aquelas duas pessoas dançando quase paradas, quase uma só. Um balanço sutil no espaço, um pouco para lá, um tanto para cá. Fragmentos de sua vida reunidos, movendo-se no mesmo ritmo, mais ou menos parados em um mesmo ponto. Um único ponto. Algo incomodou-o. Sentiu o impulso de dizer que parassem, que apartassem o conjunto. Não se mexeu, mas o incômodo permanecia. Augusto mandou o uísque trabalhar. Um único ponto, meu deus, parado no espaço. Vulnerável. Um alvo fácil para o que quer que a vida tivesse reservado por capricho. Movam-se. Mexam-se daí. Corra cada um em direções opostas. Façam o favor.

Afastem-se.

ß

You're too old to lose it, too young to choose it
And the clock waits so patiently on your song
You walk past a cafe but you don't eat
when you've lived too long
Oh, no, no, no
You're a rock 'n' roll suicide

Augusto não se lembrava de ter estado neste quarto sem que um disco estivesse tocando. O som ricocheteava pelo cômodo de cinco metros quadrados, formando uma malha espessa de acordes, solos de guitarra e símbolos frequentemente datados. Ele ficava ali, escutando música e escutando Otávio explicar referências, significados, personagens, cronologias. Escutando que a fase berlinense de Bowie não deve nada a Ziggy Stardust. Que o Kinks é o grande injustiçado da invasão britânica. Que quem diz ter Harrison como o Beatle preferido quer chamar atenção ou não sabe do que fala. Escutando que Arnaldo Baptista é o Syd Barrett brasileiro, só que melhorado. Que The Clash é a única banda que importa da tríade punk. Que Guns N' Roses é infinita e miseravelmente superestimado, e que Axl Rose tornaria o mundo um lugar mais salubre se nunca mais cantasse um ré que fosse. Que se você escuta "Visions of Johanna" semibêbado, às quatro e meia da manhã do sábado para o domingo, alguma verdade irrefutável lhe é revelada. Que se você escuta o álbum que Nina Simone gravou ao vivo em 1964 e não é tomado por uma forma bonita de fúria, você morreu, você já está morto e nem sabe. Escutando que o rock brasileiro nunca foi tão rock n' roll como no *Fa-Tal* da Gal Costa. Que Maria Bethânia é a coisa mais careta que pessoas supostamente nada caretas escolheram venerar. Que o Velvet é bom, bom pra caralho, mas nunca esqueça *Chelsea Girl*, da Nico. Escutando que o encontro de Lennon e McCartney foi um milagre quântico, irrepetível.

Escutando.

Mas não hoje.

Hoje Otávio estava prostrado de barriga para cima na cama de solteiro que ocupava o quarto quase todo. Augusto olhava calado, esperava um sinal, uma orientação sobre quando e como intervir, sobre as palavras que prestariam o serviço adequado nesse momento. Nada. O máximo que recebia, em intervalos irregulares de tempo, era um suspiro profundo e a constatação de que "*acabou, acabou*", palavras que, se prestavam algum serviço, era manifestamente funerário.

Uma pena. Até então, este quarto não produzira nada além das memórias mais instigantes da vida de Augusto. Otávio morava sozinho em um apartamento quarto-cozinha na Avenida Consolação. Ele transformara a área de serviço em um terceiro cômodo, integralmente tomado por uma cama, um aparelho de som e a coleção de discos. Sua mãe morava em Bauru. Seu pai era diplomata. Foi um dos marcos fundantes da amizade dos dois rapazes. O pai de Augusto fora embora; o de Otávio, raramente voltava.

Com o tempo, aquele se tornara o quarto extraoficial de Augusto. Era o que o poupava de viagens cambaleantes de metrô até Santana depois de noites de cerveja morna. E foi nele que, dois meses atrás, Augusto viveu sua noite mais querida.

Liberdade de expressão: ilimitada ou inexistente. A frase ecoava em sua cabeça enquanto o espelho de elevador lhe mostrava quatro jovens quimicamente desenvoltos. A saideira seria na casa de Otávio, ele anunciara. Não houve protestos. Mirella e Beatriz, embora Augusto nunca soubesse, já haviam tomado as decisões que determinariam o percurso da noite. Naquele momento, ele era pouco mais do que um acessório com sorte grande.

Mirella fechou a porta do cubículo. Ainda segurava uma latinha de cerveja pela metade. Augusto escolheu um disco. *I Got Dem Ol' Kozmic Blues Again Mama!* Ele foi o escolhido por nenhum outro motivo além da lembrança do que Otávio um dia lhe dissera. *Augusto, esse disco pega mulher sozinho.* O som preencheu o quarto com promessas que ele esperava que fossem cumpridas.

Hey well I don't care how long it's gonna take you now
But if it's a dream I don't want, no I don't really want it
If it's a dream I don't want nobody to wake me

Augusto tinha a sensação corrente de que as pessoas, mesmo aquelas que deveriam amá-lo, olhavam-no sempre como se o perdoassem por um novo pecado. Mirella era única nesse sentido. Ela parecia habitar um país estrangeiro, intocado até mesmo por relações diplomáticas, onde não chegava notícia de seus crimes. Olhava-o como se fosse sujeito sem passado, de sobrenomes esquecidos. Indivíduo cheio de potências, pronto para tomar de assalto a vida inteira.

Ela acompanhava a música, cantava baixinho a letra com um inglês quase sem sotaque. E foi cantando que chegou mais perto, jogou seu peso sobre Augusto, beijou-o na horizontal. Seu vestido abrigava formas e texturas com o menor dos esforços.

Augusto sentia o pinto encaixado entre suas pernas, sentia-o deslocando matéria, recebendo e produzindo calor. Despiam-se em movimentos mal coordenados, atrapalhavam-se, perdiam tempo. Jogavam cada peça de roupa para longe, para que nada no quarto deixasse de ser tocado por eles. Cor, forma, cheiro, sabor. Mirella tinha os mamilos marrom-escuro, os bicos como indicadores agradecendo aos céus por um gol de placa. Na boca de Augusto, o gosto salgado e azedo de um dia longo guardado. Ela olhou-o nos olhos, empurrou-o até que se deitasse. Sorriu o sorriso mais conciso do mundo, um mensageiro de intenções sagradas. Mordeu-o de leve no pescoço, deixou em sua pele uma marca babada. Mordeu de novo. Mordeu de novo. Mordeu de novo. Cada mordida marcava um pouco adiante pelo caminho que acabava entre as pernas de Augusto. *Ai*. Ele surpreendeu-se com o próprio gemido quando Tereza colocou o começo de seu pau na boca. Não parecia sua voz. Era assim que soava, frágil, agudo, quando sentia prazer? Desconcertou-se, mas Mirella seguia olhando-o nos olhos. Pau, boca, olho no olho. Ela experimentava com seu pinto como um primata aprendendo a utilizar ferramentas. Engolia, cuspia, encarava, percutia, balançava. Augusto gemeu sem culpa. Gemeria até terminar, se não tivesse outras inspirações. Ergueu-se, imitou o empurrão de Mirella, deitou-a de costas na cama. Beijou-a na boca, apartou-se. Sentiu nos lábios dela o cheiro de saliva e lubrificante, sentiu em sua própria boca a consistência espessa, o gosto doce. Era a primeira vez que descia aquele caminho, mas, quando chegou ao destino, chupou com fome. Ele tinha fome. Não era mais Augusto, não tinha nome ou história, apenas vontade e potência, um sujeito que fodia e gemia e chupava. Gemia e fazia gemer. Mirella sofria microtremores, xingava e gritava interjeições. Ele se afundava, engasgava, corria riscos de falta de ar. Explorava com a língua, com o nariz, com o queixo, descobria em cada curva um local não visitado, cheio de consequências. Em algum momento, quando ainda chafurdava furioso dentro de Mirella, ele pensou, *caralho, isso aqui é uma cidade*.

Prostrados na cama, buscando oxigênio, sentindo passearem pelo corpo as últimas moléculas de THC, serotonina e etanol. Na vitrola, um disco rodava intocado ao redor do próprio eixo. Sabiam que em algumas horas começaria um dia de ressaca, constrangimentos e roupas de ontem. De movimentos de retorno. Mirella alisava o tronco de Augusto com o indicador, em trajetórias casuais, flutuantes.

"Augusto, Augusto". Ela dormiu, dormiu com seu nome na boca, semidigerido. Mirella fazia do seu nome uma palavra mais bonita.

Ele queria tentar.

"Augusto", disse baixinho uma única vez antes de dormir também, antes de sonhar com palavras amostradas, convencidas, rodopiando pelo ar, ligeiramente fora de seu alcance.

Dois meses depois, o mesmo quarto, diferentes lençóis.

"Acabou. Acabou", Otávio reiterava na horizontal.

"Não é o fim do mundo". Aquele cômodo, as memórias nele concebidas, enchiam Augusto de coragem para arriscar redundâncias bem intencionadas.

"Saia daqui. Saia daqui. Se vai falar merda, saia daqui."

Obedeceria, se pudesse. Mas ficou ali, parado, esperando passivo os próximos eventos.

"*Não é o fim do mundo*. Você me conhece? Você tá falando com quem, Augusto? Você fala essa frase, e eu vou me sentir melhor? Eu vou ouvir esse decreto de sabedoria, essa máxima, e de repente o horizonte de possibilidades começa a raiar? Você quer que eu me emocione? Que eu me sente e aplauda a vista? Você acha que eu não esgotei cada hipótese, que eu não vislumbrei cada um dos caminhos possíveis a partir de agora? Em nenhum deles a vida continua sendo o que podia ser. Vai falar merda pra mim? Não é o fim do mundo. *Não é o fim do mundo.* É um filho, Augusto. Um mundo inteiro já acabou. Acabou."

Por alguns minutos, ficaram ambos sem se mexer demais, esperando as palavras ricochetearem até escorregar pelas paredes, inertes. Otávio sentou na cama, começou a chorar baixinho, o rosto apoiado entre as mãos.

"Eu não sei o que fazer."

"A Beatriz não considera tirar?"

"Não me deu nem a chance de sugerir. Ela vai ter."

"Pode ser que nem vingue. É mais comum do que a gente pensa."

"Pode ser."

O disco chegou ao fim. Otávio levantou-se para trocá-lo, cumpriu com cuidado cada etapa da operação, como se não lhe fossem permitidos mais deslizes. Era ele quem sempre escolhia o que escutar. Tinha um processo para isso. Encarava a coleção de discos com algum rigor, com algum afeto, criava ordens secretas baseadas em vontade, coerência temática, adequação ao contexto. E pinçava o eleito, judicioso. Escolheu um álbum que Augusto não conhecia. O título ocupava a capa inteira com letras brancas, cheias, sobre um fundo negro. *Leonard Cohen, Songs of Love and Hate.*

> *And though I wear a uniform I was not born to fight*
> *All these wounded boys you lie beside*
> *Goodnight, my friends, goodnight.*

Os dois rapazes ficaram um pouco em silêncio, cultivando frações de pensamento enquanto o vinil invocava comoções passadas, por meio de atrito, rotações e corrente elétrica.

"O que seus pais disseram?"

"Não consegui contar. Minha mãe vai tentar me dar algum conforto. Dizer que vai ficar tudo bem. Que não é o fim do mundo. Só que quem pode ajudar está na Suíça e me disse categoricamente, mais de uma vez, *eu pago seu apartamento pra você estudar, não me engravide uma vadia qualquer, que eu não lhe dou mais um tostão*. E não é que o velho conhece o filho que tem? Vai saber como. O filho da puta."

"E dinheiro? Alguma ideia?"

A risada de Otávio foi um latido.

"Nada se altera! Segue como está. Tudo como planejado. Publico meu primeiro sucesso editorial nos próximos nove meses, termino a faculdade, sustento criança e a mãe com os royalties enquanto estudo pra procurador, pelo tempo que for necessário. Quando existe literatura e existe talento, no Brasil amado de hoje, não há limites para o quão gorda sua conta corrente pode ficar."

Parecia a Augusto que, em sua frente, outra pessoa preenchia a pele de Otávio. Uma pessoa molenga, encurvada, mais propensa a silêncios. O amigo olhava para a cerâmica do chão, e Augusto imaginou o que ele enxergava. Imaginou estruturas sólidas, por toda uma vida edificadas, com rachaduras em seus pilares fundamentais. Percebeu que aprendia algo sobre Otávio. Linguagem, postura, ambição, dinheiro, reconhecimento, liberdade. Formas sofisticadas de se mendigar controle à vida. O controle agora ruía sob o peso de um embrião que, a cada semana, dobrava de tamanho por incessantes divisões celulares.

Detestou a ideia que lhe ocorria. Afastou-a, tentou desbaratá-la, rechaçá-la. Mas ela voltava, era grudenta, revestida por razões adesivas. Impossível ignorá-la. Resignado, Augusto falaria, a despeito da sensação de que transmitia por contato parcelas malditas de seu próprio destino.

"Você podia trabalhar no escritório. Eu falo com minha mãe. Você tira algum dinheiro pelo tempo que precisar. Já é uma ajuda."

Viu no rosto do amigo a gratidão de alguém em estado de necessidade, de alguém que em qualquer outra situação estaria ofendido pelo gesto. Ele sabia o que Otávio pensava do negócio familiar dos Weberbauer, as salas mal iluminadas, as repetições envolvidas, a previsibilidade além da vista. Sabia que ele desprezava qualquer sentimento de obrigação que Augusto nutrisse pelo escritório. Não haviam tido essa conversa, mas o tema circundava a amizade deles como uma moldura.

"E Judite toparia?"

"Duvido que não. Ela gosta de você, sei lá por quê."

"Posso pensar?"

"Pressa alguma."

Com isso, o tema foi desarmado. Mudaram de direção, rumo a conversas comezinhas, ligadas a fatos recentes e destinadas a morrer com eles. Escutaram outros discos. Abriram latinhas de cerveja barata e pediram uma pizza por telefone. Naquela noite, naqueles tempos, ainda era fácil vestir de novo as roupas folgadas da normalidade.

11.
POR ENTRE OS DEDOS

A lembrança de um sonho às vezes desce atrasada, custa algum tempo para que a matéria se liquefaça e escorra até os andares mais firmes da consciência. Nessa manhã, já se iam dez horas e duas cápsulas de café quando Augusto se recordou dos caminhos por onde a cabeça andara durante a noite.

Era o salão de festas de seu casamento, ou semelhante o suficiente. Ao fundo, tocava a valsa de uma caixinha de música. As cores variavam em espectros metálicos. O vestido de Judite, contudo, seu vestido de noiva, ele pulsava branco. Judite dançava no centro do salão, mais jovem do que Augusto, tão jovem quanto ele a vira nos negativos de Líria Ogawa. Judite dançava com um homem cujas dimensões mudavam a cada dois passos, a cada rodopio. Era potente e cruel, de repente mirrado, cheio de sensibilidades. Não era seu pai, não estava nas fotos, não era ninguém. Augusto vestia terno, Augusto era noivo. Do canto de olho, sempre à margem da vista, ele adivinhava Tereza, ela pulava, braços erguidos. Rafael observava entretido. Uma cadeira de rodas deslizava pelo salão. Sobre ela sentava uma criança grotesca. Os membros retorcidos, encolhidos em direção ao corpo, derrotados pelo próprio campo de gravidade. Saliva escorria de uma boca que nunca se fechava completamente. Essa criança encarava o palco. Sobre ele, Otávio discursava. "Judite é a mãe! Judite é a mãe!" Augusto parou para escutá-lo. "Até quando Judite vai ser a mãe? Até quando? E desde quando ela é? Augusto, faz alguma coisa, seja o pai. Seja o pai. Augusto não fala nada. Ele não fala nada. Então eu digo. Judite e Augusto para sempre. Para sempre". Augusto queria gritar que se calasse, mas nada disse. Estava sem palavras. Resoluto, subiu no palco, sentia o rosto contorcido de raiva, a centímetros de Otávio. "Augusto, Augusto. Olha esse nome. Ele gosta que falem o nome dele! Que nome é esse? E até quando? Judite e Augusto para sempre. Para sempre. Vocês podem chorar agora. Porque eu disse. Augusto e Judite para sempre. Para sempre". Augusto devia impedi-lo. Sabia que continuar daquela forma seria insuportável, que a argamassa onírica daquele salão cederia se Otávio seguisse falando. Empurrou-o com toda a força de que dispunha. Sem efeito. Suas mãos eram esponjas sem impacto. "Augusto, Augusto. Sua mãe vai ser feliz. Sai da frente. Até quando, Augusto? Fala algo. Eu tenho palavras imensas, Augusto. Hiperanticonstitucionalmente. Esquisofreniquíssima. *Unvergänglich*. Megafatricidiário. Cu. Fala alguma coisa. Fala. Cu. Fala cu, Augusto. Fala cu". Ele precisava ferir Otávio de morte. Punhos fechados, golpeava-o no rosto, pescoço, têmporas. Sem consequências. Sentia o maxilar travado em fúria. "Augusto é filho homem. Varão. Filho do homem. Cadê, Augusto? Faz alguma coisa. Conta pra gente. O que você descobriu?" Augusto avançou de corpo inteiro. Com as duas mãos, abriu a camisa de Otávio e mordeu seu peito direito feito um animal. Arrancaria o pedaço que pudesse. Fechou os olhos, sentiu o corpo de Otávio dentro do seu, a textura da carne, sua temperatura. Sentiu sua boca encher-se de um líquido com gosto de cloro. Engasgou-se, abriu os olhos; era o peito de Judite que tinha na boca, Judite tal qual estava na última vez que se viram em vida, o bico do peito firme como um dedo. Ele não largou. Mordeu inclusive mais forte.

Estavam de pé, abraçados, uma releitura grotesca de estátua renascentista. Judite olhou-o nos olhos e decretou, *"faz direito, Augusto. Faz direito, ou nem faz."*

Não teve tempo para constranger-se com a ereção insinuada dentro do terno, pois, do outro lado da mesa, Anália Gonçalves perguntava sobre prazos e prognósticos.

"Doutor, algum problema?"

"Perdão?"

"De repente o senhor pareceu ver fantasma."

"É a idade, que convida os semelhantes."

Riram. Augusto não sabia por que lhe agradava a companhia de Anália. Pessoa objetivamente detestável. Era a quinta demissão em que ele a representava nos últimos sete anos. Desta vez, foi expulsa do escritório onde era secretária por razões que preencheriam seis ou sete razoáveis justas causas. Talvez o fascinasse como ela se via invariavelmente desimplicada da cadeia de eventos que levaram a cada uma das dispensas; talvez apreciasse a oportunidade de não se sentir pressionado a ser nada melhor do que era.

"Mas como eu dizia, doutor, agora é crime simplesmente descrever o corpo do sujeito? Eram dois rapazes com o mesmo nome na sala. Chamei, perguntaram qual, eu disse *o gordinho*. Ainda falei *o gordinho*. Fui bondosa. O homem era um boi. Eu *descrevi* o que via. Tava ali, à luz do dia. Não era nenhum segredo. A culpa é minha se o sujeito lancha vitamina de aveia e pão de forma? Vai comer uma maçã, uma salada. Dá um passeio no quarteirão. Meia hora na esteira. Mas não, o redondo ficou indignado. Pediu pelo gerente. E que eu chamasse, claro, porque ele que não ia levantar da cadeira. A gente não pode dizer mais nada, doutor. Tem que achar bonito. É bonito agora, sabia? Colocam em capa de revista. Já viu aquela atriz famosa de Hollywood, ela tem um rosto bonito, mas é uma bola, você não sabe onde acaba o pescoço e começa o bucho. E não se pode falar *nada*. Tem que levantar e bater palma. São os heróis. É corajoso agora sair por aí carregando esse embrulho, ofegante, roncando a noite inteira porque o corpo tá pedindo socorro. Se a gente encontra um cachorro obeso, a gente fala *coitadinho*. Se vê um leão gordo no zoológico, já sabe que é maltratado. Agora a pessoa, não, é um exemplo. Não tô dizendo que tem que tratar mal, *claro* que não. Mas encorajar?"

Augusto era elemento fungível daquele monólogo. Bastava somente um par de ouvidos, mesmo um ouvido apenas, para que ele fosse inaugurado e exaurido. Ficou ali parado, emprestando umas e outras frações de sua atenção, enquanto pensava sobre a bênção que era ter a autoimagem como rabisco indiscernível. Pois Anália era, sob a luz de qualquer medida, padrão ou parâmetro, gorda. Os profissionais competentes classificariam sua obesidade como mórbida. E, diga-se, seu interlocutor já passava a maior parte da vida acima do peso. Era uma espécie de superpoder, transitar pelo mundo como massa amorfa, pulsando opiniões, impressões e preconceitos, imperturbada pelo escrutínio da própria realidade.

Ele era imune aos efeitos deletérios da presença de Anália. Especialmente hoje. Levou a reunião por memória motora enquanto imagens do sonho caíam sobre ele através dessa goteira, fissura maldita entre dimensões até então indissolúveis. Não costumava sonhar e não sabia bem o que fazer da novidade.

"Dona Anália", perguntou quando ela se preparava para deixar o escritório, "a mãe da senhora é viva?"

"Enterrei minha mãe faz vinte anos, deus a tenha."

"A senhora sonha com ela?"

"E o doutor acha que ela ia deixar de me encher a paciência?" Anália sorriu. "Agora, justiça seja feita, aquela ali nunca teve orgulho de ser gorda. Sentiu vergonha a vida inteira."

ß

Augusto observava o rosto de Líria Ogawa iluminar-se pelos raios catódicos do monitor, variando levemente em cor e intensidade de acordo com o movimento de seus dedos. O teclado fazia o som de uma nuvem de besouros cascudos preparando-se para levantar voo.

Na parede, próximo à porta, já não estava o fotograma das crianças na praia. A impressão, em verdade, era de que os negativos eram sempre rearranjados em função da conveniência e da necessidade de Líria. A sala mal iluminada, a caneca de chá cuspindo vapor, a plateia de fantasmas que subia as paredes e os móveis. Augusto buscava com os olhos algum detalhe redentor, sem sucesso. A solidão naquela casa era cheia de recursos.

"Dona Líria, a senhora já pensou em adotar um gato?"

Líria não desviou o olhar da tela, não perdeu um compasso do ritmo com que digitava. "Há quem não tenha animais pela dor que um dia vai ser perdê-los. Com a minha idade, mais provável é que eles me percam, coitados."

Augusto não tinha desejo ou fundamentos para argumentar. Mas tampouco estava preparado para ficar ali em silêncio, sendo tomado passivo pelos presságios daquele cômodo. Aquele sonho incomodava feito candidíase, e sabia muito bem quem lhe tinha passado.

"O que a senhora me falou sobre memória. Digamos que seja verdade. Sempre dói? Precisa doer, a memória descendo?"

Líria Ogawa parou o que fazia. O rosto pintado pela tela do computador fitou Augusto por alguns momentos. Ele aguardou; sabia que estava na presença de processos silenciosos, de ponderações que buscavam um resultado.

Líria então falou.

"*Papa e mama* chegaram no *Kasato Maru*. Vieram com meus avós na primeira onda oficial de imigração japonesa. As famílias eram próximas. Cultivaram por anos a mesma terra em Bastos, aqui no interior. Já meus pais deram para cultivar entre eles semente de natureza diversa, do tipo que rendia colheita pelo resto da vida inteira. *Otousan* não tinha vontade nem talento para agricultor. Ele escutava e lembrava e lia e relatava. Alma de poeta, coração japonês, ele deu a si mesmo a missão de preservar a memória da sua terra, da terra de sua família. Colecionava armas velhas e xilogravuras. Abriu o primeiro *nihongakko* da cidade. Uma escola em japonês, para japoneses. *Papa* dizia que linguagem é a cama feita da memória. Era um professor apaixonado. Eu nasci, e na cidade só o chamavam *Sensei*. Era querido pelos brasileiros, tão querido quanto pode ser um imigrante. Se via algo bonito, de tradições japonesas, feito por alguém daqui, guardava para me mostrar. Me falava *olha, musumesan, é o mundo aqui*. É o mundo aqui com a gente. Pouco antes de morrer, me leu encantado um *haiku* do Guilherme de Almeida:

Um gosto de amora
Comida com sol. A vida
Chamava-se: Agora.

Nessa noite ele chorou com saudades do Japão. *Otousan* amava seu país mais do que a maioria das coisas. Mas Japão para ele era memória, e memória é a busca de verdades desencontradas. Mentir seria crime de lesa-pátria, e foi isso que o mandaram fazer. *Shindo Renmei*. Esse era o nome do grupo de fanáticos que apareceu depois que a bomba explodiu. Japoneses ignorantes, gente pequena com orgulho ferido de morte. Sua missão era espalhar pelos cantos de

São Paulo o boato de que o Imperador não se rendera, de que essas notícias seriam estratégia de guerra para atingir um Japão na iminência da vitória, de que naquele mesmo instante navios imperiais dirigiam-se ao Porto de Santos para buscar os súditos que permaneciam fiéis. Eles visitavam membros proeminentes da comunidade, aqueles que dariam credibilidade a suas mentiras, e lhes ofereciam uma escolha. *Papa* sabia que o buscariam. Passava os dias triste, prestando atenção aos ruídos fora de lugar. Eles vieram em uma noite chuviscada de setembro. O coronel Junji Kikawa em pessoa, com sua katana desembainhada. *Papa* empunhou uma espada velha, sem corte, um objeto de decoração, e os recebeu à porta.

'*Sensei*, seu coração está sujo. Aceite a verdade. Propague a verdade. Ou morra.'

'Tolice. A verdade, ela traz beleza a um mundo desinteressante. Seu caminho perdeu-se em vaidade e desengano. Suas mentiras ofendem o Imperador, ofendem nossa terra, nossos compatriotas. Na minha frente não está um japonês, mas um velho tolo, sem outra pátria que não a das próprias ilusões.'

Kikawa avançou. A passos de idoso avançou. Seu corpo parecia esquecer o peso da espada, ergueu-a tropeçando, desferiu um golpe bêbado. *Papa* bloqueou, empurrou-o com o braço. Mediram-se. Observaram-se enquanto desenhavam um círculo no chão. Investiram novamente. Dois samurais capengas, brandindo espadas gastas, lutando pela ideia de uma terra para onde nunca voltariam. Por algum tempo, a cena podia ser engraçada; a lentidão dos velhos, gestos exagerados, gemidos cortados pela falta de fôlego. Um espetáculo para divertir crianças. Até que um golpe de sorte encontrou o corpo de seu adversário com a força e a precisão necessárias ao resultado desejado, e a noite foi encharcada de presente, de urgência, da tragédia das coisas. A katana de Kikawa não estava cega, afinal. Tampouco eu estava.

Vi tudo. Vi quando ela rasgou a camisa de *Papa* e escondeu-se em sua barriga. Vi o tecido escurecer ao redor da lâmina, tingido de uma cor que só podia ser vermelho. Vi a expressão surpresa no rosto de ambos os adversários, confrontados pela realidade das consequências a que deram causa. Vi Kikawa tentar retirar a lâmina daquele corpo, vi *Papa* vazar quando ele conseguiu. Vi tocar o chão o que hoje sei era o intestino delgado do meu pai, vi seu corpo inteiro cair sobre ele logo em seguida. Vi escorrer do corpo do meu pai tudo que lhe dava nome, tudo que o fazia parte viva da história. Vi o momento exato em que se tornou lembrança, arrastado pela corrente turbulenta da memória. *Mama* estava do meu lado o tempo todo. Ficamos ali, uma segurando a outra, enquanto tudo acontecia. Kikawa e seus asseclas curvaram-se uma única vez diante de nós antes de irem embora. Poupavam a família; o coração sujo morria com o homem. Deixaram-nos viver o que quer que a vida fosse a partir daquele momento. *Mama* calou-se. Proibiu-se de lembrar. Acreditou que o silêncio manteria afastada a lembrança do marido, do Japão, de cada um dos dias que, juntos, formaram o caminho até aquela noite de setembro. Tolice, mulher. Não é assim que acontece. Decidiu pavimentar seu caminho a partir dali com garrafas vazias de Pitú. Tornar-se brasileira até o fígado. Tolice. Gostaria que ela soubesse o que hoje sei, que ela soubesse como funciona. Incontáveis vezes atendi a porta para um sujeito compadecido que a carregava do bar até em casa. Claro que não demorou a morrer também. E então era eu. Minha história foi diferente. Eu soube desde aquela noite que minha vida seria dedicada aos trabalhos da memória."

Líria encarou Augusto nos olhos.

"Um ato de violência escorre por entre os dedos das gerações. Não tive filhos. A violência morre comigo. Meu pai morreu de passado. Minha mãe, de presente. Eu abraço ambos, olho para frente, para trás, olho para incontáveis direções simultaneamente. Você me pergunta, memória tem que doer? Por que não doeria? Se ela segue caudalosa, arrastando histórias, todas elas? Como poderia não doer a soma de tudo?"

"E por que molhar os pés? Por que não seguir quietinho pela margem, seco, salvo, sem assaltos?", Augusto contestou.

"Meu bom deus, a estupidez do homem. Que margem, Augusto? Não há margem."

Com esse último decreto, Líria apertou um botão no teclado e foi respondida pelos resmungos da impressora. A máquina cuspiu uma folha de papel com palavras impressas. Um nome, um endereço, as orientações respectivas. O primeiro dos trabalhos que faria para a senhora Ogawa em troca da chave.

"Você vai hoje?"

"Amanhã. Está tarde."

No táxi de volta para casa, São Paulo exibia-se como a um voyeurista. Fachadas sugeriam alegrias fugazes, emolduradas por um instante pela janela do carro. E desapareciam. São Paulo nunca abre as pernas tempo o suficiente para ser possuída. É especialista no mercado das vontades. Fornece ambições o bastante para a meia-bomba eterna de seus habitantes. Você só quer mais, e mais basta por agora. Augusto queria mais silêncio. As imagens brotavam em sua cabeça feito espinhas. Produziam um ruído quente de inflamação. Sua mãe, ele mordia o bico do peito da sua mãe. Seu pau meia-bomba, confuso. Uma espada katana vazava o corpo de um pai até o chão. Rafael observava enquanto o irmão feria Otávio de morte. Otávio discursava, sedutor, enquanto Augusto o socava com punhos de algodão. Um navio estrangeiro aportava em Santos, vazava histórias até o chão do país, inaugurando os eventos que levaram Augusto a este táxi. Uma casa terminando de queimar. Um carro destruído na quinta página do jornal.

Gestos de violência escorrendo por entre as pernas de São Paulo, por entre os dedos das gerações.

Augusto entrou em casa perseguido pelas imagens. Tentou escorraçá-las, mas elas escorregaram para dentro e se fizeram à vontade, cada uma em seu canto. Ainda com as luzes apagadas, buscou Dagmar, uma presença viva que o traria de volta ao mundo de duro toque, ao desalento concreto daquela casa. Não a encontrou. A luz da edícula estava apagada. Ele não estava acostumado a companhias dessa qualidade, companhias que lhe suspiravam ideias tão perigosas. *Um gesto de violência escorre por entre os dedos das gerações.* E se fosse verdade? Em que cadeia de eventos estaria inserido, e a quem mais distribuíra convites compulsórios? Percebeu já em meio ao gesto que discava o número do filho.

"Pai?", Theo atendeu com a urgência de quem vai receber notícias que preferia nunca ouvir, mas se é para ouvi-las, que não leve um segundo a mais.

"Filho". Já se arrependera. Conhecia como poucos a crueldade de uma ligação inesperada. Produziu voz estranha, a noção possível que ele tinha de conforto àquela hora, e que só acrescentou ao bizarro da cena. "Queria saber de você".

Theo respondeu escaldado, falou qualquer coisa, tentava ainda entender os contornos exatos daquela interação.

"É que eu estava olhando a foto que você me deu". Era verdade. Por coincidência ou inconsciência, Augusto encarava a imagem naquele instante, ainda encostada em um canto da sala, esperando para ser pendurada. O sujeito empurrava seu carro de mão para fora da tela, sempre um pouco mais perto. Atrás dele, uma cidade, um rio impassível, talvez um pedaço de mar. "É bonita mesmo. Tem nome?"

"Tem sim, pai. *As evening hurries by*."

"Olha só. Bonita mesmo."

"Tá tudo bem, pai?"

"Ué, sim. Tudo certo. Tudo nos conformes."

"E a Dagmar?"

Augusto olhou para um ponto qualquer da sala ainda escura, quem sabe lá estivesse gravada uma resposta para coisas sobre as quais ele não tinha nem ideia. "Mesma coisa."

"Tem falado com minha mãe?"

"Já faz um tempo."

"Liga pra ela, pergunta a novidade."

Se ficaram em silêncio pelo resto da ligação, ou se preencheram esse silêncio com palavras de baixa caloria, Augusto não se lembrava. Aos poucos sua atenção flutuava para longe da cena. Quando desligou, já era como se nada daquilo tivesse realmente acontecido.

Uma sirene pirava pela noite, distante. Augusto ficou por alguns minutos parado no meio da sala, para todos os efeitos cego, recebendo as vibrações suaves, quase um afago, de eventos que não lhe diziam respeito. Percebeu de repente que seu corpo subia as escadas, cada um de seus treze degraus. Encheu um copo de Chivas até a boca, sentou-se na poltrona do quarto. Não lhe ocorreu ligar a televisão. Em verdade, não lhe ocorria coisa alguma por tempo o suficiente para que registrasse como uma ideia, um rosto, um nome, um medo, uma vontade. Sentia seu corpo verter frações de pensamento, elas escorregavam para longe quando atingiam o chão. Talvez Líria Ogawa tivesse razão. Talvez ele estivesse arrebatado por memória, arrastado por seus processos, pela força de suas aparições. Talvez não tivesse nunca mais um dia tranquilo na vida. Talvez não houvesse mais quartos onde se trancasse. Talvez, toda noite, um novo sonho, ou até mesmo sonhos gastos. Talvez com uísque ele não sonhasse. Augusto ficou não sabe quantos instantes brincando de amarelinha entre o sono e o copo de Chivas, catando associações livres a cada tantos pulinhos. Ficaria assim talvez por horas, se em lampejo de consciência não visse o rosto, um rosto ressentido, esbranquiçado, um rosto velho, espiando da porta para dentro do quarto, olhando diretamente para ele. Empertigou-se assustado, assustou-se novamente com o uísque despejado sobre o peito, e de repente ele estava no quarto, irremediavelmente no quarto. Sozinho no quarto. *Convida passado, convida loucura; eu mereço.* Fechou a porta, trancou-a por via das dúvidas, jogou de lado a roupa molhada, o corpo jogou na cama, arriscou duas ou três ideias e dormiu.

ß

O bairro da Mooca e suas declarações de independência. O vocabulário, a paisagem de ferro e gesso, o ritmo cadenciado com que o tempo invade suas ruas. Augusto não se lembrava da última vez que esteve naquele lugar. Talvez tenha sido aquela manhã, quando Otávio o levou para o estádio da Juventus, vestido com a camisa grená, destrinchando longamente cada argumento segundo o qual aquele era o time quintessencialmente paulistano. Foi um dia preenchido por cannoli, incontáveis chopes, acepipes e demais estereótipos necessários a um argumento bem exposto.

O endereço de Violeta Rossi era na mesma rua Javari daquele estádio. Augusto desceu do carro em frente ao número 43, um sobrado cuja fachada de tijolos parecia transportada de alguma vila operária inglesa. Sua cabeça estava bagunçada, ressentida da falta que fazia a primeira caneca de café do dia. Da cozinha, chamara por Dagmar. Quando não teve resposta, saiu de casa apressado, para que não houvesse o risco de investigar aquela ausência. Sentindo-se ligeiramente fora de foco, flutuando a poucos centímetros de onde realmente estava, ele tocou a campainha.

Reconheceu Violeta Rossi das descrições que recebera. Era uma mulher idosa, mas que envelhecia em direções opostas às de Líria Ogawa. Enquanto Líria se contraía, puxada lentamente pelo buraco negro que carregava em algum lugar do peito, Violeta expandia, acrescentava camadas ao corpo fibroso, queimado, repleto de tendões. Lembrou a Augusto uma Dagmar mediterrânea. Ela atendeu a porta com um sorriso curioso; uma senhora acostumada a não se assustar com novidades, que as recebia como hóspedes, bem-vindos e não anunciados.

Apresentou-se. Chamo-me tal. Filho de tal. Queria saber se podíamos conversar um pouco. Por que ficou tão surpreso em receber aquele abraço? Um abraço causado por seu nome, por sua filiação. Por que essa reação? O toque de uma estranha inflamando anticorpos competentes, embora um tanto fora de prática? Será que gestos assim gentis costumam ter esse efeito, e ele simplesmente se esquecera? Verdade é que tanto fazia. Verdade é que a temperatura daquele instante fez-lhe bem.

Entraram na casa. Augusto foi recepcionado por três cachorros. Um deles tinha cor e dimensões de urso, e oferecia um sorriso gentil enquanto babava pelo chão. Outro era todo músculo e energia, balançando o rabo e arfando por uma boca onde caberiam com folga os dois antebraços de um adulto médio. Por último, uma coisa miúda e grisalha, observando tudo em silêncio; sua expressão, inegável majestade.

"Acredite ou não, o miúdo é quem manda. Chispa, suas bestas, abram alas."

A paisagem da sala lembrou-lhe Tereza. As plantas, pela forma que saltavam pelo cômodo, ninguém duvidaria que fincassem raízes nas paredes, no piso de madeira laminada, retirando nutrientes da própria fundação daquela casa. Violeta mandou que sentasse e sumiu pelo corredor. Dois dos cães a seguiram; o mais enérgico, um descendente extraviado de pitbull, fez companhia a Augusto, exibindo-lhe orgulhoso um osso semidigerido, dançando em pequenos espasmos.

Sem contar o peru que habitara poucos dias em seu quintal, Augusto nunca convivera com animais, nunca aprendera a sintaxe dos bichos domésticos. Não sabia, portanto, como reagir à presença paquidérmica que o encarava, babando. "Não te conheço". A criatura não parecia importar-se demais com apresentações. "Você é muito feio. Parece burro". Reação alguma, apenas uma cauda aloprando movimentos pendulares. "Sua máquina de morte". Ainda com o osso na boca, erguido feito um prêmio, o bicho deitou-se de barriga para cima, seu rabo estapeando os pés daquele homem.

"Deixa a visita em paz, Stronzo". Violeta voltava carregando bandeja com café, queijo amarelo e grossas fatias de pão cascudo. Sua comitiva a seguia de perto. O maior entre eles subiu sem cerimônias no sofá em que Augusto estava sentado, ocupando os demais lugares. Não parecia importar-se em dividir a mobília. Observava o desconhecido ao seu lado sem maiores expectativas ou julgamentos.

O mais miúdo alojou-se embaixo da cadeira ocupada por Violeta, os olhos fixos na visita, pronto para reagir a qualquer necessidade. "Não se preocupe, que a Donatela é um poço de sabedoria. O perigo que você corre é levar uma babada. O pequeno é o problema, coitado. Ele não fala muito do passado, né, Ancelmo, e eu não pergunto, mas a vida não foi gentil antes de chegar aqui. Ele ganhou o direito de ser um velho cheio de caprichos". Ancelmo desafiou-o a discordar. Nunca o faria. Arranjo curioso de fauna e flora naquela sala; canídeos, hominídeos, cada um dos indivíduos curtindo as próprias esperanças da ocasião, sob o olhar indiferente das samambaias.

"Então. O filho de Judite Weberbauer está sentado na minha sala."

Augusto assentiu enquanto o primeiro gole de café lhe ajustava a posição relativa naquele cômodo. "Vocês eram amigas?"

"Fomos. Ao menos por algum tempo, fomos. Faz décadas da última vez que a vi, mas me recordo desse período com muito carinho. A verdade é que tínhamos um amigo em comum."

"O senhor Anastás Babayan, correto?"

O olhar que Violeta lhe lançou era uma sacola abarrotada, quase estourando, de sentimentos distintos, brigando por espaço. "Você fez o dever de casa. Então conte, o que você sabe e o que você quer saber?"

"Sei muito pouco. Desconfio de outro tanto. Não tenho certeza se realmente quero saber nada mais, mas preciso. Por razões cada dia mais estúpidas, preciso. Sei que minha mãe conheceu o Armênio na faculdade. Sei que eram próximos. Sei que ele provocava em seu rosto contorções nunca repetidas. Sei que na pele da minha mãe vivia uma mulher que nunca conheci. Sei que ela mudou. Sei que casou com meu pai. Desconfio que ela e o Armênio tenham se apaixonado. Desconfio que essa paixão tenha acabado. Que um deles nunca superou. Que tenha havido violência. Desconfio que essa violência ainda escorra". Ele não admitiria tudo que suspeitava, assustado pelas implicações. "Preciso saber quem foram essas pessoas. Preciso de memória. Eu e o passado ignoramos um ao outro por tempo demais."

Violeta olhou para o relógio em seu pulso, pensou por um instante, fez uma careta e disse, "Você vai ter de fingir comigo que já é meio-dia". Deixou a sala novamente. Dessa vez, nenhum dos três asseclas se mexeu. Ficaram ali guardando

Augusto, cada um deles, funcionário com atribuições bem definidas. Sobre a coxa, sentiu surpreso uma substância morna, um filete de baba que escorria calmamente, quase estático, da boca de Donatela. Esfregou a matéria viscosa nos pelos da cadela, que observava impassível. "Você pediu". Deitado sobre seus pés, Stronzo deu mais uma volta ao redor do próprio eixo. Ancelmo vigiava e vigiava.

Violeta Rossi voltou com a garrafa de vinho aberta, um colheita tardia licoroso, cor de urina. Augusto esvaziou de um gole metade da taça oferecida. Beberia tudo e qualquer coisa, levaria para dentro o que estivesse em sua frente, não era essa agora sua condição? Um organismo absorvente, recebendo, recolhendo, ingerindo o que lhe deixavam pelo caminho. O vinho era doce e ele queria mais.

"Então você quer falar de passado. Eu posso falar de passado. De alguns deles. Vivi uma porção. Talvez não sejam aqueles que você quer ouvir, mas são os que tenho para oferecer. Tenha paciência, que fará sentido. Ou talvez não faça, mas é uma boa história, e tenho mais garrafas fechadas na cozinha. As únicas coisas que fui na vida por mais de cinco anos foram mãe e comunista. Foi o que durou meu casamento. Casei quase uma menina. Quando aquele senhor nos deixou, considerei seriamente passar a próxima meia década sofrendo. Ao invés disso, decidi me matricular na faculdade de direito, o que não é tão diferente. Foi aí que conheci o Anastás. E depois, sua mãe. Mas primeiro o Armênio. Você acha que ser mãe solteira hoje é duro? Naquela época eu era uma besta rara, carregando a Lourdes no colo pelos corredores, pedindo licença pra sair da sala e dar o peito, escondida no banheiro. Os homens não falavam comigo, com medo de que no primeiro bom-dia que me dessem eu entregaria a criança e uma faixa escrita papai. As meninas achavam que eu engoliria os namoradinhos delas com uma chave de perna, já que carregava a prova do crime comigo. Mas o Anastás era diferente. Perdeu o pai na guerra, em uma guerra, não sei qual, que naquele canto do mundo parece que só conhecem isso, e veio de Yerevan com a mãe e a tia. Morava sozinho com elas numa casinha no Bom Retiro. Carregava o fardo do macho armênio, o dever de cuidar, de buscar virtude na abnegação, na renúncia. Levava sobre os ombros pesos dos mais criativos. Decidiu que eu seria mais um, o pobre. Me chamou irmã. E a vida de repente tornou-se uma experiência mais interessante. Esse povo não profere palavras levianas. Eu era família. Passava os dias entre rapazes macambúzios e mulheres risonhas. Comia aquele pão maravilhoso, enchia a cara de *oghi*. A Lourdes adorava. Ela saía tropeçando pela sala, dando tchau, dizendo *barev, barev*. Era bonito como o Anastás a pegava no colo. Não brincava, não fazia macaquice, que não era o estilo dele. Ficava ali, olhando o rosto da criança, mastigando as vontades que aquela cena lhe contava. Não falava, verdade é que sempre falou pouco, mas eu soube desde cedo, talvez até antes dele, que aquilo é o que faria sua vida cheia. Um peso que pudesse realmente segurar nos braços, um dever irrefutável, um peso batizado em seu nome."

Augusto ouvia enquanto lutava para que a segunda taça de vinho não convidasse alguma empatia sobre o sujeito. Não devia. Mas Violeta falava de ideias velhas conhecidas, que frequentaram sua casa e sua pele em um passado cada dia mais recente.

"O maior presente que Anastás me deu na vida também foi um dever. Mas nunca um peso, nunca. Só leveza, a leveza do propósito, a leveza de saber que estou no lado certo da história, embora por vezes me equivoque, embora possa às vezes causar sofrimento a quem não mereça. A leveza de saber que meu caminho é um caminho de virtude, de justiça, de igualdade, quaisquer que sejam os meios para ele. Porque rapaz, você acredita, aqueles armênios eram todos uns comunistas. Mais vermelhos que campari quente. Era um sábado de janeiro, a gente derretia na sala de uma das famílias, sempre havia quem recebesse aquela juventude de cabelos pretos, quem lhe derramasse vinho e cerveja pela goela o dia inteiro, enquanto alguém tocava uma canção tristonha da Mãe Armênia no violão. Normalmente eu ficava ali no meio sem entender palavra, deixava aquele idioma rasgado me invadir com gosto de birita, enquanto adivinhava dores e significados. Mas naquele dia, de repente, o português. Não. O português era um começo. Era português até a segunda sílaba. Aquela melodia, aquelas palavras, eu ouvia a mensagem escrita para ser lançada sobre fronteiras, para invadir as mentes desavisadas da espécie humana. Uma prece sem idioma. *De pé, ó vítimas da fome.* Um grito de guerra. *De pé, famélicos da terra.* A marcha inevitável de cada destino. *Bem unidos façamos.* Você já arriscou o vislumbre do quão pequeno você é, Augusto? Não falo de sentir-se coitado. Autocomiseração é uma forma tacanha de narcisismo. Falo da nossa irrelevância, a irrelevância de cada um, quando perdemos contato com o sentimento de solidariedade que nos amarra a nossos irmãos e irmãs. Sozinhos, vivendo nossas vidas comezinhas, só temos um punhado de gente por testemunha. A gente surge e some da terra sem fazer barulho, acreditando com todas as forças que há valor em nossa rota particular do nada a lugar nenhum. Essa musa liberal que é a individualidade. Fraca, mesquinha, sem resultado. Naquele dia cantei bêbada "A Internacional" e aquelas pessoas deixaram de ser armênias, eu deixei de ser brasileira, fui ferreteada como comunista entre comunistas, meus camaradas e minhas camaradas, e aquilo foi uma sentença."

Imagens insinuaram-se para Augusto, formas tênues, tecidas em camadas pela história que ouvia de Violeta, um processo inominado e intuitivo, aproveitando matérias-primas as mais distintas. Lembranças. Projeções. Linguagem. Conexões improváveis, mas infalíveis. O interior de um crânio iluminado por estímulos elétricos. Por fim, absoluta descrença.

"Não é possível que minha mãe tenha sido comunista."

A risada de Violeta estalou de surpresa. Stronzo achou por bem conferir se alguma assistência era necessária, antes de retornar aos pés da visita.

"Sim e não. Foi, depois não foi. O que talvez signifique que nunca tenha sido. Não é uma vida que aceite facilmente apostasias. Mas calma, que sua mãe chega já na história."

Augusto esvaziou mais uma taça do vinho doce e recostou-se no sofá, sua atenção agora empenhada em construir pontes e limpar trilhas entre os fatos que carregava e as histórias que recebia daquela senhora. Ato contínuo, Violeta encheu ambas as taças enquanto tornava a falar.

"O mundo revelado para mim depois daquele dia. Arte, política, amor, sexo. Foi como ligar pela primeira vez uma tevê a cores. Não sei se fui feita para aquilo, ou se aquilo me fez. Mas pela primeira vez na vida descobri um pedaço de chão que recebesse as raízes que eu tinha. Deixei o resto de lado, deixei certamente coisas demais de lado. Mas não havia outro lugar onde eu pudesse estar inteira naquele momento, e Deus me perdoe, ele tem de perdoar."

Algo em sua voz alterou o equilíbrio daquela sala de formas sobre as quais Augusto era irredutivelmente xucro. Ele notou apenas o movimento dos cães, seus focinhos retesados, as orelhas atentas, os corpos prontos para a ação. Ancelmo estudou-o severo, ao que o homem respondeu com um olhar acovardado de não fui eu. Alarme falso. O momento seguiu imperturbado.

"A figura daquele grupo era um sujeito chamado Levon Yacubian. Mais velho do que a maioria, bonito, rosto inteligente, parecia um Trótski do Cáucaso. Como Trótski, meio bunda-mole também. Naquela época, ainda era um dos poucos ali que tinha sido preso. O Anastás amava aquele homem como a um pai. Yacubian organizava um jornal para a comunidade armênia e colocou Anastás como fotógrafo. Era um talento. Não sei se ele enxergava as tristezas que ninguém mais via, ou se elas se mostravam quando ele chamava, chamava com autoridade, com conhecimento de causa. Uma das únicas vezes em que o vi radiante, verdadeiramente contente, foi no dia em que comprou uma câmera alemã. A outra, olha ela aí, Augusto, foi quando conheceu uma moça alemã chamada Judite."

Olha ela aí.

"No começo eu achava que seria mais uma garota perdida da faculdade que o Anastás adotaria. Uma irmãzinha para mim. Mas logo ficou bem claro que era uma situação toda diferente. Sua mãe, Augusto, ela transmitia uma confiança, uma convicção bastante parecida com soberba. Ela tentaria destruir cada ideia antes de aceitá-la. Cada pessoa, também. Mulher cercada de testes e desafios. Confesso que não tive paciência. Quem essa garota acha que é, pra colocar o mundo sob escrutínio? Anastás, manda essa burguesa à merda, a gente tem mais o que fazer. Mas meu irmão armênio era tão sábio. Ele enxergou sua mãe. As coisas que ela não dizia, ou dizia apenas em frequências hostis, raramente captadas. Ele ficou do lado dela, submetido a ironias, ausências, acessos de raiva, desdém, desapreço, negligência, pouco-caso, desrespeito, escárnio, tudo isso em sotaque alemão, tudo isso o bastante para desmontar um homem fraco várias vezes. Até que um dia ela se abriu. Acredite, Augusto; desconheço vivente que não tenha uma chave largada por aí, uma chave marcada em seu nome, esperando por quem a apanhe e a bote pra uso. Sua mãe se abriu, e finalmente pude ver o que o Anastás já via. Que mulher viva. Que mulher engraçada. Que mulher quimera! E sim, respondendo a sua pergunta, ela frequentou as reuniões do partido, distribuiu muito panfleto, fumou maconha no sofá do aparelho e jurou trabalhar pela derrubada do capitalismo imperialista burguês."

Eram duas as garrafas abertas à sua frente. Uma delas vazia, a outra se esforçando para acompanhar. Violeta deixara o cômodo mais uma vez, acompanhada por dois de seus lacaios. No sofá, aquela ursa parecia satisfeita em manter companhia a Augusto. Ele colocou a mão sobre a cabeça canina, sentiu a superfície integralmente coberta por pelos escuros, sentiu o desenho de um crânio a poucos milímetros de distância. A cadela moveu-se sem dramas, encostou o focinho gelado na palma da mão ainda aberta, deixou o homem bem ciente dos movimentos de inspiração e expiração. O que ela busca saber, e quais são suas conclusões? Eu conto, se você contar. Não há segredos entre nós.

Segredos e mentiras são gestos produzidos pela vontade de uma pessoa só, ou dependem de haver quem pergunte? São um trabalho a quatro mãos? É preciso o interesse, a pergunta, para que se geste uma mentira? O segredo sem pergunta é só silêncio? A indiferença resulta em mentiras natimortas, deve ser, deve ser.

Augusto trabalhava. Cerzia uma imagem de mulher, uma mulher só. Judite e sua mãe, reunidas. Puxava daqui, a moça comunista, maconheira, alguém que sorria para fotos, que namorava sujeitos de países semiconhecidos, batizados por nomes estrangeiros; esticava dali, a mulher irascível, lacerante, alguém que exercia a maternidade como instrumento de coerção. Alguém que um dia decidiu que merecia morrer gritando. Não se tocavam. Faltava. Quais perguntas não fiz? A vida calada encolhe.

À sua frente, três garrafas abertas e Violeta, que lhe oferecia uma caixa de madeira. "Na última vez que vi o Anastás, ele pediu que eu guardasse."

Augusto segurou o objeto, sentiu a textura desenhada pelos anos, mas não a abriu, não ainda.

"Dona Violeta, a senhora está me contando uma história de amor. O rapaz conhece a moça, ela o conhece também, ambos decidem que estão apaixonados, sexo, risadas, fotografia, comunismo. Deus os abençoe. Mas acabou. Um dia, de alguma forma, por algum motivo, que pena, uma pena, acabou. Acabou. E esse fim inaugurou a sucessão de eventos, a genealogia que, décadas depois, hoje, me trouxe aqui. Preciso saber do fim. Me conta do fim."

Violeta fez uma cara engraçada enquanto abria mais uma garrafa, como se Augusto perguntasse de processos tão mundanos, tão banais, que sua explicação se perdera no tempo, que a espécie humana se contentara em desfrutá-los sem perguntas; como se Augusto questionasse por que a água permite a passagem da luz, por que mormaço queima, por que a gente não sonha quando morre, por que o cu não fica na testa.

"Ora, e não é o que acontece? Você acha que as probabilidades eram favoráveis? Que duas crianças namoram pela faculdade e continuam a namorar a vida toda? Aconteceu o que acontece, Augusto. Você ama, você queima, você cansa; a decisão é pular fora ou seguir em palha morta."

"Ainda assim. Mesmo que seja verdade, há pretextos. As circunstâncias do fenômeno. Eu preciso saber."

Ela parecia enfadar-se. "O que eu sei é o seguinte. Sua mãe e o Anastás não eram as pessoas mais fáceis do planeta. Ela era geniosa, um pisca-pisca de ambições, opiniões, julgamentos. Ele veio de um lugar em que a dignidade, a abnegação do macho provedor têm um preço – o respeito incondicional da mulher. Se possível, devoção. Sejamos justos, o Anastás progrediu muito, era cheio de boas intenções, para um armênio era um verdadeiro progressista. Mas havia resquícios, como não? E isso causava atritos mais e menos sutis. Mas acredito que o principal fator tenha sido seus avós."

Seus avós. Ignorava na maior parte do tempo que tivessem até existido. A história oficial foi sempre esta, vovó Maria morreu de cachaça pouco antes do casamento de Judite, vovô Tobias foi achado morto em casa, provavelmente do coração, provavelmente dormindo, quando Augusto era pouco mais do que um bebê.

"Vamos colocar dessa forma, eu suspeito que eles não tenham sido os opositores mais ferinos das ideias do velho Adolfo. Quando sua mãe apareceu em casa com um sujeito quebrado, de um país que mal existia, de pele escura e sotaque estranho, eles fizeram da vida dela um inferno. Não podiam ou conseguiriam exatamente proibir o namoro, mas tudo que podia ser difícil eles faziam o possível para tornar impossível, cada detalhe mais besta de um namoro. Uma vez o Anastás me contou que viu, ou deixaram que visse, eles passarem um paninho úmido na cadeira em que ele tinha sentado. Ofereciam o copo mais gasto, os talheres mais safados pra ele usar. Sua mãe rebelou-se, sim, houve gritarias homéricas, mas era peso demais. Eram seus pais, no final das contas; a casa deles, o dinheiro deles. No fim, continuar o namoro deve ter sido uma labuta insuportável."

Moreninha simpática, sua noiva, Augusto. Personalidade forte, não é? Lembranças ventavam com a voz de Judite. Era a busca de retaliação histórica, era esquecimento, era genética? Incumbência mesquinha, a de repassar os próprios castigos.

"Mas a verdade é que os detalhes, os finalmentes, as derradeiras, eu não sei dizer. Foi por aí que comecei a me afastar. Afastar-me, ao menos na visão do Anastás, de gente demais. Para mim, nunca estive tão próxima. Com o tempo, o comunismo dos armênios tornou-se pouco. Era só poesia, manifestos, abaixo-assinados, assembleias, barbichas, cachaça, abstração. Uma bunda-molice sem fim. Só muito tempo depois percebi que o que eles realmente buscavam era comunidade, um lugar onde estar. Eu, não. Eu estava apenas começando. Eu precisava de lugares aonde ir. E fui. Cuba, China, Bico do Papagaio, Araguaia. Assinei a Carta dos Cem. Quando chegou a hora de escolher entre reformismo e revolução, eu não pisquei. Ajudei a fundar o Partido Comunista do Brasil, e com muito orgulho. Dissidência era o caramba, a gente continuava os trabalhos. Chamei o Anastás para vir comigo, o meu irmão, meu companheiro. Ele refugou. Ficou todo cheio de ressalva. Até que o Yacubian decidiu que os armênios ficariam no partidão, quietinhos, escrevendo poesia e distribuindo panfleto. Paciência, meu irmão. Desejei boa-sorte e parti. Eu já lhe disse – não fui nada por mais de cinco anos, além de mãe e comunista. É a condição de uma vida em movimento. Aprender a despedir-se de tudo, até do próprio nome, quantas vezes for necessário."

"E o que sobra?"

"Ora, o que sobra. No fim, sobra você. Você, em seus pedaços irrefutáveis. Puta merda, como eu sinto falta daquela maldita."

"Minha mãe?"

"Que sua mãe! Minha filha. A Lourdes."

Augusto emborcou a taça. Estava bebaço. À sua frente, as cinco garrafas enfileiradas pareciam a produção de um concerto experimental, na espera apenas do artista para começar. Seria ele o talentoso músico que faltava? Tilintou uma garrafa com a faca do queijo. Stronzo encolheu-se constrangido; Ancelmo encarou-lhe com olhos judiciosos, ali não haveria oferta de piedade; Donatela colocou uma pata empática sobre sua coxa, como quem diz deixa disso. Não era ele o talentoso músico que faltava. Ele estava bêbado e aquela mulher falava sobre a filha.

"Porque eu realmente achei que lhe fazia um bem. Não era caminho em que coubesse uma criança, com suas demandas, suas perguntas, sua cabecinha de esponja. Mas era o caminho de sua mãe. É sempre a mesma coisa? Sempre deve ser um mesmo caminho? Eu decidi que não. Falava e repetia pra mim mesma que fazia aquilo por ela, por ela também, por cada Lourdes do mundo, mas por ela, principalmente por ela. Até hoje, se paro e penso, e não raro eu paro e penso, não consigo decidir se acreditava nisso, mesmo naquela época. Se não era uma fórmula mágica que invocava para fazer simplesmente o que eu queria. Desculpas, contação de histórias, que perigo é a criação de mundos. Ser Deus e servo das próprias narrativas. O importante é saber que tudo que você evita te alcança, mais cedo ou mais tarde. E aí você vai esvaziar os bolsos, pagando o preço."

"Meu deus, a senhora doou a Lourdes."

Os cachorros, retesados, sentiram primeiro a raiva de Violeta.

"Que ideia demente. Bufão, pinguço. Nunca. Que ideia. Nunca."

"Perdão."

"Deixei minha filha, pelo tempo necessário, nada mais, com pessoas de confiança, com pessoas que a amavam. Um ano inteiro ela ficou na casa do Anastás, paparicada feito uma princesa. Por ela, acho que teria ficado lá a vida inteira. O Anastás angustiou-se quando ela um dia o chamou de papai. Não porque não sentisse algo parecido. Aquele homem tinha inclinações de família tatuadas no miocárdio. A vontade de ser pai era maior do que a de ser gente. Não era isso. Ele não achava que merecia. Tinha medo de acabar acreditando."

"Mas por que a falta dela? Cadê a Lourdes?"

O olhar de Violeta atravessou-lhe na altura do peito, mas Augusto era apenas vítima colateral; foi um olhar lançado longe, por dimensão inabitada, galopando entre momentos acabados, de consequências produzidas, correndo selvagem por terra infértil, sem muita esperança de encontrar abrigo.

"E não é o que fazem? Os filhos. Peneiram nossas imperfeições, os pedaços mais censuráveis, e constroem com elas um espantalho. Minha filha parece que viveu sua vida em retaliação. Tudo em que acredito, tudo que me deu um sobrenome, ela fez questão de viver o exato oposto. É casada há trinta anos com aquele porco inchado, aquele herdeiro. O emprego dela nunca nem entendi além da ideia de pegar um dinheiro que não existe pra fazer dinheiro que talvez um dia exista. Augusto, como ela é reaça. Meus netos acho que nunca viram um preto que não estivesse de avental. Nunca pegaram um ônibus. E Augusto, meu Deus, eu tenho certeza que a família inteira votou no Bolsonaro. Não falo com a Lourdes desde a facada, mas eu sei. Eu sei. Meu Deus do céu, a miséria. O que se faz? Fosse qualquer outra pessoa, seria a primeira na minha lista do paredão. Talvez não a primeira, que filho da puta não falta. Mas estaria na página um. Eu passei a vida fazendo de tudo – Augusto, tudo – pra que minha filha não vivesse em um país onde esse tipo de gente tivesse poder. E aí, o quê? Minha filha é esse tipo de gente. Isso não é ironia, não, isso já é safadeza. É crueldade. E o que se faz? Eu preferia odiar e esquecer. Tentei. Não é mais comigo, ela é o que é, pari, criei, cuspi, o azar é todo dela. Falhei. Não consegui despregar a criança da mulher. Lembrar com amor da criança, matar em mim a mulher. Não. É tudo ela, é toda ela, minha filha, a vida que eu fiz, esse destino. Você tem filho? Se tiver, sabe. Filho é nossa grande força, nossa fraqueza, é o que não se move da gente, é o que a gente não consegue mover de si nem que assim deseje."

Enquanto a rolha de uma oitava garrafa deslizava em sua direção, Augusto decidia se concordava. Não era ele a prova do contrário? Moveu-se para longe do filho, removeu-se da equação dos dias, tornou-se pouco mais do que um vestígio genético, envolvendo-o em um estado gasoso, mal sentido, nunca denso o bastante para ser visto. Talvez o segredo do sucesso fosse crer que se tratava de gesto altruísta, que aquilo era um bem que lhe fazia. Talvez o segredo fosse apenas isso, um segredo bem guardado. O gosto desse vinho só melhora.

A atmosfera da sala experimentara mutações gentis ao longo da tarde. A composição do ar, suas porcentagens bailarinas, conduzia mensagens que pulsavam na língua do silêncio. Em silêncio então ficaram por algum tempo aqueles cinco corpos, cada um deles cultivando as próprias reminiscências, os mundos que elas continham. Augusto pensou que poderia dormir e acordar naquele sofá quantas vezes fosse necessário, apenas para não romper o equilíbrio, para não provocar a vida de volta ao movimento.

Mas faltava.

"Dona Violeta, por favor me diga – que fim levou o Armênio?"

A expressão da senhora foi de surpresa, quase embaraço, flagrada correndo já longe em caminhos desviantes. Recompôs-se, contudo, de volta à via principal daquele encontro.

"O fim que ele levou, o fim que o levou, eu já quis muito saber. Hoje não tenho mais certeza se essa informação faria bem a mim, se faria bem a ele. Mas posso lhe contar os fatos, ou como os vi naquele momento. Pois bem. 1971 foi um ano de inferno. Meses de derrota. O espírito enfraqueceu, as balas não paravam de achar companheiros de luta. O Lamarca assassinado. Em certo ponto eu tinha mais amigos expulsos do país do que aqui dentro. Não tive muita escolha senão voltar pra São Paulo, me aquietar um pouco. A Lourdes por essa época estava com minha mãe. Voltei a morar com elas, e confesso que, mesmo na miséria, foram dias felizes que passei naquela casa. A paz de espírito que voltar oferece, embora breve. A Lourdes ficou tão feliz de me ter perto. Às vezes penso que naquele momento tudo era redimível, tudo era ainda remediável, que se eu decidisse ficar, seguiríamos eu mãe, ela filha, aonde quer que esse arranjo levasse. O perigo de buscar pontos sem retorno. Perdão. Umas duas semanas depois que voltei, o Anastás aparece em casa no meio da noite. Fazia anos que não o via. O que a vida fez com meu irmão? Estava magro, o rosto chupado, uma luz de bateria fraca nos olhos. Mas sorriu ao me ver. Me abraçou. Não fez uma pergunta sequer sobre por onde andei, sobre as coisas que fiz, sobre os lugares em que não estive. Abri uma garrafa de rum que eu trouxe para tomar com ele. Conversamos a noite inteira. Ele pediu pra ver a Lourdes. Ficou em silêncio ao lado da cama enquanto ela dormia. Tão em silêncio que eu escutei quando uma lágrima estalou no chão. Ele lhe deu enfim um beijo na testa, saiu do quarto e me disse que teria de partir. Que sumiria, e que eu não perguntasse a razão. Que não tinha prazo de retorno. Que eu não o veria mais, ao menos por muito tempo. Como é que eu, logo eu, diria alguma coisa? Assenti. Abracei. Senti aquele corpo magro em meus braços e tive o impulso de lhe quebrar as pernas, de amarrá-lo na cama, que eu cuidaria de tudo. Que ele apenas ficasse. Mas nada. A caixa que você segura, Augusto, ele deixou comigo nesse dia. Disse que eu a abrisse, que visse tudo, que guardasse comigo, e que fizesse o que bem entendesse com ela. Que eu saberia. Disse então adeus, e nunca mais o vi."

Augusto não diria àquela senhora o fio de relações que a cabeça lhe sugeria, as conclusões implicadas, os indícios mórbidos. Violeta possuía pleno direito de usufruto daquelas saudades, violá-las seria crime de lesa-humanidade, sou inocente, seguirei inocente. Mas ele sabia muito bem que 1971 foi o ano em que seu pai deixou a família, sua esposa, seu primogênito e o filho que aos poucos nascia na barriga de Judite. O fim que levou, o fim que o levou, não foi isso que falou Violeta?

Restava a caixa, então.

O objeto de madeira encerrava a ocasião, secava as garrafas, empurrava os ocupantes daquela sala de volta para seus endereços e seus destinos, cada um deles um pouco mais pesado de memória. Augusto abriu a caixa e viu o mamilo de sua mãe.

Judite estava deitada em uma cama de solteiro mal forrada, completamente nua. Ela sorria, mas um sorriso novo – outro, mais uma novidade – um sorriso que recebia possibilidades e as espremia até o bagaço. Ignorava Augusto, mirava um ponto ligeiramente acima dele, um ponto fixo no tempo e no espaço, um ponto que veio desde a Armênia e nunca deixaria aquele quarto, aquela mulher, aquele momento em preto e branco. Seus mamilos não eram ainda mamilos de mãe, passariam anos antes que Augusto os mastigasse sem reparo. Tinham o aspecto de um embutido de carne macia, a primeira falange de um dedo de criança. Judite tinha a barriga seca, superfície levemente côncava, descendo pelas costelas. Seu umbigo, uma pequena gruta. Mais abaixo, no primeiro plano do retrato feito na vertical, uma massa escura, ligeiramente fora de foco, espessa, cobria as virilhas, parte das coxas, cobria a buceta da sua mãe. Os pentelhos da sua mãe. Augusto buscou por um segundo o nome exato do incômodo que sentia, sem sucesso. Contentou-se com apelidos imprecisos.

Havia outra foto, havia várias, sentia entre os dedos a secura do papel, como se há muito não fosse tocado, como se na verdade já nem fizesse mais questão; puxou uma delas por acaso. Duas senhoras sentavam-se à mesa de uma sala apertada, e não havia dúvida de que eram família. Mesmo Augusto podia sentir a tensão, a iminência de uma delas falar a primeira graça que desmontaria aquelas expressões sisudas. Mulheres orgulhosas e seus cabelos pintados de preto, suas joias tiradas da gaveta, o jogo de xícaras disposto sobre a mesa. A mãe do Armênio e sua tia. Pareceram-lhe senhoras simpáticas, que o receberiam com docinhos e abraços. Prazer, prazer.

Olá, mãe, olha você de novo. Vestida, dessa vez, posando em frente à casa de Augusto, sua casa, a casa de Maria e de Tobias. Era uma casa condenada desde o princípio, ou foram os Weberbauer que trouxeram consigo a maldição familiar, arrastada por continentes e oceanos? Provável que ambas as coisas sejam verdade, provável que se merecessem desde o princípio. Uma construção e seus ocupantes, aguardando com paciência pela fadiga da matéria.

Puxou mais uma foto e sentiu vontade de vomitar.

Um bebê engatinhava em direção à câmera. Ele olhava para o chão, para onde suas mãos tocavam, ele não confiava ainda nas competências do corpo. Augusto conhecia essa criança. Essa criança buscaria conchas pretas na areia de Ubatuba, seguiria uma carreira conveniente, seria proficiente comedor de putas, casaria com uma mulher da praia de Boa Viagem, amaria essa mulher da forma que pôde, com ela faria um filho, amaria esse filho da forma que pôde, cometeria erros de morte, assistiria à televisão, beberia com sede inesgotáveis garrafas de Chivas 12 anos. Essa criança nunca aprenderia a confiar em onde suas mãos se apoiavam, é uma pena.

Mas era impossível.

A cronologia dos fatos, a autoria da foto, as sucessões genealógicas, o bom senso, a porra do bom senso, tudo tornava impossível aquele registro, aquele registro era impossível, e Augusto estava farto.

    Empurrou a criança, correu para fora de casa, atravessou a sala das senhoras, sequer pediu desculpas pelo inconveniente, entrou no quarto com sua mãe, mesmo agora ela não o encarava, que assim seja, ele também não pediria autorização. Estava bêbado, estava cansado, pediam dele coisas demais. Licença, licença, preciso descansar, preciso de um canto tranquilo para fechar os olhos, só um pouco. Atravessou aquela mata espessa, os pentelhos de sua mãe. Preciso voltar. Esgarçou com as duas mãos os lábios, os grandes, os pequenos, meteu uma primeira perna, a segunda, passou a cabeça e passaram os ombros. Era escuro, úmido e tranquilo como deveria ser. Me deixa voltar. Quase lá. Engatinhou pelo canal estreito, forçando as paredes quando necessário, sentindo na cara os humores e aromas daquele ambiente fechado, ácido, autossustentável. Havia mais uma passagem, mas ela abriu-se para ele sem suspense, já era reconhecido, tudo ali era familiar. Chegara. As paredes se expandiram para recebê-lo, era o espaço certo, sem sobras. Augustoforme. Cheguei. E por alguns instantes foi tudo o que precisava. Não era isso a paz, finalmente? O som e a luz alcançavam-no apenas de forma difusa, ele escutava ecos do mundo lá fora, percebia ligeiras variações de cor e brilho. Um lugar sem palavras, sinais transmitidos em silêncio, necessidade era a única linguagem disponível. Eu quero, eu preciso. Me dá. Está vendo? Ele lembrava. Isso é paz. Deixem-me aqui, que estou em paz. Nascer é pra quem tem coragem, ou tempo de sobra. Eu fico aqui. E ali ficaria, se o abrigo não começasse a se iluminar. Ao seu redor, as paredes clarejavam de amarelo. A temperatura subia. Faltava-lhe ar, faltava-lhe de repente tudo. O mundo era luz e calor. Ai, caralho. Este útero está pegando fogo.

12.
ACONTECIDA

Desde Violeta ele tentava passar mais tempo fora da casa. Aquela construção estava empestada de memória. Líria Ogawa bem disse – *os processos dos quais você, querendo ou não, agora faz parte*. Ele não estava convencido sobre fazer parte, contudo. Protagonista de coisa nenhuma. Mas havia processos em curso, havia. As paredes escorregavam por entre momentos de contornos mal definidos, povoados por vultos, figuras que há até bem pouco tempo tinham rosto e professavam as mesmas frases, o mesmo arranjo de palavras. Agora esses espectros suspiravam locuções impossíveis, fora de lugar e de tempo, compartilhando entre eles a suposição, não, a constatação de que aquele sujeito armênio, talvez premeditadamente, talvez em um arroubo de paixão, matara seu pai, matara Augusto pai. Para além de tudo isso, Dagmar andava ainda mais errática, assustadiça, toda silêncio e interjeições, quase que mais um entre os espectros daquela casa.

Catou o pedaço de abacaxi na ponta da faca que lhe apontavam. Tão doce, como se a natureza vez ou outra oferecesse um bem-casado. Precisava comer mais fruta. Precisava conceber uma série de pequenas mudanças, pequenas e significativas.

Há muito tempo não visitava a feira livre de Santana. Há muito tempo não acordava tão cedo em um sábado. Pior que gostava. Gostava do contraste entre os rostos da oferta e da demanda. Os feirantes, verdadeiros dínamos, malabaristas de preços e produtos, lançam promessas e pintam a rua de cores divertidas. Têm um sorriso travado no rosto, fedem a cachaça, providenciam a satisfação de necessidades. Os consumidores transitavam entre as duas fileiras de barracas, ofereciam-se, recebiam propostas, quando em verdade eram eles os artigos à mostra, eles e suas vontades.

Augusto esquivava-se de proposições, preços inafundáveis, certificados de garantia e rimas apenas parcialmente personalizadas. Negava com gestos curtos e adequados. Sorria. Chamavam-lhe doutor. Ele precisava fazer isso mais vezes. Precisava pisar mais a rua. Precisava tomar mais sol. Ele precisava comprar um tênis de corrida.

Na feira de rua não há majestade maior do que as senhorinhas que desfilam entre as barracas. Elas andam de cabeça o quão erguida ainda for possível, traçam julgamentos instantâneos, torcem a boca ao menor sinal de desagrado. São tratadas como a realeza que são. Há serviços e ofertas à disposição somente delas. Carregadores, bajuladores, empacotadores, uma corte inteira na espera pela fração de um desejo. Uma delas parou na frente de Augusto, apanhou um abacate, pressionou sua casca. Deixou marcas de dedo na superfície escura. Retornou a fruta à caixa e seguiu seu cortejo. Tinha cabelos cinza-ratos, a pele do rosto tão manchada que seria difícil dizer que cor tivera aos vinte anos de idade. Augusto percebeu que não sabia o que acontecia com pentelhos de velha. Atingiam certo comprimento e deixavam de crescer? Caíam quase todos? Tornavam-se mais crespos, descoloriam-se, desistiam da esperança de receber um último pinto? Os pentelhos de Judite eram escuros e faziam cachos e em breve receberiam o pinto que balançava alguns centímetros abaixo da câmera. Assim ficariam para sempre, distribuídos sobre o papel fotográfico, dentro da caixa de madeira que agora descansava sobre a escrivaninha no quarto de Augusto. Não era um estado de todo mau para se eternizar. Naquela manhã Augusto foi aparar os seus e encontrou entre eles, pela primeira vez, alguns fios brancos. Perdera a chance de imortalizá-los em todo seu esplendor castanho. Sequer sabia que pentelhos embranqueciam. Ele precisava encarar seu corpo mais vezes. Ele precisava pensar com mais rigor sobre envelhecer.

Parou em frente à barraca do caldo de cana. O rapaz alimenta a máquina, uma vara depois da outra. Quando nota a atenção de Augusto, sorri e aguarda pela ordem. Sua gengiva é vermelho-sangue e faltam-lhe pelo menos dois dentes. Augusto pede um copo. Observa os procedimentos. Pensa que é curiosa a distância entre a cana e o caldo. Um desavisado nunca suspeitaria que aquele pedaço de pau, sólido, maciço e sinceramente sem graça, bastava moer que dava um suco doce, tão verde, com espuma branca decorando a superfície. A surpresa da transubstanciação. Mói um pedaço de pau, dá suco. Corta a cabeça de um peru, dá suco. Fure o homem com uma espada, e ele dá suco também.

Copo na mão, Augusto dirigia-se ao fim da feira, quando sua atenção foi confiscada por um elemento quase fora de seu campo de vista. Uma cadeira de rodas; sobre ela, uma pessoa adulta. Uma mulher. Era evidente desde a primeira olhada que algo dera terrivelmente errado. Como se a gravidade do planeta lhe guardasse mágoa e agisse sobre ela em vingança. Tinha os membros contorcidos em *rigor mortis*, mas essa mulher estava viva, há décadas viva, digamos. Viva e com dor, ou ao menos é o que seu rosto contava. Sempre no rosto uma expressão que só podia ser agonia. Saliva escorria da boca contorcida. O que causava a Augusto mais repulsa, contudo, eram os olhos, escorregavam sem pausa pelo eixo da órbita, buscando sem sucesso remanso em que pudessem finalmente descansar. Ele conhecia aquela pessoa, seu nome era Bruna e era a única filha de Otávio Bustamante.

Beatriz já o tinha visto também. Ela empurrava a cadeira de rodas em sua direção. Não havia alternativa a aproximarem-se e trocarem cumprimentos, cumprimentos entre gente que um dia povoou a vida do outro, mas há muito emigrara sem intenção de retorno. Augusto agachou-se para dar a Bruna também um oi. Os rostos estavam em um mesmo nível, mas a moça não dava sinal de que o percebia. Seus olhos continuavam a busca espástica por algum lugar sem nome.

Se nada mais, Beatriz mantinha o glamour no gesto, a cerimônia que concedia aos movimentos um ar de majestade e indiferença. Fitava Augusto com um olhar cheio de iminência.

"Tem visto seu amigo?", ela perguntou.

Era um caminho repleto de placas de não ultrapasse.

"Cada vez menos. Você conhece a figura."

"Conheço."

Augusto não sabia nem distinguir passos em falso. Aquela feira de repente estava tomada por arapucas e alçapões.

"Desde que ele saiu do escritório, preciso marcar hora pra encontrar o sujeito". Uma piada; capaz que desarmasse os perigos à frente, ao menos alguns deles.

"O Otávio saiu do escritório?" Nada, fracasso. Estava agora pendurado pelo pé, de cabeça para baixo, esperando a captura ou a pancada de misericórdia.

"Faz um tempo."

"Ele recebe a correspondência que chega?"

"Separo e entrego assim que posso."

"Então ele sabe."

De cabeça para baixo, balançando feito um saco de legumes na feira, Augusto deve ter feito uma expressão que perguntava, *mas sabe o quê?*

"Aquele filho de uma puta sabe que, se não voltar a pagar a pensão da filha, mais tudo o que já não paga faz dois anos, ele vai preso. Ele está sabendo."

Misericórdia. A corda rompeu-se com o golpe, e Augusto caiu estatelado naquela rua saturada por sucos vegetais, animais, memoriais.

"Perdão, Bia. Eu não sabia."

Bruna estirou-se e retraiu-se sobre a cadeira. Podia ser que se espreguiçasse, podia ser um grito de morte. Sua mãe enxugou com um pano o filete de saliva que engrossara pelo esforço. O tecido secou o rosto da jovem, recebeu em suas fibras a substância esbranquiçada, e Beatriz acomodou-o sobre os ombros da filha. Em breve seria necessário novamente.

"Eu nunca achei que ele seria presente, que seria um pai. Nunca achei que conseguisse". Sua voz era de novo calma, aquela melodia elegante. "O Otávio é doente, Augusto. Ele enxerga o resto do mundo através de um filtro com a foto dele impressa. Apaixonado apenas por si mesmo. Bêbado das próprias palavras. E porque eu nunca me enganei que fosse diferente, de alguma forma o perdoei por isso. É assim que é, e melhor fico quanto mais rápido aceitar. Um erro. Se no começo ele ficou até grato, no instante seguinte já achava que a vida era assim mesmo, e que eu não ousasse pedir por mais. Se passava um dia com a filha, era um gesto de nobreza, que devia ser reconhecido e registrado. Você se lembra do nosso primeiro professor na faculdade? O filósofo do direito? Lembra que ele contava a história de Sísifo? Pois é. Obrigar um homem a ser pai é arrastar uma pedra pra cima de um morro que não acaba. Por fraqueza e por falta de paciência, acabei deixando que assim fosse. Deixei a pedra rolar. Eu seria mãe, eu seria tudo, a Bruna seria minha vida inteira. Mas deixar a filha desassistida?" Passava a mão por entre os cabelos de Bruna. "Você tem ideia do quanto custa manter essa situação na sua frente? Essa é a maior felicidade que minha filha vai conhecer. Gente com a condição dela morre criança. Eu empurrei minha filha até a vida adulta, ela é hoje mulher, ela tem nome, ela gosta de banana, mas detesta abacate, ela prefere televisão colorida e barulhenta, acorda às seis da manhã, dorme escutando os Beatles. E o Otávio decide tirar dela até essa forma precária de felicidade? Conseguiu me assustar. E que bom que me assustei. Porque assustada eu vou atrás daquele filho de uma puta."

Despediram-se. Augusto observou a cadeira de rodas ser arrastada ao longo da rua, desfilando entre feirantes e suas propostas, entre as famílias e os olhares mal disfarçados que lançavam àquela criatura retorcida. Piedade, repulsa, desejos de consumo. A feira de repente era composta por orações de violência.

Sentou no boteco ao final da rua. O garçom comentou a temperatura da cerveja, os arranjos partidários, o clima da cidade; transitou sem cuidado pelo exame de forças simultâneas, correlacionadas, independentes, cavalgando soltas em vetores invisíveis. Augusto concordava, ele só podia concordar. Em seu peito, o silêncio que antecede colisões temerárias.

ß

Bêbado de novo. E bêbado de cerveja, a modalidade mais pastosa. Desceu do táxi com o que lhe era possível de dignidade. Entregou ao motorista uma nota alta o bastante para cobrir a viagem. Não precisa de troco, sigamos os caminhos mais diretos, caminhos que prescindem de comunicação verbal. O carro afastou-se roncando em direção ao próximo resgate e deixou Augusto suficientemente em pé na calçada de sua casa.

Não entrou, não ainda. Viu-se só naquela rua sem saída, as construções vizinhas ronronando a presença de seus ocupantes.

Sua casa tinha os olhos mortos de um tubarão idoso. As janelas apagadas, a sensação de ameaça diluída. A portinhola de ferro estava fria, quase molhada, lambida por horas pela noite de primavera. Augusto percebeu que estava cara a cara com sua mãe, sua mãe em preto e branco, naquele ponto mesmo, na foto tirada por Anastás. Na foto tirada pelo assassino de seu pai. É o que Bibiano tentara lhe contar – *foi o Armênio*. Você sabia, mãe? Foi isso que a partiu? Você não diz nada, você sorri em preto e branco. Seguirá para sempre nesse ponto do espaço, atravessando, furiosa e sorrindo, as décadas enfileiradas. Nesta noite, escondido da luz, capaz que eu esteja em preto e branco também. Nunca se sabe, memória escorre.

 Atravessou o portão, deixou sua mãe sorrindo sozinha e tropeçou até a porta da frente. Localizar o molho de chaves no bolso, identificar a chave correta, introduzi-la no ângulo certo na fechadura. Era profissional experiente, centenas de vezes já realizara essa cirurgia delicada, patinando sobre incontáveis decigramas de álcool por litro de sangue. O barulho de metal arranhando metal, dos mecanismos rotando para recebê-lo, eram sinais de uma operação bem-sucedida.

 Abriu a porta. A escuridão dissipou-se aos poucos para revelar o corredor de entrada.

 A densidade do ar, a velocidade dos ruídos, a cumplicidade entre ele e aquele cômodo. Soube que não estava sozinho antes mesmo do que seus olhos.

 A figura estava de pé no final do corredor, murmurando feitiços em uma língua cruel. Encarava a parede, indiferente à presença de Augusto, indiferente à maioria das coisas.

 "Dagmar?"

 Aproximou-se e percebeu que Dagmar estava nua. Sua silhueta escorria em direção ao chão. Alguns metros à frente, Augusto viu um pedaço de pano jogado, uma camisola rasgada.

Aproximou-se à distância do toque. "Dagmar, tudo bem? Vamos pro quarto". Quando notou a faca em sua mão direita, como criança segurando um brinquedo inadequado para sua idade, estava próximo demais, bêbado demais para evitar o ataque. Um ataque silencioso, todo peso, impacto, perfuração.

Esbarraram no interruptor. A cena de repente gritou cores, cor de pele idosa, dentes amarelos de café, cor de olhos aflitos, cor de mamilo desbotado, cor de sangue, a cor que o sangue sempre tem no momento em que vaza do corpo. Caíram, ela sobre ele, seus rostos próximos o suficiente para um beijo. Augusto sentiu seu corpo aberto, a incisão gelada do metal. O vermelho no rosto de Dagmar vinha dele. Estou sendo morto. Assassinado, feito meu pai. Não poderia reagir, não tentou. Não sentiu medo. Sentiu um peito de velha derramado sobre seu pescoço, e pouco mais. Pensou sobre as fachadas de que a morte se vestia, e esta pareceu-lhe apropriada. Peru decapitado, telefone tocando no meio da noite, uma paixão armênia. Assim estava bem. Bêbado, deitado, em casa, um peito na boca.

Mas Dagmar voltou. Seus olhos, até então fúria e caos, formaram a expressão de quem chegava atrasado em festa onde não conhecia ninguém. Então, tristeza. E aí, desespero.

"*Nein. Oh, Nein. Mein Gott. Schatz, Liebling. Nein. Nein.*"

Levantou-se, nua e velha e pintada de vermelho. Percebeu a cena, sua narrativa aproximada. Com um espasmo, vomitou na parede, um jato sem sustança, apenas bile. Correu em direção à edícula com a mão sobre a boca, para que nada mais saísse, para que nada nunca mais entrasse.

Por um instante, Augusto ficou ali, na horizontal, submetido às interações entre substâncias que corriam e escorriam por ele, para fora dele. A luz fluorescente tornava aquela pequena tragédia qualquer coisa mesquinha, desimportante. Um homem sangrando no chão, a parede manchada de amarelo, a velha louca, nua e fugida, um peido que escapou patético.

 Mas o corpo dele enfim chegou com a notícia: você foi ferido. Seriamente ferido, eu acho. Mas ferido, certamente ferido. Entregou a mensagem embalada por uma dor fina, pulsando do ponto onde a faca entrara, para não haver engano. Ainda deitado, examinou-se com os dedos, tocou o rasgo no braço esquerdo, a consistência mole de carne aberta. Virou o pescoço, encarou a ferida tão próxima, suas formas inconstantes.

 Ergueu-se. Escorregou na poça de si mesmo, apoiou-se na parede com a mão direita. Marcaria de vermelho a casa inteira? Qual a promessa daquele pacto de sangue, e o que a casa lhe daria em troca?

 Treze degraus, até morto ele subiria esses treze degraus. Manteve a mão direita na parede durante o percurso. Era essa a promessa, como nunca lhe ocorrera? A casa pedia sangue. Ela pedia sangue. Era o preço por deixar aquela família assombrá-la por tanto tempo. Weberbauer. Cada Weberbauer pagou sua dívida de sangue, e agora era sua vez. O mais flácido, o mais murcho dos espectros. Perfeito, pode me cobrar a dívida das gerações, o preço que sobrou, cobre as taxas, os juros, estou pronto, eu acho que estou pronto.

 A careta estava pronta antes mesmo de ligar a luz do banheiro. Seu corpo agia por antecipação, adiantava-se aos eventos ordinários daqueles cômodos. Seu corpo iluminado, pingando em frente ao espelho. Desabotoou a camisa como se fosse o fim de mais um dia de trabalho; era a única maneira que sabia fazer, um botão depois do outro. Desafivelou o cinto, abaixou o fecho da calça, realizou as proezas da coordenação motora fina. Tirou a cueca por nenhuma outra razão além de precisar estar nu para ver seu corpo aberto.

Olha lá. O velho Augusto. Sangrando, ele. Com a careca progressiva, seu pentelho mofado, a teta, isso é uma teta, a teta derramada. É assim que um corpo de homem deve ser depois de cinquenta anos de uso? Dessa vez não fui eu, eu juro. Esse rasgo não teve nada a ver comigo. Fato de terceiro, caso fortuito, força maior. *Act of God*.

Riu da própria piada, o imbecil. Não morreria, não agora. A faca meteu-se entre o peito e o braço esquerdo. O sangue já era expulso com menos vontade, a essa altura. Assistiu alguns instantes ao pinga-pinga, o sangue escuro correndo ao encontro dos cabelos mortos, das unhas cortadas pelo chão. Matérias tão diferentes, caídas da mesma origem por mecanismos diversos. Funcionários aposentados de uma empresa que já não anda bem das pernas, reunidos para compartilhar saudades e ressentimentos daquele tempo.

Um lampejo de dor partiu do seu braço como gente fugindo de um arrastão, espalhada pelos becos e abrigos do seu corpo. Foi até o quarto, buscou o Chivas 12 anos. Abriu a garrafa, sentiu o cheiro familiar avançando por sobre territórios. Augusto quase gritou quando a bebida caiu sobre o corte, escorreu por suas reentrâncias, diluiu o sangue, escorregou para o chão. Era assim mesmo. Limpeza. Assepsia. Esterilização. Essas coisas costumam doer quando há muito para matar. Augusto deu um gole da sua bebida favorita. Que agisse. Que matasse. Que uma vez na vida exercesse sua profissão de fé. Ele estava pronto, ele estava aberto. Pegou o rolo de papel higiênico, destacou alguns pedaços, deitou-os, desajeitado, sobre o corte. As matérias sem demora compartilharam afinidades, trocaram cores, fixaram-se uma sobre a outra. Deu mais um gole de uísque. Sentou no chão, encostado na parede em frente ao espelho do banheiro. Olha lá, olha ele. Nu, perceba. Aberto. Um homem velho e inteiro, um homem sob controle.

Ele precisava comer mais fruta.
Ele precisava frequentar a feira.
Ele precisava comprar um tênis de corrida.
Ele precisava promover uma série de pequenas adaptações que levariam a uma vida adequada e saudável e feliz.

ß

A dor no braço e a dor nas costas e a vontade de vomitar e a constatação sóbria de que vivera uma tragédia despertaram-no com competência.

Estava no chão do banheiro, nu, um chumaço de papel higiênico colado em seu braço, manchado de marrom escuro. Queria levantar-se, mas esperou a realidade entrar em sincronia com a frequência capenga de seu cérebro naquela manhã. Não deu tempo. Tropeçou sobre quatro patas até a privada e vomitou o que havia guardado no estômago. Concluiu, ante evidências incontestáveis, que o último sólido que comera foi o pedaço de abacaxi que o feirante oferecia.

A ferida no braço esquerdo latejava, mandava mensagens de socorro, pedia com certa urgência que o corpo enviasse os paramédicos. Deixara de sangrar, contudo. Para todos os efeitos, estava seca.

Assistiu a si mesmo no espelho enquanto se erguia, um corpo velho e nu e respingado de sangue seco. A disposição dos objetos no banheiro, iluminados por um sol de pelo menos meio-dia, contava os detalhes de uma história triste em que Augusto começava a acreditar.

Vestiu a cueca que estava no chão, devia ser a de ontem, e precipitou-se para a escada. Parou. Não estava certo. A ocasião pedia alguma deferência, um traje adequado, pelo menos algo mais do que um homem balançando as pelancas ao encontro de seu destino. Vestiu uma calça bege, uma camisa polo, calçou sapatos, fechou o relógio ao redor do pulso. Cumpria etapas, era diligente, parecia esperar que as consequências do que encontraria no andar de baixo seriam mais brandas se ele apenas mostrasse o devido respeito.

Havia sangue em cada um dos treze degraus, sangue no corredor de entrada, uma faca largada no chão, a mancha de vômito na parede. Apesar disso, havia uma qualidade ordinária na forma com que a luz entrava nos cômodos, seus ângulos conhecidos, na disposição dos ruídos que vinham de fora. Era mais um dia, e a casa dizia lamento, mas já não me comovo, faz tempo que não me comovo.

"Dagmar?" O nome correu pelos quartos, sem resposta.

Não se apressou. Preencheu o momento com gestos sem efeito. Procurou no escritório, no lavabo, apanhou o jornal na soleira da porta; um vizinho antigo acenou, Augusto acenou de volta. Na sala estava pendurado o pôster que seu filho lhe dera; aquele homem seguia empurrando o mesmo peso por terras estrangeiras, nem um passo sequer adiante. Foi à cozinha, deixou o jornal de domingo sobre a mesa. A porta que levava à edícula estava aberta, permitia sua passagem. Calma. Tem tempo. Tempo nesta casa sobra, transborda, deixa marcas na parede. Tempo nesta casa mofa, deixado quieto. Augusto abriu e fechou compartimentos, calculou medidas, apertou botões. Observou o café pingar, o ronco da máquina, de seus processos invisíveis. Um café com gosto meio aguado de sina.

Então está bem. Adiante.

A cozinha observou impassível Augusto cruzar a porta em direção à edícula. O vapor que escapava da caneca de café, os olhares trocados por armários semiabertos. O arranjo dos objetos, inalterado pelas décadas. Depósitos, vasilhas, dispensas, a prataria decenária. Era um cômodo experiente, seguro de si, de seus funcionamentos. Não esperava da vida nada mais do que sempre teve, imagine a sorte. Estava pronto para receber seu ocupante, teria sempre toda a paciência do mundo com aquele homem.

 Augusto voltou à cozinha, deu um gole no café ainda morno. Sentou à mesa. Ouviu a própria respiração, sentiu o sangue correndo para a ferida no braço, o calor de um corpo em cura. Tirou o telefone do bolso, colocou-o à sua frente. A potência dos objetos em repouso. Em breve, uma sequência exata de números desencadearia uma sucessão de eventos lamentáveis.

ß

Ele deveria enxergar ironia no fato de que o terno que vestia todo dia era a roupa mais adequada para a ocasião? O traje mais festivo do funeral era o da morta, aquele vestido lilás que usara no casamento de Augusto. Seu casamento foi um dia de beleza, dança e presságio. Sua mãe quando casou teve sorte com os docinhos. Dagmar atestaria ambos os fatos, testemunha ocular, atravessando os eventos pelo tempo, flutuando passiva e frouxa, arrastada por uma força sem nome até cair deitada nesse caixão. O que resta de uma vida sem provas testemunhais? Opiniões, impressões, sua palavra contra o mundo; indivíduo advogando em causa própria. *Eu juro, aconteci. Eu juro, eu fui.* Evidências anedóticas, sem validade jurídica, de tudo o que aconteceu entre a sala do parto e um vestido lilás. Dagmar Kopfschuss morreu. Seu corpo jazia, rígido e maquiado, em caixão aberto. Relatórios afirmariam em até quarenta e oito horas que a causa da morte fora superdosagem de antidepressivos tricíclicos, relatórios carimbados por autoridade estatal, providos da presunção de veracidade. Que mentira. Augusto sabia, ninguém morre disso. Gente morre de causas ignoradas pelos autos processuais. E gente vive por relatos testemunhais. Gente que se reunia ao redor do corpo morto, tirava seu pedaço e seguia caminho. Formigas, Augusto pensou em formigas, tocando umas nas outras apenas o suficiente para não perderem o rumo. Uma delas tinha o braço sobre seus ombros, chamava-se Otávio e deixara a filha doente desassistida desde que saiu caçando sentido. Lavando cachorros, ensinando a refugiados os direitos fundamentais, advogando *pro bono*. *Pelo bem.* Deve ser bom ter a firme convicção de que se faz o bem. *Ela descansou, meu irmão, finalmente deixou de lutar com os demônios*, foram suas palavras de conforto, precisas e adequadas, eficientes, militares, *pro bono*. Augusto sentiu impulsos equipotentes de abraçá-lo e arrancar-lhe o braço. Restou parado, mole, vetor de soma zero, até o amigo concluir que cumprira os deveres fraternais e afastar-se. Viu-o espiar uma última vez o caixão aberto, catar mais uns bocados de sentido daquele evento, daquele corpo, para misturar mais tarde em sua própria alquimia de uma vida com significado. Talvez devesse fazer o mesmo, tentar novamente, encarar o corpo produzido, maquiado, a morte bem vestida para consumo; talvez pudesse então abstrair sentido. Ou talvez mais uma imagem ao menos saturasse um pouco a nitidez daquela memória, do momento em que abriu a edícula e encontrou Dagmar obviamente morta, a disposição de seu corpo impossível em vida. Ser a primeira testemunha da morte, que contrato perfeito se assina. As obrigações invocadas. Ninguém conhece os números telefônicos, as autoridades responsáveis, os documentos assinados, as suspeitas de primeira ordem, até o momento em que deve sabê-los todos. Aja, cumpra, resolva. Perfeito. E quando expiram seus termos? Acaso expiram seus termos? Ou fica a morte e suas cláusulas arquivada na repartição pública competente, carimbada, anotada, numerada, eternamente pronta para ser invocada quando oportuna, quando necessária? *Estou aqui*, Tereza disse. *Estou aqui sempre que precisar*, e abraçou-o como se fosse ele que ocupasse o esquife. Não era, não ainda, mas era ele o próximo da fila. Casa vazia, ou quase isso. Era um fantasma, vampiro gordo, sem reflexo. Audiência única de seus próprios ruídos e funções vitais. Dagmar era a última prova de que ele seguia acontecendo, crime continuado, de poucas evidências. Se uma árvore cai na floresta, e não há ninguém por perto, et cetera, et cetera. Quem o encontraria, quando finalmente caísse? Algum vizinho sem rosto, cliente com hora marcada, um carteiro mais sensível à catinga de corpo humano decomposto. Sequência de números discada, agente policial designado para atender à ocorrência, preencheria papéis entediado, um velho gordo se foi, nada de novo sobre a Terra, sequer chame o legista, morreu porque claro que morreria, até durou. Até durou, a casa concordaria. Fofocaria consigo mesma, mais um, o último. Rangeria resignada, com algo de alívio, porque enfim conclusa a história comezinha daquelas cinco pessoas que ocuparam cômodos, compartilharam nomes e pesos e rancores e destinos, trocaram ideias repetidas e viveram do hábito até caírem, uma a uma. A casa, não. Ela restaria de pé, para todos os efeitos inalterada, enquanto evento de natureza geológica ou comercial não a trouxesse abaixo. Não venha abaixo, não ainda, espera mais um pouco, estou aqui. Augusto sozinho, acontecendo sob aquele teto por rituais silenciosos, despercebido, desapercebido. Dagmar era testemunha; se convocada perante as cortes, declararia – Augusto acontece, e todo dia. E agora? Rígida, vestida de lilás, aos poucos desmontada, não haveria quem lhe desse ouvidos. Acontecida. A funcionária do cemitério informou-lhe baixinho que o enterro prosseguiria em uns poucos minutos, que o prazo para luto expirava, que o levassem para fora daquela sala, se necessário. A iminência do fim elevou meio tom o volume geral das interações entre os presentes, meia dúzia de vizinhos, aquela prima distante, os conhecidos de Augusto, o transeunte curioso. As conversas tornavam-se definitivas, suas frases pontuadas por conclusões anódinas sobre a vida, sobre a morte, sobre a passagem do tempo, sobre o destino comum a todos, todos, sem exceção, é a vida, é a morte, aproveite cada dia como se fosse o último. Theo estava ao seu lado. Sentiu a mão do filho apertar de leve onde seu braço fora aberto pela faca, disfarçou a dor com uma careta de resignação. "Lamento muito, pai". *Lamento também, lamentamos todos, não lamentamos sempre? É a vida, é a morte, todas essas coisas.* Sorriso de resignação. "Nem imagino como deve ser difícil pra você". É difícil, é difícil, mas difícil também é tanta coisa, a gente sobrevive, a gente sobrevive como dá, enquanto dá. Sorriso de resignação. "Queria poder ajudar de alguma forma". *Ah, mas você ajuda, você é meu filho, ajuda só de estar aqui, não se preocupe, não se preocupe demais.* "Você fica tão sozinho naquela casa". *Seu pai é bicho velho, ensinado, estou bem, ficarei bem, olha esse sorriso, olha esse sorriso resignado.* " *Pensei que eu podia morar um tempo com você, ajudar com a casa, fazer companhia*". A semelhança. No começo, ela era comentário curioso, conversado entre travesseiros no fim do dia. Era estética, era um jeito, era a forma como ambos preferiam sofrer em silêncio. Theo, Rafael. Tereza concordava, e o casal compartilhava as preocupações e alegrias dessa constatação. Afinal pertence aos pais o privilégio de debochar dos aspectos mais privados da criança que geraram. Ela é assim, ela faz isso, que criatura ridícula, que criatura amada, um filho, nosso filho. Os anos reforçaram a impressão. Theo tomava ao tio qualidades intransmissíveis por lição ou exemplo; eram manifestações de gene discreto e insistente. Os indícios falsos de quase quebrar, o jeito de se fechar e de se abrir. Augusto amava o irmão. Augusto nunca falou dessa ideia para ninguém além de Tereza, e estava bem. Quando aconteceu o que aconteceu, contudo, a ideia transformou-se em entidade diferente. Adquiriu peso, densidade, volume. Cheiro, textura ao toque. Passou a transitar entre os viventes, deixar rastro, ressoar opiniões. Demais, foi coisa demais para Augusto. Ele retirou-se às obrigações mínimas da paternidade, à fronteira imediatamente anterior a onde vivem os monstros, as bestas irredimíveis. Entretanto. Aqui está ele, seu filho, a mão estendida quase o alcança, livre de rancor ou quase isso, ele não sabe, ele não tem ideia do que custa habitar essas terras e entretanto oferece companhia, oferece formas mais suaves de vida. Uma ideia nova, uma ideia com jeitos de vontade nova. Que ele aprenderia a querer mais do que já quis a maioria das coisas em sua vida. Theo na casa. Apertando botões, dando bom dia, tomando café, definitivamente incluído em seus ciclos de adequação e extinção e adequação. Augusto encarava o filho; cada palavra que convidava para compor uma resposta desaprendia o português. A semelhança; a impossibilidade jurídica do mesmo crime cometido duas vezes. "Senhores, senhoras, vamos prosseguir agora com a cerimônia". O corpo de Dagmar seria enterrado vestindo lilás. O momento entre pai e filho adequadamente interrompido pelas demandas da ocasião. O corpo de Dagmar seria colocado sob a terra de propriedade do cemitério Chora Menino, Santana, São Paulo. Lá ficaria. Lá Augusto não podia mais ficar. Não podia mais assistir aos movimentos de contração e relaxamento, às declarações de sabedoria que acompanham um corpo enterrado. Olha, um corpo enterrado; a morte, ela acontece, ela acontece. Não podia mais assistir ao filho esperar uma resposta impossível. Precisava ir ao banheiro, pediu licenças, afastou-se, encontrou um portão de saída, estendeu a mão ao primeiro carro. O taxista perguntou, aonde?, ele declarou um endereço incompleto, mas suficiente. São Paulo começou a correr ao seu redor, era dia, os detalhes todos bem expostos pelo sol. Aquelas pessoas vivas, suas rotinas tracejadas, seu costume de voltar para casa. Era domingo, talvez fosse domingo, mesas de plástico na calçada. "Que dia bonito". Augusto concordou, embora aonde iria não fizesse diferença. Não era lugar de luzes naturais. Mas o dia estava mesmo bonito, que crueldade. Dia feito esse só presta para ser feliz. O motorista encostou em frente a um prédio sem nome. Augusto desceu do carro após pagar uma nota cheia e ser chamado de patrão. Entrou no prédio, deu boas tardes. O rapaz do caixa perguntou-lhe o nome, escreveu-o com letras de fôrma sobre uma ficha de consumo. *Augusto*, ele leu, antes de dobrar o pedaço de papel e colocá-lo no bolso. A atmosfera daquele lugar tinha composição e consistência tão próprias que bastaria ao sujeito escolado apenas um dos cinco sentidos para atestar sem dúvidas, aqui estou, este é um puteiro, qualquer puteiro. Encostou-se no balcão, onde um homem acostumado à maioria das coisas aguardava seu comando. Entregou-lhe o pedaço de papel amassado em que se lia Augusto, pediu que anotasse um uísque. Um uísque, o garçom repetiu. Catou uma garrafa da parede, encheu um copo com gelo até a boca, entornou-a por alguns segundos. Um copo de uísque, devia ser uísque, aqui dentro todo objeto e toda gente e todo som estava sob filtro arroxeado, sombreado, aqui era um lugar onde se exigia a forma mínima de todas as coisas. Augusto deu um gole, era uísque o suficiente. Sentou-se em um sofá nos fundos, de onde se via o recinto inteiro. A trajetória teleológica dos clientes, mulheres girando ao redor do próprio eixo, a música que, por saturação e insistência, informava esses movimentos todos; puteiro era o mais próximo de meditação que Augusto já praticara. Ele estava ali, naquele exato lugar. *Mindful, self-aware.* Ele conhecia as palavras, ele ouvira falar da maioria delas. Reconhecia-as quando passavam por ele, às vezes até diziam oi. Só não sabia o que fazer quando as tinha em mãos, engatilhadas, pólvora no aguardo por ignição. Aí é que o fogo era amigo, aí é que as vítimas eram casuais. "Boa tarde, moço", a puta disse. Uma puta jovem. Sentou ao seu lado no sofá, a mão direita sobre a coxa de Augusto. O sutiã vermelho abraçava o corpo magro sem deixar marcas, sem projetar dobras ou formações geológicas na pele cheirando a colágeno. "Vamos subir comigo?" Augusto sorriu, olhou-a nos olhos e negou. Pagou-lhe uma bebida e observou aquela bunda afastar-se, equilibrando o charme sobre sandálias de salto perfurocortante. Nunca poderia comê-la, nunca poderia sequer tocá-la. Aquela puta era feita de substância eletricamente oposta à dele. Rescendia a esperança, a barganha com o tempo, aos sacrifícios imediatos que garantiriam dias melhores lá na frente. Matéria, antimatéria. O encontro de ambos produziria eventos instáveis, incontáveis, gerados e extintos a uma velocidade sem nome, altivos e decadentes, somados exponencialmente até formar um buraco com fome de tudo, até de luz, até de luz. Sede de uísque, acabou o copo, serviços prestados. As lembranças do dia já passavam por um funil mais apertado antes de o alcançarem ali, naquele sofá de puteiro. Augusto, presente e decidido. Encontrara sua companhia, aquela puta sênior, encostada na parede do lado do bar, aguardando passiva interações inevitáveis. Estrias paralelas e rajadas; cicatriz de cesárea. A vida distorceu-a, repuxou-a, preencheu-a, abriu-lhe a carne e costurou-a, e ela sobreviveu para mais um contrato, para mais uma noite de serviços. Augusto pagaria quase qualquer preço por tamanha expertise. Foi até ela, trocaram intenções em códigos mínimos; reconheciam-se como profissionais experientes, os currículos compatíveis. Ela estendeu-lhe a máquina, ele introduziu seu cartão e pressionou a sequência correta de botões; era amor a partir de agora. Ela tomou-lhe a mão, guiou-o por escadas e corredores, cuidado com o degrau, tem gente que às vezes dá com a cara no chão. O quarto era uma construção brutalista, concreto e ângulos retos, desenhado para a condução de uma única atividade humana. Era supérfluo tudo que não fosse um corpo penetrando outro, lambuzando outro, fazendo outro. A puta despiu-se com o número mínimo de gestos possível. Seu corpo espalhou-se, respirou, testou a atmosfera e a gravidade. Augusto, sentado na cama, a meio caminho de desamarrar o primeiro sapato, pensou que era bela. Ela sorriu, simpática ao sujeito vestido demais, inepto demais. Ajudou-o a tirar o blazer, pendurou a peça de roupa com cuidado, beijou-lhe o pescoço, desarmou botões. O corpo de Augusto tropeçou para fora, gordo, velho para caralho. Ele já ligava muito pouco, em verdade. Essa era a nudez que menos o expunha. Tirou o pau para fora, os pentelhos prateando, e disse me chupa. A puta chupou como se houvesse uma graduação só para isso. Os movimentos de contração e de relaxamento, de ida e de vinda, sua frequência, a liberdade da língua para explorar, envolver, retesar; a consequência foi expressa, e a única possível, Augusto gozou como se desse um murro. Deitou de lado, observou a puta afastar-se até a pia, cuspir o que recebera dele, encher a boca de água, bochechar, cuspir de novo. Augusto sentiu-se exorcizado, livre de espíritos obsessores. Aterrizado enfim no momento presente. Espiou aquele quarto sujo e seus ocupantes. Espiou-se. Encontrou-se triste, puta merda como estava triste. Enfiou o rosto no lençol imundo. Ao fundo, a batida anódina da música que tocava no salão, que o perseguia através de paredes e cômodos, que fatalmente o encontrava ali, pelado e sujo e triste, triste demais. A puta encontrou-o assim, essa escultura feiosa e fora de lugar, e não soube ao certo como reagir, ou quais seriam seus deveres profissionais, seus deveres de humanidade. "Tudo bem?", perguntou. Augusto respondeu deita comigo. Ela deitou. Augusto disse me abraça. Ela hesitou apenas um instante e abraçou-o, os mamilos castanhos carimbando as costas daquele homem. Qual é seu nome? Ela respondeu Amanda, e era verdade. Eu sou Augusto, Amanda. "Augusto", ela repetiu, e ele sentiu seu bafo na nuca. Dois nomes. Dois nomes é contrato. Ela passou os dedos por entre o cabelo ralo daquele homem, por sua orelha, desceu-lhe os ombros. Quando passou perto da ferida que Augusto carregava no braço, ele contraiu-se. "Desculpa". *Não tem problema.* "O que foi isso?" Foi uma faca. "Você não tem cara de esfaqueado". *Mas é verdade.* "O pobrezinho". *Eu mereci.* "Merece nada". *Eu mereço.* "Augusto, eu conheço gente que merece faca, você tá longe de ser". *Pois eu mereço.* "Então, tá". *Eu fiz uma coisa terrível, Amanda.* "Não tem sujeito sem pecado". *É diferente.* "Não existe um pecado igual ao outro". *Eu matei um homem.* Enfim, algum reconhecimento. Ele sentiu a respiração da mulher perder o ritmo, sentiu-a morna e descompassada em seu pescoço. Os braços vacilaram ao redor daquele corpo gordo. A verdade tem esse efeito; afasta, produz intimidades insuportáveis. Mas não era a verdade toda, não ainda. Os termos daquela transação pediam verdades tão somente inteiras. Ele respeitava os contratos que assinava. Ele era servo fiel do princípio da boa-fé. *Eu matei um homem*, ele disse. *Eu matei meu irmão.*

LIVRO III

METANOIA

13.
NADA AQUI MORRE FORA DE LUGAR
(UNIVERSITÄTSSTADT TÜBINGEN, 1977)

Eu devo estar louca. Completamente louca. Certamente louca. Só uma mulher louca pode ter uma ideia dessas. Integralmente afastada da cadeia esperada de ações e consequências. Conduzida por tristeza e capricho, desesperada pela primeira idiotice que se travestiu de solução para problemas impossíveis. Eu estou louca e balançando no céu.

ß

Quando mostrei um dia as fotos da cidade onde nasci, Bibiano disse que era a descrição cuidadosa de uma cidade alemã por alguém que nunca pisara na Alemanha. Tübingen continua igual. O tempo passa ao redor dela, nunca através. É uma criança linda e loira que só envelhece na alma; aprendeu faz tempo a esconder com bons modos a violência que habita sob telhados enxaimel.

ß

Tante Ursula nos recebeu feliz. "*Komm, komm rein*". O bafo doce de quem bebia sem pressa desde o almoço. Os meninos entraram sonolentos na casa iluminada, olhando ao redor sem prestar atenção em nada específico. Augusto foi um cavalheiro a viagem inteira. Cuidadoso, quase assustado, segurou o Rafael pelas mãos desde o Brasil. O Rafael iria aonde quer que o irmão mais velho o levasse. Dormiram de roupa assim que os botei na cama. Coitados. Preciso ter cuidado, preciso ter cuidado demais. Essas vidinhas olham pra mim e esperam sentido, socorro.

Dagmar e Ursula já bebiam na sala quando desci. Uma caneca de *Glühwein* cheia até a boca me esperava. Doce, forte, quente. Brindamos, olhos nos olhos nos olhos. Me preparei para uma conversa em alemão; há quanto tempo eu não tinha uma conversa inteira em alemão. Fui redescobrindo as palavras, pisando mansa, experimentando a profundidade de cada uma delas, seus prefixos inquietos. Falamos sobre o inverno, sobre a viagem de avião, sobre a ditadura no Brasil, sobre o Boeing sequestrado da Lufthansa.

"Li que o piloto morreu, Ursula, o pobre", Dagmar falou, "li que lhe meteram um tiro na cabeça."

"Eu digo sempre – em papo de turco não se confia."

"Os terroristas eram árabes, Ursula."

"Exato. Com turco não tem conversa."

"*Doch*."

"É verdade. Vocês ficam tempo demais pelo Brasil, esquecem das coisas."

"Tem turco no Brasil."

"Chegaram até o Brasil?"

"Em São Paulo tem um pouco do mundo todo."

"Pois turco como aqui não tem."

Ursula não me deixou fugir para sempre, contudo. Quando voltou do *keller* com uma garrafa de *Winterbier* para cada uma, perguntou, "*und was ist los*, Liebling, por que diabos arrastar essas crianças pra passar frio aqui nesse lugar de merda?"

Uma pergunta razoável. Ursula era pinguça dificilmente enganada sobre assuntos desesperados. E agora, Judite, o que você responde? Que sequência de palavras explica seus motivos e não arremata a conclusão de que você está louca? A mãe que arrasta os filhos por fusos-horários, por estações do ano, em busca de alguma forma de expiação que você mesma não sabe precisar. Tudo o que sabe é que estar imóvel faria correr processos, acelerar mudanças, tornar mais e mais concreta a parada final que aos poucos se anuncia.

Nada precisei dizer, entretanto. Dagmar salvou-me com um arroto e um brinde feito aos turcos no Brasil. Dagmar tem vocação para interromper e transformar o curso corrente de ocasiões.

ß

Augusto vai puxando o irmão por entre vielas cujos nomes aos poucos me retornam. Vão andando sempre dois ou três passos à frente, cercados por palavras que não entendem, conduzidos por circunstâncias que não entendem. Rafael não parece se importar. O mundo faz sentido e toma forma desde que não lhe soltem a mão.

ß

Dagmar preferia não estar aqui. Eu sei. Não tive de convencê-la, ao menos não com palavrório e retórica. Ela esteve convencida a me acompanhar desde que deixou esta mesma cidade faz vinte anos, faz vinte anos e mais um pouco. A gratidão a meus pais reconstruiu sua vida desde os menores pedaços. Ela foi refeita em pessoa eternamente disponível, disposta a estar sempre atrás das cortinas, aguardando as próximas instruções.

Sou grata, muito grata.
Sou grata, mas abuso.

Quero sentir culpa, sinto que preciso sentir culpa, talvez isso já seja culpa sentida, mas agora, exatamente agora, eu não poderia agir de outra forma. E talvez essa constatação leve à morte precoce de toda culpa.

Espero que os monstros aqui não sintam o cheiro dela, não se ponham novamente à caça, espero com todas as forças que tenham perdido para sempre o rastro da minha amiga.

ß

A casa onde nasci.

Na rua *Bursagasse*.

Gasse é palavra feia para viela, a viela onde corri uma infância inteira, esperando a vida apresentar-se. Bastávamos eu e duas outras crianças de braços abertos para fechar a passagem. Ninguém passaria.

As palavras me voltam aos poucos, bem-vindas.

Em Tübingen não houve bomba, ela seguiu envelhecendo sem os serviços restauradores do fogo e das forças estrangeiras. Uma cidade deixada para cultivar em paz sua artrite e sua demência. As culpas e sobrenomes que carrega.

Vir abaixo é às vezes a chance mais bem acabada de redimir-se.

Vir abaixo é uma bênção.

ß

Garotinho hoje na rua chamou-me de senhora. Ele tem razão. Envelheci nesses seis anos três vidas. Meu rosto é um quadro encostado que o artista decidiu voltar e terminar. Eu deveria ser rebatizada. Que crueldade com ambas as versões, fazê-las levar o mesmo nome Judite. Que violência.

ß

Tante Ursula achou por bem dizer que os meninos andam tristes. Que brincam caladinhos, mal gritam nem choram. Tive vontade de furar os olhos daquela velha porque ela estava certa.

Arrasto a família por metade do mundo pela chance pequena de entender as transformações que me atravessam. E ignoro feito cretina como eu e meu mundo atravessamos essas crianças.

E há saída, meu deus? Se nada faço, sento e apodreço e as levo comigo. Se me busco, são elas as vítimas colaterais.

Se eu pudesse rezar, pediria apenas que os preços devidos não demorem uma vida inteira para serem quitados.

ß

Dagmar não tem dormido bem. Diz que pela janela escuta passos e enxerga formas. Eu disse é a neve, é a noite, nada que caminhe entre elas tem tempo de pensar na gente.

ß

Quem nos via sentadas na parada de ônibus, com dois meninos a tiracolo, podia muito bem pensar nos tratarmos de um par de velhas lésbicas. Falei isso para Dagmar porque sabia que a faria rir.

Decidimos que passaríamos o dia em Stuttgart. Augusto e Rafael competiam por quem falava o alemão mais chiado. *Ssshhhhhhhtuuttgarrrrrt*. Me enlouqueceram. Verdade, contudo, que estavam animados para o programa, e me senti orgulhosa por isso. Um dia bom ocupa perfeitamente o lugar até então reservado para um dia ruim.

Por qualquer milagre, éramos os únicos passageiros. O motorista olhava atravessado sobre os ombros para os meninos apostando corrida pelo corredor. Talvez pelo mesmo milagre, talvez por não querer problema com um casal de lésbicas furiosas, nada disse.

Tinha esquecido como é bonito esse caminho. Até os meninos deixaram de anarquia para olhar o bosque desfolhado, coberto por neve. Rafael perguntou se tinha onça nessa floresta. Dagmar respondeu que não, mas que ela era tomada por lobos, e cuidado.

E ali estávamos, aquela família, finalmente olhando para a mesma direção, conduzida através de um vazio branco e vasto. Estava bem, em movimento. Os demônios me encontram se passo tempo demais em um mesmo lugar.

Descemos na estação sob um sol pálido. A cidade começava a insinuar-se, os moradores fazendo o caminho mais curto até seus destinos. Senti-me subitamente estrangeira. O país acontecia ao meu redor.

ß

Gritei novamente com o Augusto. Sem razão, ou sem razões que tenham qualquer coisa a ver com o menino. Foi a primeira vez que vi meu rosto quando gritava. Havia um espelho, e por um instante pude ver o que meu filho vê. Gostaria de poder dizer que não me reconheço, que é uma estranha quem arreganha os dentes e arregala os olhos, que berra feito um diabo na cara de uma criança de nove anos; contudo foi visão familiar. É a imagem cuspida do que se insinua dentro de mim.

Por que escolho o Augusto para exibir essa violência? Eu sei. O pior é que sei. A empatia. A delicadeza sem instinto de sobrevivência. A estupidez de acreditar que o problema é dele.

O Rafael, se eu fizesse isso com ele, se fecharia e nunca mais me dirigiria uma palavra desarmada. Augusto se abre inteiro, tenta gentil tomar de mim um fardo que nunca sequer teve a chance de entender.

ß

Hoje passei vexame. Vomitei no meio do mercado. Os meninos ficaram olhando assustados enquanto Dagmar puxava meu cabelo para trás.

Tante Ursula pediu que comprássemos salsichas para o jantar. Recomendou um lugar que fazia a melhor *Blutwürst*. Fazia um dia mais morno, e fomos os quatro cumprir a empreitada em família.

No inverno alemão, acima de zero é dia de praia. O Rafael saltitava por entre colunas de pernas brancas; ele sempre é mais feliz em multidões onde se esconda. Se o perdia de vista, bastava gritar seu nome para que parasse no ato, para que esperasse até finalmente o alcançarmos, e corria novamente. É meu filho – nunca longe demais, nunca ao alcance do toque.

A loja ficava dentro de um mercado público. Percebi como estou brasileira. Pareceu-me estranha a ordem incontornável que conduzia mesmo aqueles corredores de bicho morto, castanhas e frutas passando do ponto. Nada aqui morre fora de lugar.

O açougueiro olhava impassível enquanto os meninos ficavam de risadagem. A reação de dois moleques em frente à vitrine repleta do que parecia um amontoado de pintos. Talvez porque riso convide riso, talvez porque comida e sexo sejam ridículos juntos, às vezes até separados são, Dagmar e eu quase nos juntamos aos patetas, sob o julgamento fleumático daquele alemão. Boas idiotices.

Pedimos a *Blutwürst*, e o açougueiro disse que esperássemos, havia uma leva quase pronta. Perguntou-me, "são seus?" *São meus*. "Irmão é o testemunho da gente sobre a Terra", ele disse. Não saberia, respondi. "Sinto a falta do meu quase todos os dias". *Que deus o receba*, menti.

Dos fundos da loja, uma voz o chamou. Ele pediu licença e atravessou com um tapa a porta vai-e-vem. *Pach*. A força do golpe manteve a porta em movimento, abrindo e fechando, abrindo e fechando, expondo e cobrindo o que havia do outro lado. Um volume escuro, exposto e coberto, exposto e coberto, chamou-me a atenção por canais inconscientes. Basta meio instante e nossos olhos reconhecem um mamífero morto, são treinados pela história e pela biologia para isso, para reconhecer o perigo ou a oportunidade. Era um porco. Cabelos pretos, a boca aberta e passiva, a primeira impressão que tive era de que ocupava o espaço inteiro entre o chão e o teto. Exposto, coberto. Exposto, coberto. A imagem aos poucos desenhava-se. Estava pendurado pelas pernas, a corda esticada desde um gancho no teto. O corpo robusto, todo músculo, tendão e banha. Seu pescoço estava aberto. Dele vazava um fio grosso de sangue preto, lavava a cara do bicho e derramava, quase sólido, até o chão. Exposto e coberto. Pulando para dentro e para fora da existência. Era um porco, era nada. Era um porco. Era nada. Era um porco, era nada, e então era ele. Ele, como o vi da última vez. Ele, sob as consequências do meu capricho. Pendurado, olhos abertos feito um porco morto; morto feito um porco morto. Ele, o amor da minha vida. Ele, como eu o matei.

O que me restava de controle sobre o corpo usei para não vomitar sobre a vitrine de salsichas. Direto nos pés de Dagmar, a pobre. Os meninos assistiam assustados àquele vômito anódino, amarelo, quase de jejum. Levantei a palma aberta, como quem diz 'está bem', ou 'paz', ou 'desisto', e corri à lixeira mais próxima para o segundo jato. Dagmar alcançou-me, segurou-me os cabelos. Meu estômago era um pano de chão, torcido até secar. Dagmar alisava minhas costas e dizia baixinho, "não tem problema, passou". Estava errada e estava errada.

ß

Daqui de dentro, vejo Tübingen branca, inteira mofada. Dagmar segue enxergando bicho pela noite. Faz três dias que não piso fora.

ß

Penso em culpa. Seria algo que se veste, que nos envolve e nos define as formas, os movimentos possíveis? Seria a culpa um bolo, que a gente envenena e distribui os pedaços? Seria um pacote em meu nome, recebido e irretornável? Seria algo que catei no chão pelo caminho e nunca deveria ter me pertencido? *Res nullius, res derelicta*?

Sei que é coisa. Que existe, tem massa e volume. Ocupa espaço no bucho e no peito, me aperta, me transforma, me bota os bofes para fora.

E eu tenho culpa pela culpa? Mereço? Vou passar o resto da vida sentindo culpa pela culpa, pela culpa, pela culpa, pela culpa, pela culpa? Onde acaba? Me acaba.

Queria um dia acordar e me descobrir vítima ou vilã. Agir conforme. Seguir pela vida distribuindo escrotice ou recebendo simpatia. Uma coisa ou outra. A mistura é que me perde. Essa quimera é que me fode.

ß

Uma tragédia.

Acordei no meio da noite sem saber se havia sonhado o grito, se o grito era real e me invadiu o sonho, ou se era esse o som que minha mente faz quando dorme, e que me acompanha instantes depois que desperto, ecoando. Sentei na cama em silêncio, tentei distinguir os ruídos, suas origens. Ouvi a respiração de dois meninos, ouvi o vento, ouvi os flocos de neve batendo na janela como dedos. E ouvi o grito.

Ele vinha de fora, um grito de mulher. Não carregava palavras conhecidas. Parte de mim sabia quem gritava, eu sentia na nuca, na pressão entre os olhos. Mas precisava de confirmação, precisava jogar uma última mão idiota de dados com a sorte. Desci as escadas pulando degraus. A casa estalava ansiosa, como quem diz não tenho culpa. O andar de baixo estava gelado, a noite já havia penetrado nossas defesas; um apito soprava daquele cômodo, mais alto conforme me aproximava. Abri a porta do quarto de Dagmar e fui lambida com violência pelo frio. A cama sob um holofote de lua e de neve, vazia. A janela aberta. O grito novamente trazido pelo vento.

Subi correndo para calçar a bota e vestir meu casaco mais grosso. Pensei em acordar Ursula, mas não. A velha dormia desmaiada de cachaça. Podia ouvi-la roncando pela porta. Acordá-la e explicar qualquer versão do que acontecia levaria mais tempo do que eu tinha para gastar.

Entrei no meu quarto, e podia ter atravessado dimensões; o silêncio, o bafo morno de criança dormindo. Quase fiquei ali, quase deixei o mundo acontecer sem mim. Vesti a roupa. Beijei o rosto do Augusto, pedi forças. Lancei-me na noite.

A luz da lua refletia na neve com um brilho esverdeado. Eu podia ver quase tudo naquele território fantasma. Da janela aberta corria um rastro em direção ao bosque; marcações na neve feitas pelo peso de uma criatura e os demônios que lhe fazem guarda. Segui o rastro. O coração batia em um ritmo que me chamava de estúpida pela decisão de cada passo naquele caminho. Tentei correr, mas meus pés afundaram. Era como um sonho. O corpo obedecia apenas marginalmente à minha vontade. Eu seguia em frente, débil e decidida, mais um passo, mais um passo.

Fazia tempo que não ouvia um grito. Pensei que devia sentir medo, mas já não cabia. Eu era inteira corpo e vontade, na marcha das decisões incontornáveis. Daquele momento em diante, era destino. Era a terra das consequências.

Escutava o vento rasgado, o coração dentro do peito, o nariz escorrendo e fungando. Expulsando, recolhendo. Um corpo lidando da única forma possível com as decisões tomadas. Produzindo as matérias necessárias a tudo o que cabe entre a fuga e a luta. Era função; era responsabilidade. Era um passo, e mais um passo, e mais um passo.

De repente não havia mais rastro. O vento o desfizera, ou eles levantaram voo, ou rastro na verdade nunca houve, e eu seguia a mera semelhança de um caminho. Parei. Me deixei ficar um instante ali no centro do mundo. Sob as vaias e os apupos do mundo. Um estado estranhamente familiar. Eu estava ali, no espaço precário entre o efeito e a causa.

Estranhamente familiar. Mais, mais do que isso. Este lugar é tudo o que conheço há seis anos. Um ponto isolado por entre circunstâncias não inteiramente minhas. Respondi a chamados, segui por onde pensei haver caminho. Não considerei por um instante a conveniência de mais um passo. Caminhei mesmo assim. Passo e mais passo atrás de passo. Gulosa de prazer e propósito. Inventei histórias, missões, vocações, qualquer coisa que justificasse mais um passo à frente. Eu que nunca acreditara em destino, agora chamava o destino por tantos nomes. Rezei em meu nome por uma religião complacente. Tudo por mais um passo.

Cheguei aqui e tudo que sei é dar o próximo passo. Que frio; eu acho que é frio. Acho que é silêncio, ruído branco. A grande indiferença. Dói, mas só um pouco. É principalmente, essencialmente, acima de tudo um tédio. Eu me enjoo de mim, das minhas circunstâncias. Essa substância pastosa, espalhada uniforme pelos dias. Eu, eu, eu. Eu hoje, a certeza de mim amanhã. Eu e tudo o que o eu envolve. Mais um passo, me rendo, eu dou mais um passo. Apontem a direção. Eu me arrasto. Eu, que saco.

Isso é uma decisão? Já nem bem me lembro mais de como é estar convicta. É isso que vim buscar neste país, neste pedaço mal acabado de passado? É isso. É isso. É convicção suficiente. Bem-vinda, e que seja. Eu aceito. Aceito o que fiz, o que foi feito de mim. Se tudo que me pedem é seguir caminhando, dou o próximo passo. Mais um passo e mais um passo em direção às mutações incontornáveis. Peço perdão desde agora, enquanto posso. Perdão, Augusto. Perdão, Rafael. Perdão, Dagmar. Meus amores. Tudo o que tenho é mais um passo no escuro, e há monstros pelo caminho.

Um grito assombrado tropeçou pela noite. Dagmar estava perto. Corri como pude, a neve me agarrando os pés, mais um passo, mais um passo. Por entre a histeria do inverno e minha respiração cortada, novos ruídos se embrenhavam, cada vez mais próximos. A voz da minha amiga era repleta de perdas irrevogáveis. Ela me contava que eu estava cada vez mais próxima do fim do mundo, que medo, cada vez mais próxima, quase o bastante para que meus olhos pudessem participar da festa. Ali, a clareira, a lua com seu dedo pálido em riste, apontando ali, é ali, pelo amor de deus, mulher, é ali.

Dagmar estava em pé, descalça, nada além de uma camisola entre ela e o mundo. A luz da noite a transformava em espectro, habitante de dimensão fugidia, um lugar que eu não podia visitar ou entender. Ela falava em um idioma subterrâneo, pedaços de palavras e interjeições. Barganhava com as entidades que a chamavam, que a convenciam a dar mais um passo, apenas mais um passo em uma noite sem volta.

Dagmar gritou, corri até ela. Sua pele era um couro gelado, mas foram seus olhos que me assustaram. Eles não me enxergavam. Seu olhar me atravessava, se fixava em outras companhias mais convincentes.

Eu disse, Dagmar, sou eu, é a Judite.

Nada. Ela seguia engajada pela assembleia dos demônios.

Dagmar, minha irmã, é a Judite, vamos para casa.

Não havia resposta, não para mim. Ela exclamava, reagia a comandos sedutores, atendia a sentenças inapeláveis.

Deu um passo em direção ao escuro. Mais à frente nada se via, a luz se cansava, todo passo era cego. Segurei-a pela camisola, ela me arrastou. Mais um passo, e me levou junto. Eu seria arrastada, sem chance de resistência, consumida pelas consequências até que nada mais houvesse para dar, e eu talvez então aprendesse esse idioma maldito, quando já me encontrasse completamente sem palavras.

Soltei a mão fechada no rosto de Dagmar. Quase não me restavam forças, mas foi o suficiente para que me notasse. Parou onde estava, virou-se para mim. Que pavor. O rosto que me encarava era um bloco de fúria, era a revolta e a vergonha de demônios pegos no flagra, era a necessidade de punir essa indiscrição.

Me preparei para ser esganada, os membros arrancados um por um, e, quer saber, talvez bem-feito seria; talvez fosse essa a consequência natural da vida que eu levara até então.

Algo aconteceu, contudo. Algo interrompeu aquela comunicação infernal, e Dagmar me reconheceu. Em seus olhos, uma sequência de confusão, de conclusões terríveis, de vergonha e, enfim, de desespero.

Ela caiu. Retorcida e inerte, chorando baixinho, Dagmar parecia uma boneca de pano deixada para trás por uma criança distraída.

Apertei sua cabeça contra meu corpo. Senti vibrar no peito aquele lamento. Olhei ao redor; para frente, para trás, nada havia. A partir dali, era tudo noite.

14.
NEUROSES III

Elétrons postos a correr por um mesmo circuito a noite inteira, com o objetivo único de que não esqueçamos que dia é hoje. As janelas cintilavam azul, azul-celeste, azul-turquesa, então vermelho, alizarina, carmim, então verde-espectro, verde-Paris, verde-primavera, então laranja, então amarelo, então azul. Formas humanas, quase sombras, deslizavam para dentro e para fora do enquadramento das janelas. Alheias à rua, alheias a quem assistisse de fora àquele festival. Suas vozes se aglomeravam, pulavam umas sobre as outras em um ruído cheio de pedaços, de mensagens incompletas. Se vista de fora, aquela casa parecia experimentar convulsões festivas. Se vista de fora, aquela casa insistia no argumento cansado de que era noite de natal.

Theo jogava o Game Boy sentado no canto do sofá. Os adultos haviam bebido o suficiente para nem mais tentar entreter atenções pré-adolescentes. O menino vez por outra se levantava, percorria a distância até a mãe, mordiscava um pedaço de queijo, anunciava a necessidade mais urgente. Se fazia notar; eu aqui, eu aqui às vezes.

Do lado oposto da mesa, Augusto observava Tereza atender aos chamados do filho em movimentos ensaiados. Ele poderia muito bem exercer esse papel, mas não? Passar manteiga no pão, apontar o guaraná na geladeira, reconhecer o mais recente feito eletrônico, muito bem, olha só, é um craque, continue assim. Deu um gole fundo de vinho. Ele sentia-se perfeitamente apto a realizar tarefas nunca solicitadas.

"Mas você não pode esperar de um político honestidade. Essa é a grande perda de tempo do país agora. É um blábláblá infernal. Quantas horas na tevê aberta, na fila do restaurante, quantos metros de folha impressa a gente vai gastar falando que fulano mentiu, que fulano foi corrupto?" Otávio estava com sua barba de dezembro. É verdade que ela emprestava certa credibilidade a seus argumentos. "Honestidade não é o ofício. Político tem de *entregar*. E mais – honestidade na política não é sequer possível. Tentasse um único político ser honesto, por um dia apenas, e ele não pararia de falar. Honestidade só existe por meio da linguagem. Mentir, por outro lado, é melhor feito calado. Deixem eles quietos, deixem eles mentindo, que a gente julga o resultado depois. Eu queria ver um só, um só tentar ser honesto. Depois de dois minutos mandariam ele calar a boca e trabalhar."

Judite não respondeu. Quando Otávio estava bélico, ela se divertia em assistir às casualidades. Ela sabia onde foram enterradas as minas e não contaria a quem tentasse cruzar a rua.

Rafael bebera o bastante para voluntariar-se. "Você então propõe um governo subterrâneo, e a gente fica na superfície torcendo até nascer algo que preste pra colher?"

"Meu caro, você sabe. Você é o Milton Friedman de Santana. Sabe melhor do que eu. Incentivos. *Incentivos*. Sabe o resultado dessa caça às bruxas, desse fetiche em corrupção? Uma quantidade sem fim de tempo e dinheiro investidos em roubar melhor. Uma reorganização estúpida de acordos, mecanismos, canais, apertos de mão, uísque dezoito anos, elogios e mimos. Um *modus operandi* de safadeza todo refeito às nossas custas. Cobiça apenas se rearranja dentro do homem. Você não pode extraí-la com promessas de castigo. Isso é distração, é espetáculo. Os poucos que vão presos são um sacrifício necessário, custo-benefício antecipado, *sunk cost*, enquanto o resto se torna bandidos muitíssimo sofisticados. O foco tem que ser no resultado. Deixa esses filhos da puta trabalhando no subterrâneo, sim. Se o legume que nascer for nutritivo, deixa quieto. Agora, e esse é o ponto – cada vez que aparecer um fruto podre, a gente pega um trator do tamanho de um caralho e arranca o responsável dali. Fode com ele. Aí sim, usa tudo o que ele roubou, todo tipo penal possível que andar junto com corrupção, pega e afasta o sujeito da vida política. Preso, inelegível. Com o tempo, sobram os competentes. Só fruta boa na safra. Corruptos ou não, isso é ruído."

Tereza deixava a mão escorregar pelo cabelo do filho enquanto ele corria de novo para o sofá. "Só pra eu entender", ela disse, "na tua cabeça, subterrâneo é igual a mentira, e linguagem produz verdade?"

"Para os fins da analogia, sim, por que não?"

"Eu discordo."

"Pois me ilumine."

"Eu entendi tua historinha. Mas as verdades que importam a gente só escuta quando finalmente cala a boca. Falar, falar, falar é um muro, depois um castelo, depois uma cidade ao redor de um quarto em que a gente nunca entrou. A gente constrói um mundo falando, pra até esquecer onde esse quarto fica. O problema é que não pode parar de falar."

Augusto assistia à cena como a um jogo de futebol passando na pequena tevê da padaria. Era indiferente quem ganhasse, não haveria catarse possível, mas as cores e o movimento eram o suficiente para lhe prender a vista.

"Mas que assunto insuportável". Judite decidira explodir a rua ela mesma. "É política, toda hora política, um negócio sem fim. Nem o Führer falava tanto de política assim. Dagmar, faz favor, traz a sopa, que senão isso vai ser a noite inteira."

A sopa de *cappeletti* de Judite era marca irremovível no calendário, a quinta estação do ano. Otávio a chamava de o bolo de aniversário do menino Jesus, e todos teriam um pedaço. Imensa caçarola de alumínio preenchida anualmente por caldo de legumes e galinha morta, onde travesseirinhos recheados nadavam incertos. "Tá uma delícia, mãe", "Judite, isso aqui é uma bênção", "Se me deixarem, eu raspo a panela". Mentiras e verdades eram proferidas a cada véspera de natal. Não importava. Gostar ou desgostar não era o código em jogo. A sopa de *cappeletti* de Judite era parte do tecido familiar, eram algumas letras daquele sobrenome.

Augusto sentia a camisa grudar nas costas, as gotas de suor passeando pelas partes menos povoadas do seu escalpo. Todo ano era isso. O corpo recebia aquele caldo fumegante e traduzia a mensagem a partir das lições do livro antigo de seu código genético – era dezembro no topo do mundo, o clima é hostil, emita-se calor, abram-se os poros. Um cidadão teutônico, velho e acima do peso, suando idiota, deslocado no mundo.

No freezer estavam as cervejas importadas que Otávio trouxera (*"O segredo é a qualidade da água, nada mais"*). Abriu uma, deu os primeiros goles enquanto Dagmar entrava e saía da cozinha. "Senta pra comer, velha". Ela deu um muxoxo e prosseguiu com as missões. Usava seu vestido lilás, a peça de roupa que vestia quando a ocasião lhe pedia vaidade.

Ele escutava as vozes que escorriam da sala. Identificava sua origem em um fração de momento. Como se chocavam, interagiam e se somavam, como morriam em pleno voo. Sem consequência. É família, não é família? Vínculos construídos e asfaltados pelos anos, um mesmo caminho para se percorrer rua acima e rua abaixo, aquela velha paisagem. Deixada quieta, se arrastaria até a morte em variações finitas. Rua acima, rua abaixo. Vida besta. Essa cerveja com gosto de mesma coisa.

Theo entrou na cozinha e pediu uma coca-cola. A garrafa de dois litros e meio chiou quando lhe tiraram a tampa. Otávio gritou da sala, "Cadê esse corintiano?", "Eu não sou corintiano", Theo gritou de volta. Riam. "Eu lhe proíbo". "Eu não sou corintiano, pai!" "Você pode ser o que quiser", Augusto quis dizer, mas nunca disse.

Augusto gostava do natal. Gostava do natal sem sequer lembrar do motivo. Um reflexo, um pensamento produzido na antessala da consciência. Gostava do natal. Gostava das preparações, da escolha do que vestir para ficar em casa; de dirigir pela cidade ligeiramente mais colorida, da consciência de que passaria a noite bebendo vinho; de entrar em uma casa velha conhecida, decorada ao exagero por não outro motivo que esse acordo de que o natal deve ser uma noite um pouco mais bonita.

Mais cedo nesse dia, assistindo tevê de cueca na cama, Augusto achou de soslaio Tereza se arrumando. Estava no banheiro do quarto, de frente para o espelho, envolvida nas próprias preparações. Sua esposa. Ela trabalhava o próprio rosto com a destreza de um pedreiro reformando um cômodo que apenas começou a ruir. Aplicava materiais, espalhava-os pela superfície, manuseava instrumentos, pensava em estrutura, em estética, antecipava possíveis desgastes, o rosto contorcido quase tocando o espelho, pronto, está bom, está bom por agora.

Os olhos do casal encontraram-se pelo espelho. Reconheceram-se. Arquearam o cenho, era tudo, voltariam a perseguir os respectivos objetivos imediatos.

O homem na tevê gritava que o país não tinha jeito. Atrás dele, a imagem aérea de São Paulo anoitecendo na véspera de natal. Um polvilhado de luzes piscando suaves. Fracas, mas persistentes. Partiam de lojas e de casas e de espaços públicos, disparadas em linha reta pelo ar. Atravessavam a lente da câmara, viajavam quilômetros na forma de ondas de alta frequência, e de repente eram novamente luz, iluminavam as costas de um homem que gritava, e de novo câmeras, e de novo ondas, que jornada, que cavalgada furiosa até chegarem enfim àquele quarto, onde um casal se acostumava com o silêncio, cada dia um pouco maior. Augusto pensou se não poderia fazer o caminho contrário, furioso, em linha reta, pelo ar, pela cidade.

Otávio propôs um brinde. Ele gostava de manter os ocupantes de um cômodo em movimento. De testar a própria área de influência. Uma velha aranha obcecada em confirmar quem restava preso naquela teia de gestual e léxico. "Eu quero brindar à família Weberbauer, que partiu de costas teutônicas para acolher sob seu teto vagabundos imperfeitos como este que vos fala. Quero brindar à dona Judite, nossa matriarca, pela inesgotável paciência de tolerar quem tantas vezes preferia ver longe, ou na verdade nem ver. Brindar a vocês, minha família, por tudo que fizemos e que será feito, pela vida, pela vida, que ela há de escorrer."

O barulho de vidro chocando-se. Cada taça deveria tocar a taça de todos os presentes. Theo correu da sala gritando eu quero, eu quero brindar também.

Rafael disse, "Já é quase meia-noite". Era verdade. Otávio assentiu, esvaziou sua taça em um único gole, levantou-se da mesa, falou em voz alta, "Vou ao banheiro" e retirou-se da sala. Sua ausência deixava para trás certa desordem, o reassentamento de matéria, a realocação de papéis.

"Mãe, e como vai o escritório?", perguntou Rafael.

"Vai quase sem mim, que seu irmão não me deixa fazer é mais nada."

"Mentira dela. Semana passada trabalhou mais do que eu."

"Somente porque passo horas pra ler um processo nesse computador. É uma coisa infernal, as letrinhas, as janelas abrindo e fechando."

Tereza falou, "O Augusto pode imprimir o processo para a senhora."

"Não pedi ajuda."

"Pois eu acho admirável, mãe", falou Rafael. "Não vejo gente da minha idade com tanta energia."

"É que já nasceram mortos, e ficam só esperando dar a hora de oficializar. Quisera eu pudesse."

"Ora, mãe, é medo do inferno? Há profissionais mui competentes que a gente pode contratar."

Judite riu. "Com minha sorte, iria bater aqui em casa o primeiro matador arrependido de São Paulo. Bateu o olho na velha, deu um tiro na própria boca."

Dagmar detestou. "*Doch*, Judite, é uma mania de tragédia."

"Rafa", Augusto disse, "aquele meu dinheiro que você aplicou. Já estou rico?"

O irmão sorriu. "Não está mal. O ano foi bom. Ainda vai melhorar um pouco antes de piorar drasticamente."

"Ou seja: a velha história do homem sobre a Terra", falou Judite.

Um sino tocou da rua. Theo entrou correndo na sala. "Mãe?" Os adultos contorciam o rosto em uma expressão inequívoca de ignorância compartilhada; davam de ombros, perguntavam-se, o que será isso, o que pode ser, ainda há mistério sob o céu, que medo, que sorte, que sorte a nossa.

Foram todos para a janela. O sino batia mais forte. As casas iluminadas vestiam São Paulo de inocência. Escutavam-se vozes exclamadas, brindes de feliz natal. Havia casas escuras e em silêncio, mas elas se perdiam no olhar, hoje era o dia de catarses coletivas, do amor professado, de histórias que só fazem sentido quando contadas em público. "Ali, ali", Theo apontava para um ponto na rua, o ponto de onde vinha o barulho de sino batendo. E lá estava, sem dúvidas. Um homem vestido de vermelho, sua barba prateada, sacola sob as costas, acenando com o sino em mãos, um homem cuja visão nos dizia – mais um ano, mais um ano entre nós.

Deitado no banco de trás, Theo ressonava cercado por embalagens de presente. São Paulo deslizava mansa ao redor do carro enquanto Augusto dirigia mais devagar do que o normal. Vinho demais, comida demais, família demais confundem os sentidos e as funções motoras.

"Tua mãe até que estava de bom humor", disse Tereza, a cabeça encostada na janela.

"Normal."

Ele gostava desse trajeto. Ele gostava do conforto de caminhos conhecidos. De Santana aos Jardins. Se fechasse os olhos, saberia dizer com precisão o que fazer em seguida – esquerda, direita, em frente. Onde o asfalto era quebrado, onde havia perigo, onde pessoas moravam na rua. Onde os *outdoors* anunciavam, e o que anunciavam. Onde se comia bem, e a que preço. Onde se andava devagar, porque havia gente demais. Entre ele e aquela sequência de ruas havia poucos ou nenhum segredo. Que potência, saber tanto. Onde se está, e o que fazer em seguida.

ß

O lugar era um balcão, era pouco mais do que um balcão e duas mesas. Pelas paredes, caracteres japoneses e guerreiros vestindo mawashi, rotundos lutadores de sumô, agachados, prontos para o impacto. Atrás do balcão, era também um lutador de sumô que servia a Augusto mais um copo de *soju*, mais um copo de cerveja.

"Isso não deveria sequer ser uma conversa". Otávio engajava-se com o sujeito sentado ao lado. "Me deprime – *me deprime* – a gente estar aqui, gastando espaço e consumindo oxigênio deste bar, não é, Yoshi?"

"Pode consumir."

"Gastando o oxigênio do Yoshi pra, a essa altura da vida, discutir sobre essa redundância, sobre esse não-problema. A resposta é Messi, sempre Messi, evidentemente Messi. Messi, Messi, Messi. Cristiano Ronaldo tem seu valor, sim. Baita jogador. Líder. Vencedor. Violador de recordes. Mas Messi mete os pés na argamassa do que era futebol até então. Transforma, redefine, cria formas pensadas impossíveis."

Augusto escutava de meio ouvido enquanto catava com hashi mais um pedaço de sardinha. O peixe desfazia-se entre os dentes sem oferecer resistência. Esse lugar lhe agradava. Havia informação suficiente, pendurada pelas paredes, ocupando a vista, carregada pelo ar, para que outras preocupações se calassem um pouco, um pouco que fosse.

"Cristiano Ronaldo conta a história da humanidade inconformada com a própria imperfeição, buscando incrementos marginais a si mesma por meio de trabalho e técnica. É uma luta ingrata, de vitórias pontuais em face da derrota maior, da perfeição que lhe escapa, sempre à vista, sempre acenando, estou aqui, estou aqui. Você já viu o abdômen daquele cara? É um painel de ângulos agudos e reentrâncias impossíveis, é um corpo tentando consumir a si mesmo. Aquilo não é um triunfo, é a lembrança de limites insuperáveis. Aquele abdômen conta a história de tudo o que ele não conseguiu. Cristiano Ronaldo é o monumento a uma espécie inclinada a elevados propósitos, mas nascida para fracassar."

Otávio o convidara para beber, como sempre fazia. Ultimamente passara a aceitar. Passava a maior parte dessas noites em lugares sem nomes, de fachadas mal iluminadas, servido por um garçom que conhecia a deixa exata para trazer mais um casco de cerveja gelada. Entregava-se passivo aos movimentos de avanço e contração dos bares, as conversas gesticuladas, os silêncios confidentes. Conversas que se contorciam, se esticavam e saltavam e caíam de barriga para cima, sem resultado, sem consequência além justificar o tempo gasto sobre aquelas cadeiras de plástico. Horas e horas tropeçadas em sequência. O mais triste de tudo é que Tereza já nem reclamava.

"Messi nos fala de um tempo quando os homens ainda viviam entre os deuses. Quando milagres eram barganhados. O que ele faz não deveria ser possível, foi presente de divindade satisfeita, recompensa pelas tréguas que ele negocia entre o Tempo e o Espaço. Dentro do campo, ele enxerga a vida a passo lento, os outros jogadores correndo embaixo d'água. Faz exercícios de futuro, antecipa trajetórias, permuta possibilidades e faz uma escolha. A bola deixa seu pé e é um instrumento consagrado, indiferente às demais vontades no campo, em rumo à graça de um passe, ao êxtase do gol."

O silêncio de uma casa em perfeito funcionamento. Uma operação eficiente e necessária. Produtos entravam e saíam em sacolas plásticas, no ritmo preciso da demanda, consumo e escassez. Os cômodos limpos em intervalos suficientes. As plantas hidratadas, expostas ao sol. Um filho pontualmente entregue e recolhido dos lugares onde deveria estar. Tudo naquela casa estava em movimento, à espera de movimento, um arranjo criado e mantido por eles, o casal, o centro decisório, eles negociavam entre si, trocavam comandos, experimentavam variações, propunham e ouviam contrapropostas, eles compunham aquele núcleo dinâmico de mediação e logística, aquele time de dois, há doze anos ajustando a sintonia fina de uma vida doméstica. Entretanto. Por que aquele silêncio?, Augusto perguntava-se. Nas raras vezes em que arriscava parar e prestar atenção, ele reconhecia o medo de que finalmente tivesse feito aquela casa à sua imagem e semelhança.

"E outra – o argentino marcou ou não marcou mais de noventa gols este ano? Mais de noventa gols. Ah, vá pra porra com teu português."

O pedaço de sardinha se desmanchava na boca, a cerveja carregava tudo para dentro. Aquele bar era adequado. Aquele bar tinha a quantidade certa de estímulos para que nada verdadeiro precisasse ser dito por várias horas.

Ao seu lado, um casal traçava planos de salvação mundial. Eram jovens e não se conheciam há muito tempo. Testavam hipóteses, descobriam o que tinham de compatível e o que precisariam mudar para serem compatíveis, e o que nunca mudariam, e o que provavelmente não mudariam, mas quem sabe. Augusto sentiu compaixão e impulsos homicidas. Notava cada vez mais comum, essa violência sem efeito. Se era inocência dos outros, se era esperança dos outros que a provocava, ele só desconfiava. De toda forma, passava, costumava passar rápido, era logo engolida feito sardinha e feito cerveja.

Do outro lado do casal, uma mulher conversava com a amiga. Augusto não conseguia ouvir o que falavam, mas algo lhe prendeu a atenção. Uma pressão atrás das órbitas, um cochicho repleto de mensagens. Encarou-a. Ele conhecia aquele rosto. Ou conhecia aquele rosto quando os rostos apenas começavam a ser riscados pelo tempo, quando ignorância era virtude e cerveja era bebida em copo plástico.

Otávio também vira. "Não acredito. Mas olha quem nos aparece, trazida direto dos primórdios da década de noventa. Dona Mirella, há quanto tempo".

Mirella sorriu quando percebeu Augusto. Ele se lembrava desse sorriso e do que esse sorriso fazia por ele. A vida, as coisas que acontecem. Esse sorriso foi arrastado pelos anos, e

Augusto também. Mirella estava velha, e Augusto, mais velho ainda. As mesmas pessoas, talvez as mesmas pessoas, só que um pouco mais tristes.

 Dois vagantes contando com um encontro fora de tempo.

ß

Às três da tarde, a luz que entrava pela janela formava triângulos na parede. Augusto sabia então que deveria começar a se vestir.
 Pegou a calça bem dobrada sobre o encosto da cadeira. Passou a mão pelo tecido, sentiu a resistência das fibras, os caminhos da roupa amassada. Uma perna, depois a outra. Sua imagem apareceu refletida em um dos espelhos daquele quarto. Braguilha aberta, a barriga espiando para fora da cintura como se tivesse medo de altura. Ele colocou a carteira no bolso, seu reflexo colocou-a no bolso oposto. Naquele quarto de hotel acontecia todo tipo de inversões.
 Pela janela via a praça da República explodir em múltiplas trajetórias individuais, partículas bêbadas de energia cinética e propósito, pessoas deixando algum lugar para trás. Amália, Salomão, Urbis, Gran Chevalier, Paraíso. Escolhia os hotéis pela força do nome, pelo tipo de agouro que a palavra sugeria. Esplanada, Rivoli, Quintino, Itamarati.
 Ainda na cama, Mirella olhava vagamente em sua direção. Estava nua e descoberta, o corpo descansando em formas confortáveis. Aberta. Augusto viu entre suas pernas os pelos ainda melados. Foi ele. Mirella era um lugar para onde ele estava sempre convidado.
 Voltou à cama seminu. Engatinhou em direção à mulher, descansou o queixo sobre seu púbis. Sentia os vapores de sexo recente, os humores de pele contra pele. Mirella agora o encarava.
 "Olá."

"Olá, você."

Quando se reencontraram naquele bar, Augusto e Mirella conversaram sobre o que tinham feito dos vinte anos desde que se viram. Ela se casara jovem, ocupava cargo público tão eminente quanto tedioso e era mãe de um casal – o mais velho prestava vestibular; a caçula tinha a idade de Theo. Ano passado finalmente assinara o divórcio, e ainda aprendia o que era falta e o que era hábito. Augusto tentou contar sua vida, as simetrias, as diferenças, a forma como caminhos não tomados insistem em nos fazer olhar para trás e buscar retornos. Falhou, mas ela entendia. Isso não mudou. Mirella era uma caixa de ressonância das ideias que as palavras de Augusto não davam conta de carregar. Acolhia, traduzia, soltava no mundo. Perto dela, ele inteiro fazia mais sentido.

Falaram da faculdade, e do que pensavam na faculdade e em algum momento deixaram de pensar. "Eu só queria ser defensora. O poder de tornar os crimes mais terríveis sem consequência, imagina. De escrever uma sequência específica de palavras e quebrar no meio a cadeia moral de ação e reação."

"Eu nunca soube que podia ser outra coisa. Era uma estrutura tão perfeita."

"Continua perfeita, aí de dentro?"

"Eu não lembro de ter estado fora."

"Soube que o Fydel morreu?"

"Fydel Alencar."

"Os violinos começavam toda vez que levantava a mão."

"Ele dizia que seria deputado."

"E morreu."

"Do quê?"

"Coração."

"Em quem votar, agora?"

"Em alguém com um plano."
"Alguém vivo."
"Por enquanto."

Naquela noite, não foram para casa. Despediram-se de Otávio e andaram até achar um hotel. A palavra Glória escrita em branco sobre um fundo vermelho. A recepcionista chinesa anotou seus nomes de cabeça baixa. Não importava. Eram apenas mais dois clientes chamando o elevador, caminhando pelos corredores, girando a chave que abria aquele quarto de luzes neon.

Augusto sentou na cama enquanto Mirella usava o banheiro de porta entreaberta. Ouviu o jato que saía dela e agitava a água da privada. Desabotoou os botões da camisa, abriu o cinto, estava ainda vestido o bastante para não se comprometer por inteiro com aquele momento. Os métodos que achava para não se sentir tão culpado. Estava ali, era parte infungível daquele momento. Sem ele, aquela era uma história sem arco, narrativa sem peso, desfeita somente pelo gesto de tentar contá-la. Ele e as circunstâncias que trazia àquele quarto, que sentavam na cama, abriam gavetas, conferiam a vista da janela. Elas cochichavam entre si e olhavam para Augusto por cima dos ombros.

Mirella saiu do banheiro nua, o corpo contornado pela luz. Augusto conhecia aquele corpo. Era um brinquedo antigo que se encontra embaixo da cama, na casa onde crescemos. Embrulhado pela memória de suas consequências, dos significados que tinha quando brincava com ele. Era o mesmo corpo, mas diferente. Como se o tempo tivesse por hábito esfregar o dedo sobre ele quando nervoso. Estirando, esgarçando a matéria, borrando as margens. Augusto sentiu seu pau reagir exatamente às diferenças, ao resultado de um tempo nervoso praticando por décadas seus cacoetes sobre aquele corpo. Ele levantou da cama, chegou mais perto; abraçou a bunda de Mirella, seus dedos sobre estrias paralelas. Os dois corpos se testavam, comparavam texturas, se esticavam e se acomodavam conforme a diferença de densidade entre eles. Augusto sentiu a borracha desgastada dos mamilos de Mirella cutucar sua barriga. Ela sorria.

"Você tá velho, Augusto". Seu pau escapou para fora e descansou na vertical sobre os pelos de Mirella.

"Um velho, Augusto". Era a indiferença sobre o tempo, o tesão apesar de suas obras, ou em razão delas. A respiração de ambos revogava os sons do hotel, de seus ocupantes e funcionários, da cidade fora da janela.

"Eu tô velha? Me chama de velha."

"Velha". Mirella gemia. A palavra carregava promessas de libertação. Faziam do tempo voyeur, se exibiam para ele, declaravam independência, a terra é nossa, suas marcas são nossa bandeira, é nosso nome que gritamos, somos nós, somos nós ainda.

"Velha. *Velha.*"

Faz bem a um corpo lembrar que funciona. Faz bem à alma lembrar que funciona. Naquela noite, não haveria silêncio. Campanhas de conquista, revoluções pessoais, movimentos de avanço e de acomodação. As crises antecipadas. Felicidade com data de expiração.

Naquela noite, gostasse ou não, o tempo estava preso ali com eles, e assistiria sentadinho.

15.
É DE QUERER AMOR QUE SE MORRE

Gente que pede desculpas por estar no cômodo, por ocupar espaço, por participar timidamente do intercâmbio de ideias entre indivíduos da espécie humana. Renato Pascoal. Do outro lado da mesa, Augusto observava-o tremendo de frio sem jamais reclamar.

"O senhor vai me perdoar. Ainda não entendi como posso ajudá-lo."

"É confuso, doutor. Eu sei. Às vezes também é até pra mim."

"O senhor foi demitido."

"Correto."

"E o senhor esperava ser demitido."

"Cem por cento. Achei até que demorou."

"E o senhor não considera a demissão injusta."

"De forma alguma. Eu era absolutamente subqualificado."

"E eles pagaram as verbas trabalhistas?"

"Cada centavo."

"O problema me escapa."

"É um problema exatamente desse tipo."

É que Renato Pascoal deslizou passivamente pelos trajetos exaustos da agência de publicidade em que sempre trabalhou. Ele estava lá e ocupava espaço e acabou sendo a escolha de menor resistência para as promoções que surgiam.

"Um dia me deram uma sala e eu era gerente, doutor. Você sabe o que um gerente faz? Promove sinergia, prioriza interações, delega encargos, toma decisões. Mas, principalmente, o gerente tem um nome. Um nome escrito na porta, sobre um número de telefone, um nome registrado em cartões profissionais. E minha expertise até então era o anonimato."

"E aí um nome, sem nada que eu tivesse feito para merecê-lo. Isso já deu certo alguma vez na história, dar nome a homens pequenos? Claro que foi um desastre. Eu fiz de tudo para garantir o desastre."

"Autoconhecimento. Se eu pudesse pinçar uma só qualidade – digamos que seja uma qualidade – da minha longa lista de defeitos, seria essa. Não redime nada, não salva ninguém, mas me poupa da ilusão de ser qualquer outra coisa. O que faz um homem pequeno em posição de poder? Espalha a pasta grossa da própria miséria pela torrada de quem passar por perto."

"Exigia demandas impossíveis, descascava erros desimportantes, dava um raro elogio como quem distribui esmola. Fazia pessoas melhores do que eu acreditarem que não mereciam da vida algo melhor do que aquilo."

"Um bosta. Sem desculpas. Há certa liberdade em perceber que você pode simplesmente ser um bosta. Na consciência desse risco. Em saber que, sob determinadas circunstâncias, você pode cometer atos injustificáveis. Inexplicáveis além da constatação – fui um bosta, posso ser um bosta, tenho um bosta dentro de mim esperando só por uma chance de me tomar as razões."

"Se serve de algum consolo", disse Augusto, "o senhor não me pareceu um bosta quando entrou aqui."

"Ah, já não tenho mais poder para isso. Claro que não. Me demitiram depois de um ano. Decidiram que não queriam problema, que pior seria ficarem marcados como um lugar onde esse tipo de profissional é recompensado. Pagaram tudo, pagaram até mais do que me deviam. Eu saí imaculado."

"Então o que o senhor busca?"

"Eu quero a justa causa. Eu quero as instâncias decisórias do Estado reconhecendo o que fiz. Eu quero meu nome. Meu nome em folhas oficiais, em papel timbrado. A narrativa dos fatos, a ponderação dos princípios, a sentença fulminante. Os autos arquivados. O registro eterno do nome de um bosta, disponível às gerações futuras."

Quando o último cliente foi embora, Augusto permaneceu no escritório. Moveu objetos de uma gaveta para a outra, reuniu folhas de papel por cronologia e tamanho, dispôs canetas paralelamente. Estabeleceu sobre o cômodo uma nova ordem por capricho, para exercer controle, para observar a consequência imediata de suas vontades.

O celular tocou. Era Edna Montesquina. Augusto decidiu não atender. Teve medo das paisagens por onde escorregaria se atendesse. Teve medo da falta de controle. Medo de palavras pronunciadas.

Mudou de ideia. Era uma cliente e era uma velha e era alguém que naquele momento aguardava uma resposta que apenas ele poderia dar. Do outro lado da linha, uma voz quebradiça respondeu.

"Doutor, perdão pelo incômodo."

"Incômodo nenhum."

"É para perguntar do meu caso."

"Sim."

"O senhor conseguiu encontrar o que pedi?"

"Ainda não."

"Nada?"

"Alguma coisa. Lidando com dificuldades não antecipadas."

"Imaginei."

"Sim."

"Passado é água de pia. Precisa meter a mão pra soltar o ralo."

"Eu estou dentro até a cintura. Se precisar, mergulho."

"Deus o abençoe, doutor."

"A senhora também."

Trancou a porta do escritório quando saiu. Não sabia por que fazia isso. Se protegia o lar dos deveres profissionais, ou sua carreira de aflições domésticas. Como se houvesse diferença, pensou.

Foi até a cozinha. Tirou da geladeira um pedaço de lasanha dormida. Botou um copo de coca-cola. Fazia um mês que Dagmar morrera e ele ainda evitava se demorar nas partes da casa que ela mais frequentava. Uma ausência cheia de mãos que o cutucava, que o empurrava para fora, aqui não, ainda não, este é um cômodo fiel, sem espaço mental para novos relacionamentos. Contratou alguém para limpar a edícula, sanitizar os cheiros, remover matéria orgânica. Deixá-la pronta para seguir trancada para sempre.

Uma frase que dissesse sinto falta dela. Seria verdade? Seria a descrição precisa do que sentia enquanto vivia aquele mês, enquanto vivia aquele mês naquela casa? A falta dela era um fenômeno da mesma natureza do que fora sua presença – um fato objetivo da vida, uma constatação redundante, um estado incontornável das coisas. Ela estava absolutamente aqui, e agora absolutamente não estava. Sim, até que não.

Ele a amava? Pensou nisso algumas vezes, pensou nisso de novo enquanto comia o pedaço frio de lasanha. Talvez a amasse como amava seu dedo mindinho esquerdo. Amava porque perdê-lo significava ter de reaprender ligeiramente a estar no mundo, e ninguém quer se dar ao trabalho a essa altura.

Lavou a louça. Passara a não deixar tarefas inconclusas para amanhã.

Amor. Ele sequer diria a palavra em voz alta. A-mor; articulou com a boca, em silêncio. É disso que se morre, pensou. É de querer amor que se morre.

Treze degraus até o andar de cima. Ainda encontrava pela escada manchas de sangue não lavadas. Partes que pingaram dele para seguir processos independentes de decomposição. Sangue só sabe correr. Quando para, endurece, cessam as funções. Mancha marrom cheirando a ferro. Nisso somos diferentes, Augusto pensou. Parar é minha natureza. Eu prosperava nas formas menos dinâmicas da inércia. É o movimento que me desnatura.

Apagou a luz do quarto. Serviu um copo raso de Chivas sem gelo. Vinha bebendo menos. Por qualquer motivo, beber era um hábito mais triste com a casa vazia.

Leu as mensagens no celular. Theo repetia a oferta. Moraria com o pai, ajudaria com a casa, faria companhia. Agradeceu. Negou. Não haveria mais oferendas a essa casa, seria dele o último sangue derramado.

Ligou a televisão. O som e a luz do aparelho preencheram o quarto no que pareceu um mesmo instante. Era uma multidão e uma voz no limite da ruptura. Eram dezenas de milhares de pessoas sentadas, encarando o mesmo ponto a sua frente. Jacó, Noé, a Palavra, o Jardim. A voz gritava histórias antigas, ela gritava a moral por trás de cada uma delas. Um homem de terno segurava o microfone. Ele andava pelo palco em trajetórias interrompidas. Sua voz rugia constante através dos enquadramentos, era a força motora do evento, a produtora maior de significados. Jesus, perdão, fraqueza, pecado. Rostos na fronteira disputada entre a dor e o êxtase. Centenas de fileiras de cadeiras arranjadas em semicírculo, vistas do alto. Uma criança tenta escapar do colo da mãe. O homem do microfone jogava o braço livre pelo ar e o trazia de volta para perto do corpo. Contorcia o rosto para enfatizar passagens. Sua voz mais potente quanto mais próxima do ponto de quebra. A resposta é o amor. Só o amor salva.

Augusto deixou a televisão no mudo. O pastor seguiu cruzando a tela do aparelho em movimentos espásticos enquanto a plateia se decidia entre moléstia e regozijo. O rosto de Mirella piscou uma vez diante de seus olhos. Aquele mesmo olhar, aquela distância; próximo o bastante para estar presente, longe demais para ser tocado com as mãos.

Não pensava nela há meses.

Saudades como forma de companhia, a consistência quase firme da memória pairando. Olá, olha quem chega. Aonde vai depois daqui? Se demore, se demore um pouco mais. Eu sei, é passagem, é passado, paciência. Mas é que quando dói é sem aviso.

Pensou no que Mirella diria.

Pensou em contar-lhe da vida recente, os eventos e suas interpretações.

Pensou em dizer-lhe as coisas.

Mal desistiu e já sonhava.

ß

Líria Ogawa tamborilava o teclado enquanto Augusto contava os fatos desde que batera à porta de Violeta. Tentava estimar a relevância de cada passagem pela velocidade dos dedos da velha. Falou dos três cachorros, das garrafas de vinho vazias – batidas esparsas, talvez duas linhas. Se contava da visita do Armênio, da filha distante, das fotos na caixa, o som de palavras e sintaxe e sentido percutidos letra a letra prolongava-se por minutos. Augusto observava o rosto da velha manter-se impassível, olhos fixos na tela do computador, durante a narrativa. Apostou consigo mesmo se conseguiria provocar reação motora, um estalar de língua, um arquear de sobrancelha. Contou em detalhes a noite em que Dagmar o esfaqueou; como encontrou seu corpo na manhã seguinte, aquela massa, ao mesmo tempo rígida e flácida, prostrada no chão como o brinquedo que uma criança esquecida deixou para trás na areia do parque. Sem reação. Para Líria, aquelas histórias eram a matéria-prima de seu ofício, dos serviços que prestava. Seu trabalho era movê-las do éter das contações verbais à superfície mais estável da memória. A grande memória, a única memória. De onde os fatos poderiam ser observados e compreendidos à distância. Intocados pela dor da incompletude. Era uma história, era a mesma história. Gente carregando uma parte, imaginando ser o todo. É essa a dor. Ela saberia, ela faria saber. A memória quer ser inteira. Completude é livramento.

Quando decidiu que contara tudo, os eventos de barriga para cima, dispostos em ordem cronológica, aguardou em silêncio até que cessasse a batida das teclas.

"Lamento sua perda", Líria disse.

"Agradeço."

A cada visita, Augusto notava, a sala de Líria Ogawa estava um tom mais escura, a luz cansada de atravessar os negativos pendurados pelas paredes. Ao seu redor, fileiras verticais de momentos estanques, um abraço envelhecido, o movimento interrompido em seu curso; momentos que mal pode se dizer que existiram, eternizados contra a vontade, disponíveis para análise. Sua geometria, as intenções contidas, o significado que elas escondiam sobre o instante antes e depois do registro. É tudo gente morta, Augusto pensou, observando o homem parado no ar, sem jamais alcançar a piscina fora de quadro.

Augusto ouviu a impressora reclamar brevemente antes que Líria lhe entregasse uma folha de papel com um novo endereço e um novo nome. Não lembrava da última vez que pisara na Lapa, mas sabia que lá ficava o sétimo distrito policial de São Paulo.

Sentiu o estômago como uma presença concreta alojada no ventre, opinando, reagindo aos maus presságios. Ele concordava.

Pensou novamente sobre o quão simples seria tomar a chave à força. Ela estava naquele apartamento, a poucos metros e uma gaveta e um envelope de distância. Não haveria luta, era o furto de uma chave, crime sem substância, o Estado e seus braços morreriam de tédio só de ouvir. Para Augusto, contudo, que atalho, que bem faria. Os riscos evitados. Líria o encarava com interesse, adivinhava seus pensamentos, perguntava o que faria.

Augusto dobrou a folha de papel e a guardou na carteira. Estava na terra das consequências e visitaria as ruas que o guia mandasse.

ß

Augusto Botelho Roldão era uma história mal contada na casa dos Weberbauer. Aparecia ao fundo de fotografias engavetadas, nas linhas miúdas dos documentos, na sugestão de narrativas censuradas. Tão logo sumiu, Judite fez o necessário para tirar dos filhos seu nome. Augusto, o filho, nunca perguntou a razão. Talvez porque simplesmente parecesse algo que sua mãe faria, talvez porque, na casa onde crescera, raramente a recompensa da curiosidade compensava o preço que se pagava por ela. Verdade é que sabia que se chamara Augusto Baldemar Roldão da mesma forma que a humanidade conhece a função primitiva de seus órgãos vestigiais.

Colocou duas colheres de pó no compartimento adequado, encheu o reservatório de água, apertou os botões que encorajariam a máquina a elevar a temperatura, misturar as substâncias, conduzir o composto resultante pelo filtro acoplado da cafeteira. Assistiu ao café pingando em intervalos uniformes de tempo, preenchendo sem pressa o fundo da jarra de vidro. Um gosto do qual ele não tinha certeza se já gostou, ou se foi sempre mais um entre os blocos de montar que formavam o dia. Theo disse que deveria comprar um moedor, que café em grãos era a forma correta de se consumir café, que nunca voltaria atrás. E por que não? Não tinha mais certeza do que estaria protegendo contra novidades.

Que belo sábado. O céu de um azul histérico. Augusto pensou sobre quantos sábados ainda veria. Havia um número concreto escondido em público, nos telefones das publicidades, nos prazos a vencer das contas, no código de barras dos supermercados, um número menor do que o antecipado, menor a cada semana. Um número que já habitou a casa dos milhares e hoje descama partes cada vez maiores de si, e deixa para trás um sábado, e mais um sábado, e mais um sábado.

Uma lembrança do nada, quase que do nada. Aos sábados sua mãe colocava a família na Brasília abacate e os levava para comer esfirra na Casa Garabed. Era uma forma coletiva de se marcar a passagem do tempo, a autorização familiar para que a semana se encerrasse. A tensão habitual entre eles se dispersava entre os gestos de sentar-se à mesa, escolher os sabores, responder aos garçons; a necessidade de se atender aos estímulos. Augusto pediria a de cordeiro; Rafael, a de mussarela.

Saiu de casa com o trajeto decidido pela camada mais tênue da consciência; não poderia justificar suas razões em voz alta, ou mesmo para si, se arriscasse a pergunta. Dobrou esquinas, subiu e desceu ladeiras, um percurso registrado nos livros da tradição familiar. Passou por comércios, por casas sendo mantidas. Santana era um bairro de gestos, de rituais criados e destruídos no intervalo de uma interação. Bons-dias, acenos, comentários sobre parcela da realidade compartilhada por ambos os transeuntes; o calor, a política, a inclinação das ruas. Augusto sentia a camisa empapada nos peitos, nas costas, áreas de contato com sua própria temperatura e textura. Os caminhos por onde passava continham memórias sobrepostas de décadas. Ele conseguiria separá-las por anos, classificá-las, construir sua cronologia? Achava que não, que elas e seus diferentes estados estavam misturados sem remédio no mingau monocromo da familiaridade.

A fachada do restaurante pouco mudara. Estava pouco movimentado, acabara de abrir. Augusto sentou-se na mesa mais próxima da cozinha, de onde via as esfirras deixarem o forno, irradiando calor no ambiente. Pediu uma de cordeiro, uma de mussarela, uma cerveja de seiscentos mililitros. Assistiu às famílias preenchendo mesas verticais, ocupando cadeiras em arranjos pré-estabelecidos, trocando impressões sobre o que pediriam, comunicando ao garçom a decisão tomada. Em poucos minutos o ambiente foi recheado de sons e corpos e intenções e expectativas, uma textura movediça de experiências humanas.

O garçom serviu as esfirras como oferenda para Augusto. Os dois discos formavam o número oito sobre o prato. Catou a de cordeiro com os dedos, sua pele quase queimada pela temperatura do pão, e mordeu um pedaço de bicho, massa e tempero. Sentiu as consistências resistindo como podiam, o suco da carne escorrendo pela língua. Não engoliu. Levou a outra esfirra à boca, o cheiro do queijo amarelo saturando o ar que respirava. Os dois sabores dentro dele, desarranjados, rearranjados, reunidos em conjuntos precários, desfeitos a cada novo movimento. Achou que engasgaria. Não engasgou. Engoliu tudo, era tudo dele, era tudo ele.

ß

Quando ligou para Tibério Sarmento e se identificou como o filho de Augusto Roldão, pensou que a ligação caíra até entender que o que achava ser estática era a respiração de um velho lidando com um ataque fulminante de passado. Simpatizou. Lembrava-se do que sentira quando Edna Montesquina entrou em seu escritório e lhe moveu as placas tectônicas.

"Será possível?"

"É verdade, seu Tibério."

"Que eu viveria pra isso."

Sentado no banco traseiro do táxi, a caminho da casa de Tibério, Augusto via São Paulo trocando de roupa, vestindo novas formas, reduzindo as alturas. Uma cara para cada ocasião. Na Lapa a cidade apresentava-se esparsa, povoada, cor de muro.

A cerca viva não deixava ver a casa da Rua dos Aliados, 775. Tocou a campainha, escutou a fechadura girar à distância, o peso de um corpo cada vez mais próximo, uma voz que dizia "Já vai". Tibério Sarmento encarou Augusto por um instante, absorveu suas formas, a verdade da sua presença. Atacou-o com um abraço. Augusto surpreendeu-se com a força do velho, com a consistência de seu corpo, aquela liga de tendões. Entre o abraço e a soltura, os dois rostos perto do toque, decretou: "Eu amo o seu pai."

A casa de Tibério era um triunfo da ordem sobre as permutações possíveis entre os objetos. Dezenas de portas-retratos, pratos de cerâmica, lembranças trazidas de viagens interestaduais, garrafas semipreenchidas, exibiam-se organizados, os ângulos em harmonia, cada objeto ocupando o espaço adequado à sua função no ambiente. O lugar estava a uma decisão errada de se tornar uma cacofonia insuportável, mas resistia.

Os retratos na parede exibiam estados variados de degradação. Havia rostos de feições quase apagadas sobre o papel amarelado, havia outros registrados em ultradefinição, cenas retocadas digitalmente para extrapolarem os tons e contrastes da realidade percebida. Havia recém-nascidos, nonagenários e cada estado do vigor humano entre esses extremos. A cronologia em duas dimensões de uma família pelo século.

"Aquela moça ali no canto. Minha filha. Seu pai é o padrinho dela."

Sobre a mesa de centro, fileiras de biscoitos, pães de queijo, geleia, chá, leite, café. Os talheres dispostos paralelos uns aos outros. Augusto teve receio de desfazer aquele estado das coisas de forma irreparável. Tibério encheu uma xícara de chá para si e com um gesto de cabeça disse "sirva-se."

Sentaram-se na sala de frente um para o outro. O senhor encarava-o com propósito, como se o contato visual prolongado aos poucos desterrasse os significados mais profundos daquele encontro.

"Então. O filho de Augusto Roldão em minha casa."

"Sei que é estranho."

"Pelo contrário. É o oposto de estranho. Estranho foi cada dia em que você não esteve. Sua presença aqui é absolutamente natural."

"Você e meu pai são próximos?"

"Eu amo o seu pai."

"Vocês trabalharam juntos?"

"Sétimo Distrito Policial de São Paulo. Divisão de Investigações sobre Crimes contra o Patrimônio. Seu pai era um delegado incansável e um amigo leal. Como ele, não vi mais. Era o homem."

O pretérito perfeito. Augusto somente então percebeu que mapeava o tempo dos verbos de Tibério, que delegava à gramática a responsabilidade de responder à pergunta que se esgueirava, insistente, no plano de frente da sua cabeça. Tibério percebeu. Sua expressão era surpresa e simpatia.

"Você nunca soube. Seu pai morreu faz muitos anos. Eu lamento."

Augusto dedicou um segundo à constatação de que era órfão; oficial, burocraticamente órfão. Não fazia diferença, mas parecia-lhe relevante reconhecer seu descolamento genético do mundo, uma linhagem inteira apagada para trás, tornada caminho de mão única. "De quê?"

"Naquela altura, de tudo um pouco. Fígado, principalmente. Seu pai nunca se recuperou do que sua mãe fez com ele."

A surpresa devia-se a tudo o que a resposta não era. Ele estava convicto, mesmo apegado, da teoria que aquela saga de encontros e endereços lhe provera. A história de traição, do amante inconformado com sua posição, do crime passional, de um estrangeiro fugido pela noite. A extinção do *pater familias*. A violência que arrematava toda aquela miséria genealógica. Os porquês, os ciclos inescapáveis.

O propósito daquela visita esgotou-se, e ele era só o idiota sentado na sala daquele velho.

"Seu pai amava sua mãe."

"Ele foi embora."

"O amor, meu filho."

"O senhor fala de amor um bocado."

"É só o que conheço. É só o que fiz."

"Sujeito deixa mulher e dois filhos e você fala de amor."

"Enfaticamente."

"Meu irmão morreu sem lembrança do pai."

"Lamento profundamente. Mas não espere do amor somente as boas obras. É ignorância."

"Uma mulher sozinha, amarga, arrastando duas crianças."

"Nem mesmo sua mãe diria ter sido a praticante mais capaz do amor e suas rotinas."

Era verdade, mas importava pouco. Augusto já não tinha nada além de hostilidade a oferecer àquele homem e suas tentativas de desconstruir uma mitologia familiar tão bem amarrada.

Tibério olhava pela sala como se algum dos objetos disponíveis, em sua existência inanimada, pudessem revelar o ponto de vista exato que buscava.

"Qual lugar o amor ocupa em sua vida hoje?"

"O quarto de empregada."

"Seja honesto, meu filho. Estou pedindo. O que é o amor?"

"Um sentimento."

"O que é o amor?"

"É dívida. Impagável, todo dia maior. Nunca ter o bastante, e querer ter o bastante. Me sentir pouco, e sempre menos. A escolha entre falência e distância."

"Você deixou sua família."

"É diferente."

"No amor, diferença é só vaidade."

"Eu sou um pai para o meu filho."

"A gente resiste e reage e se doa como pode à mesma força."

"Pago pensão todo mês sem falta."

"O amor é uma luz só. Há quem feche os olhos, há quem se encandeie, há quem cegue."

"Eu não sou meu pai."

"Não."

"Não acredito em deus."

"Amor não tem nada a ver com Deus. Deus se preocupa muito pouco com o que acontece fora da oficina. Amor é coisa de gente, é uma inclinação que cada sujeito carrega e exerce como pode. Todo mundo tem polegar; só uns poucos tocam flamenco. Olha essa parede". Apontou para os retratos pendurados, as dezenas deles, espalhados do chão ao teto, formando constelações, subgrupos dispostos de acordo com critérios ocultos. "Eu amei cada uma dessas pessoas. Se está nessa parede, eu amei. Eu amo. A maioria delas já está enterrada faz anos. E sabe o que sinto quando penso em cada uma? Escute bem, meu filho – não é a voz agridoce da saudade, o canto das musas, os vapores deletérios da nostalgia. Não. Sabe o que eu sinto? Sinto cãibra. Amor dá cãibra. A memória muscular das flexões, a repetição dos gestos". Tibério batia no próprio bíceps. "Porque amor é trabalho, Augusto. É hábito. O amor não acaba, mas pode ficar tão flácido que não acompanha mais o passo. Fica para trás, fora do alcance da vista. É trabalho. Contínuo, frequente, marcado de caneta no calendário da semana."

Augusto incomodava-se exatamente porque conhecia essa linguagem. Ofício, dever, uma lista de subtarefas levando incrementalmente ao resultado desejado. Ele podia entender onde falhava, identificar as evidências que lhe provavam inepto. Se lhe falavam de amor como entidade abstrata, como missão divina, fracassar era apenas a conclusão professada de uma narrativa escatológica, escrita desde tempos imemoriais. Havia heroísmo no fracasso. A aceitação de seu destino, as virtudes da resignação. Era assim porque sempre seria assim, estava escrito nas paredes de alguma sala menor no salão do tempo. Mas amor como trabalho? Ele era então apenas mais um entre incompetentes mundanos.

"Eu estava com Augusto quando ele conheceu sua mãe. O Baile do Círculo Militar. Ele já tinha o bigode. Circulava de uniforme pelo salão, convidando olhares, aquele homem garboso. Seu pai tinha uma presença, sabe? Gente que exerce poder enquanto escova os dentes. Foi sua mãe quem não tirou os olhos dele. Aquela cara dela, curiosa, um desaforo e um convite. Seu pai não teve escolha, foi se apresentar. E ali acabou. Ali ele decidiu. Amar sua mãe seria o trabalho da vida dele. E assim foi."

"Não foi."

"Foi. Seu pai era um homem sério, Augusto. De vontades irremovíveis. Um homem de verdade. Escute. Um dia seu pai e eu recebemos a informação de um aparelho comunista no Bom Retiro. A gente esperou escurecer e fomos averiguar. Lembro que, assim que chegamos, seu pai apontou para o carro estacionado na frente do prédio. Um Willys Itamaraty vermelho. "Tibério, o presidente anda num desses", me disse quase emocionado. Seu pai gostava de carros. Dirigia um fusca bege, cuidava dele como um filho. A gente subiu no quarto andar, bateu na porta. O filho da puta barbudo de roupão botou a cabeça pra fora e veio com graça. "Algum problema, senhores?" O quê? Seu pai chutou a porta e o comuna juntos, botou o joelho nas costas dele, a barba enfiada no tapete. Sai do quarto uma moça com a teta de fora, gritando. Mandei se cobrir, botei ela sentada no sofá. Tava tudo ali. Jornal, livro em russo, a cara do Lênin na parede. Solução concentrada de comunismo. Era um apartamento lindo, fora isso. A essa altura o barbudo já tinha se mijado no tapete. Por favor isso, meu pai aquilo. O comunista era um grande playboy. Augusto, acontecia tanto. Papai rico fechava os olhos para as subversões do filho, que fazia a farra. Dava festinha, comia as menininhas, distribuía panfleto. Minha vontade era enfiar a pistola na boca e mandar rezar. Seu pai tinha mais compostura. Sentou o rapaz todo mijado do lado da moça, ficou encarando os dois fungando, falando naquela língua sem sentido de filho da puta culpado. "Quer dizer que os senhores vão me acompanhar à DP? Deviam ter ligado com alguma antecedência pra avisar. Estamos quase sem vaga. Casa cheia. Vão ter muita companhia". Mais choradeira. O rapaz vomita no colo da namorada, que nem reage. Era mais homem que ele. Seu pai continuou. "Os senhores vão me acompanhar à DP, vão passar uma noite fazendo amizades próximas, e amanhã, depois que eu tomar meu café, vamos sentar pra eu começar a anotar, um a um, os nomes dos coleguinhas que frequentam esta bela casa". O barbudo na lata começa a declarar nome e sobrenome de uns oito sujeitos. Era pelo amor de deus, era tenha piedade, era eu sou um patriota. Um show. Seu pai se levantou para conduzi-los, o sujeito se joga no chão, gritando. Até a garota já preferia ir com a gente àquela altura. Quando eu agarrei o pescoço do filho da puta pra arrastar ele dali, ele tira do bolso uma chave de carro e joga nos pés do seu pai. O Itamaraty era do comunista. Naquele momento até eu parei no ponto. A coisa ali mudava de figura. A cada duas semanas a gente pegava um maconheiro igual a esse. Não dava mais que três dias, e ele já tava de novo comendo a namorada na cama do pai. Eu não julgaria por um segundo se o Augusto pegasse aquela chave, deixasse o casal limpando o mijo do carpete, e saísse dirigindo aquela coisa linda estacionada na rua. São oportunidades. A honra é a rapariga da necessidade. Mas seu pai? Ele nem olhou pro chão. Botou as algemas no casal e seguimos de fusquinha para a delegacia. Esse era seu pai."

"O meu pai abandonou os filhos."

"Sua mãe traiu aquele homem. Sua mãe destruiu o seu pai. O meu amigo."

"Meu irmão não fez nada. Eu não fiz nada."

"Sua mãe quebrou o seu pai. Sabe o que custa quebrar um homem? Ela quebrou o seu pai, e ainda assim ele quis ficar com vocês. Com vocês três. Ele quis continuar com a família. Esquecer o mal causado. Seguir."

"Não é verdade."

"Sua mãe disse que não voltasse. Que ficasse longe. Um dia finalmente conseguiu."

Augusto ainda negou, mas em sua cabeça agora circulava essa ideia, a constatação de uma ausência flutuando a vida inteira, sem motivos que a enraizassem e a fizessem matéria apreensível. A ausência do pai era um dogma familiar, verdade autodemonstrável, seu questionamento sujeito a terríveis punições.

"Seu pai me ensinou que amor é trabalho. Ele seguiria cumprindo o ofício, alimentando o hábito, amando vocês por uma cadeia inextrincável de gestos. Você precisa entender isso."

Augusto sentiu-se cansado. O propósito daquela visita inchava e ocupava espaços reservados a outras demandas. Pediu licença, perguntou como chegava ao lavabo. Um cômodo com cheiro de lavanda, deliberadamente limpo. O reflexo no espelho pareceu-lhe algo estrangeiro. Feições familiares com uma história de repente oculta, da qual conhecia apenas os contornos gerais, a narrativa larga, as primeiras palavras do idioma nativo; seus terríveis detalhes, aquele mistério. Pronunciou, quase sem som, seu próprio nome. O nome do pai. Au-gus-to. Lavou o rosto. A água retida na barba por fazer refletia luz em direções curiosas.

Voltou à sala. Tibério mastigava diligente um biscoito. Queria deixar aquele lugar, declarar cumprida a missão, repassar as informações coletadas. Queria interromper os processos inaugurados, retornar aos desconfortos familiares, às misérias nas quais era proficiente. Queria ser o advogado gordo sentado no escritório, ouvir os clientes reclamarem da temperatura e dar de ombros. Para certas coisas não há jeito. Que sabedoria. Que perda de tempo bem embalada. Decidiu que ao menos mudaria o foco daquela interação, daria ao momento um sabor que não fosse completamente Augusto.

"O senhor é casado?"

"Fui. Minha Elizabeth."

"Lamento. Ela está na parede?"

Tibério apontou para um retrato de moldura azul e redonda. Augusto aproximou-se, seu nariz quase tocando aquela senhora de meia idade, a expressão de quem sorriria para a câmera apenas se lhe pedissem expressamente. Extinta. Há nos retratos gente morta suficiente para repovoar o planeta quatro vezes, ele pensou. Em toda casa há uma gaveta, uma parede, um bairro diferente dessa necrópole em papel fotográfico.

"E o senhor a amou?"

"Como pude. Disciplinadamente."

"E basta?"

"É tudo. O resto é afetação. Energia mal despendida."

"Eu me distraí. Dei o casamento por visto. Decidi que era um fato da vida. Que tinha peso próprio e um lugar definido que ocupava. Que não se mexeria dali nem que eu quisesse."

"Você teve seus motivos. Preocupações, deveres. Para se distrair não faltam razões."

"Não foi isso. Olho para trás e tudo que lembro sou eu. Minha cara. Minhas circunstâncias. O medo pairando sobre elas. Um medo que vestia meu rosto, usava meu nome."

"Medo do quê?"

"E não é isso? Medo do quê? De nada, de tudo. Não é esse o pior tipo? O medo sem forma, medo gasoso, se esgueirando pelos quartos, ocupando a casa inteira. No fim, ele é tudo o que existe, tudo o que lembro. Todo o resto acontecia através dele, os contornos mal definidos, as cores sem vida. Como prestar atenção quando não se enxerga um palmo à frente do rosto?"

O rosto de Tibério continha proporções semelhantes de simpatia e dureza. O cansaço de histórias recontadas.

"E você decidiu que o problema era tudo menos sua

própria incompetência. Que a solução talvez fosse convidar novas complicações."

"Mirella. Paixões da juventude têm isso de contar segredos sobre a gente. Páginas soltas da nossa biografia."

"E deu certo?"

"Depende. Qual a métrica? Se o objetivo era extinguir meu casamento, perder cabelo e me tornar proficiente em alcoolismo casual, absolutamente. O experimento foi um sucesso."

"O medo passou?"

"Hoje em dia ele senta pra beber comigo. Não é assim que funciona? Nossos demônios só tomam forma e ganham nome pelo olhar do outro. Se você está sozinho, são apenas velhos conhecidos. O que era medo, hoje é som de fundo. Ruído branco."

"Eu lamento. O amor é uma forma bonita de prestar atenção. Sem ele, não sei. Seu pai nunca soube também o que pôr no lugar. Andou distraído o resto da vida. Morreu de distração."

Uma dúvida que de repente sempre teve.

"Ele não casou de novo?"

"Não. Teve namoradas. Escolhas terríveis. Criaturas vulgares, uns pombos de calçada. Sem consequência além de empurrar seu pai mais um centímetro para longe do homem que ele tinha sido".

"Não teve outros filhos?"

"Incrivelmente. Não é que não tenha feito por onde. Seu pai saiu metendo o pinto em qualquer buraco que tivesse convite. Uma vez tive que buscá-lo no hospital, quase cego de sífilis. Aprendi o nome de doenças, das drogas necessárias, a hora precisa de aplicá-las, onde, em que quantidade. Certa altura, cuidar do seu pai era remendá-lo apenas o bastante para ele sair e cair de novo. Um esforço sem vitória. Mas amor é o esforço. No começo era tão fácil. Ele era aquela potência, aquela rede de arrasto, carregando vontades por onde passava. Me sentia até culpado. Ficava ali como satélite, aproveitando a gravidade e o sentido que eu nunca teria sem ele. Quando seu pai derrocou aos poucos, pude finalmente amá-lo. Planejei e executei esquemas. Segui métodos rigorosos. Estive disponível e abnegado. Seu pai morreu amado, como sempre mereceu. Amor é um trabalho que a gente escolhe fazer de novo todo dia."

Pela janela, a luz da tarde arrefecia, marcando pela parede dezenas de pontos em fogo no vidro dos portas-retratos. Tibério escolheu um biscoito quadrado para mordiscar sem pressa.

Esse rearranjo de matéria. Reequilíbrio de pesos há muito distribuídos. O pai fora sempre o motivador da saga familiar, seu preâmbulo, o pecado original. A causa das consequências. Onde encaixar a figura desse velho partido, um pai doente, seu pinto respingando, amado apenas como se o amor fosse o ofício de um tabelião? Augusto sentiu por um instante estar à beira de uma revelação terrível sobre si mesmo, como se uma história recontada exercesse pressões quase genéticas – como se determinasse uma vida e suas possibilidades, seus contornos, suas doenças incuráveis. O instante passou, contudo, e nada foi revelado. Era ele e a matéria úmida de convicções maleáveis, aguardando a mão decidida que lhe desse forma.

"A gente espera que esses fantasmas de família um dia se cansem", Augusto falou, "ou que depois de um tempo alguém diga chega, você atende os requisitos da aposentadoria compulsória no pós-morte, estique as pernas, você fez o bastante. Mas nada. Seguem dando cambalhotas, jovens como nunca foram em vida."

Tibério não respondeu. Mascava o pedaço de biscoito que resistia na boca, os olhos fixos na parede iluminada, os retratos cintilando em laranja. Uma vigília dos mortos para os mortos.

"Augusto". Quando falou o nome, foi como se enfim anunciasse o vencedor de um intrincado processo seletivo que se iniciara quando abriu a porta de casa naquela tarde. "Vou lhe mostrar algo. Não quero que reste uma dúvida de como seu pai amou vocês e faria de tudo para manter a família unida, independente de qualquer coisa. O que eu vou lhe mostrar é o gesto de amor mais bonito que já vi nessa vida. Eu tive o privilégio de participar. De registrar essa coisa sublime. E guardo ela até hoje, prova e lembrança de que o amor é o trabalho maior dos homens, que os eleva e os define. Me acompanhe."

Augusto seguiu o homem, aquela nuca resoluta apontando o caminho. Sua pele era um embrulho esgarçado, quase sem cor, sobre um corpo que ainda não se cansara de deixar cada cômodo daquela casa em ordem. As estampas das cortinas, os tons das paredes, a disposição dos objetos expostos em cristaleiras; tudo dizia: aqui se pratica a vida em disciplina. Tudo dizia: não há alternativa.

Pararam em frente a uma parede lisa. Augusto levou um instante para perceber o alçapão sob seus pés. "Me ajude aqui, meu filho". Puxaram juntos a porta pesada. Tibério o levaria ao subterrâneo. Um interruptor revelou a escada. "Vá com cuidado, que o degrau é curto". Quando tocou o chão, Augusto ouviu a porta fechar-se atrás dele.

Um sofá de dois lugares ocupava o meio do porão. Logo atrás dele, um antigo projetor de filmes. "Me deixaram ficar com ele quando a DP comprou uma câmera digital. É um trabalho pra manter, mas vale a pena. Senta."

Augusto acomodou-se no sofá enquanto Tibério buscava algo no fundo do quarto.

Ao redor, um silêncio cheio de texturas. A matéria conduzida pelo encanamento, aqueles homens e o eco que produziam, o leve tremor de veículos na superfície. Aquele cômodo acusava movimento. Era um santuário à estagnação.

"Seu pai um dia entra na minha sala. Branco. Andava desconfiado, o vizinho lhe falou de um sujeito que entrava e saía da casa pela tarde, enquanto ele trabalhava. Mexeu nas coisas de Judite. Achou fotos. Sua mãe nua em pelo. Arreganhada. Sorrindo. Ele a confrontou, ela não negou nada. Deu com a mão na cara dela. Mas segurou-se. Ela estava com seu irmão na barriga. Ele me disse que você começou a chorar. Não sabia mais o que fazer; saiu de casa, foi trabalhar."

Augusto olhou para trás. Tibério encaixava um rolo de filme no projetor.

"Essa foi a primeira vez que vi aquela cara no seu pai. A cara que eu infelizmente veria tantas vezes depois. Vontade nenhuma por trás dos olhos, respirando só por hábito. Ele precisava fazer alguma coisa. Veja bem, se ele decidisse encher sua mãe de porrada, ninguém piscaria o olho. Mesmo, e me perdoe, se ele desse um fim nela, as consequências seriam mínimas. Era a honra do homem. Não estou dizendo que era o certo a se fazer, Augusto, mas que era uma possibilidade concreta. Absolutamente. É importante que você entenda isso."

Augusto sentiu o peito apertar por conclusões ainda não completamente formadas. O projetor pareceu-lhe uma arma de cruéis funcionamentos.

"Mas seu pai não faria isso. Ele havia decidido que amaria sua mãe enquanto vivesse, e assim seria. Não havia nada acima do dever que ele se deu. Os erros da sua mãe eram os erros da sua mãe. Cabia a ele continuar a obra apesar deles, ao redor deles, para além deles. Amar pode ser um trabalho solitário, que estica e arrebenta as vontades mais fracas. Não a do seu pai, não. Aquele homem era um homem. De repente seu rosto voltou à vida. Foi a coisa mais bonita. Ele sabia exatamente o que devia fazer."

O clique do interruptor, e por um instante o cômodo esteve no escuro. Um escuro total, denso, ocupando espaços. Augusto desejou que assim ficasse. Cego, sem corpo, massa ignorante entre os sons distantes de pessoas em movimento. Ele não queria ser alguém que soubesse o que estava prestes a saber.

Na parede à sua frente, um quadrado de luz. Não havia som além do filme desenrolando-se entre os dois rolos do projetor. Uma sala entrou em foco, saiu de foco, entrou em foco. Tinha dimensões similares ao cômodo em que Augusto agora se sentava. No centro, apenas um banco sem encosto. Pareceu-lhe assistir a uma dimensão espelhada em que certas tragédias ainda estavam por acontecer. Pensou, que privilégio. A escolha. O poder de criar e desfazer mundos. Tão mal aconselhados, esses deuses onipotentes do passado. Escolhem toda vez o mesmo caminho. Praticam vez após vez a mesma forma de mal.

"Esse era o famoso calabouço da DP. Onde homens subitamente se lembravam dos fatos e de seus cúmplices."

Movimento. Sombras e partes de corpo insinuavam-se nas margens projetadas pela câmera. Uma comoção silenciosa fora de vista.

O homem nu dirigiu-se ao banco no centro da projeção. Caminhava estranho, interrompido, como se ainda se convencesse sobre a novidade do bipedismo. Apenas quando sentou-se Augusto notou que tinha mãos e pés amarrados.

"A gente pegou o safado na rodoviária", Tibério disse. "Mais um pouco, e ele fugia."

Estavam frente a frente. O grão do filme, o foco doce, o ruído da câmera; a cena projetada parecia pertencer a uma forma mais urgente de realidade, onde fatos e homens nasciam para deixar sua marca profunda na história.

O homem sentado no banco. Seu corpo curvado, sustentado por energias residuais, esperando a cabeça tomar consciência do que acontecia. Nu, derrotado, no centro de tudo. Por um instante, a única pessoa viva em um mundo à beira da ruína. O Armênio então levantou o rosto e encarou Augusto pela lente da câmera.

Seu pai.

Augusto Roldão entrou em cena, inconfundível mesmo de costas para a câmera. Olhou para o homem como se olhasse para uma matéria orgânica indefinida grudada na sola do sapato. Do que é feita, de onde veio, e por que diabos resolveu aparecer no meu caminho? Meteu-lhe um murro no nariz.

A sequência de quadros por segundo, as texturas do filme. Uma cena de comédia muda seria igual. Por vinte e tantos quadros, a imagem estática de uma cabeça jogada para trás, e então de volta à posição original. A ilusão de movimento. A violência não estava em nenhuma daquelas imagens isoladas. Elas eram registros estáticos de intenções fora de contexto, apenas potência e sugestão. Era necessária sua exibição contínua em vinte e quatro fotogramas por segundo para revelar o gesto de violência ao espectador. O olho humano custa a acreditar, ele requer ênfase, repetição. Uma substância escura escorria do nariz daquele homem nu.

"No começo ele nem gritava."

Demora um instante para que um homem se lembre do quão familiar é a brutalidade. Os primeiros golpes de Augusto Roldão foram hesitantes. Ele parava depois de cada um deles, observava o resultado com curiosidade quase científica. Como aquele corpo reage em resposta, os movimentos respectivos, qual matéria se rompe e qual resiste. Mas de súbito ela retorna, essa primeira natureza. É a coisa mais natural do mundo. O ritmo, o gozo, as intenções de morte. Augusto Roldão socava com a pureza de um bebê que descobre como a comida cai da mesa pelo mais singelo dos gestos.

Então ele para. Olha por cima da câmera.

"Eu disse, segura, já vai matar o cara?" Tibério sentia-se orgulhoso de figurar em seu filme predileto. Queria que Augusto saboreasse os detalhes, que entendesse todas as razões pelas quais aquela era uma obra de valor, que merecia ser vista e revista. Augusto era espectador passivo, um vasilhame esperando para ser preenchido por verdades transformadoras.

Roldão caminhou em direção à câmera até sair de quadro.

No centro de tudo, o Armênio. Rosto e peito pintados de preto. O que se veria, se o filme registrasse as cores daquele dia? Formas vermelhas descendo sobre a pele escura de um condenado? A cor terrosa dos tijolos de um porão de delegacia? Mas nada; branco, preto, cinza, distribuídos pelos gordos grãos do nitrato de celulose.

O Armênio tremia sentado. Sua boca abria e fechava, assumia a forma de palavras perdidas. Aquele rosto não era o mesmo das fotos. Fora remodelado por sangue, equimoses e uma perda sem jeito.

"Você está começando a entender? A beleza do gesto?" Tibério encaixava o rolo seguinte no projetor. "Um homem menor encheria sua mãe de tapa, deixaria ela sem casa, sem dinheiro, com dois filhos pra criar. Seu pai, não. Seu pai decidiu trabalhar. Ele percebeu o que tinha que fazer para conseguir ficar. Para manter a família. Ele não queria fazer nada disso. Ele fez o necessário. Nesse dia eu aprendi. Isso é amor."

Quando reapareceu em quadro, os movimentos de Roldão eram puro propósito. Augusto e o Armênio perceberam ao mesmo tempo a faca em sua mão. O corpo nu retesou-se sobre o banco. Sentado no sofá, Augusto sentiu o mesmo. Em ambos os porões, o desespero da inevitabilidade. A constatação da impotência. O corpo humano tem essa convicção estúpida de precisar reagir, mesmo quando as probabilidades deixaram a sala. O Armênio tentou erguer-se, tropeçou no banco, caiu para trás, bateu a cabeça. Augusto cometeu o heroísmo de cruzar os braços sobre a barriga.

"Olhe, meu filho. Repare". Augusto sentia o bafo de Tibério em sua nuca.

Roldão agachou-se em frente ao corpo que se debatia. Observou-o por um momento. Se fosse esta produção de maiores recursos e inspiração, com múltiplas câmeras e iluminação adequada e lentes de variadas distâncias focais disponíveis, e se um diretor capaz resolvesse nesse momento fechar um close sobre esse homem armado, o que seu rosto contaria?

Sentiria apenas o pragmatismo da fúria, a busca de retribuição imediata pelos males cometidos?

Sentiria curiosidade sobre o sujeito partido à sua frente, sobre as escolhas e os caminhos que levaram suas vidas a colidirem de maneira tão definitiva? Sentiria curiosidade sobre as coisas que a mulher lhe mostrara, coisas que o próprio marido ignorava? Um gosto estranho por comida, uma forma tola de sorrir?

Teria a vontade, ainda que envergonhada, de pedir-lhe assim, me conta dela o que você sabe, o que faltou para que ela fosse feliz?

Arriscaria um instante de piedade ao pensar que ambos só podiam ser feitos da mesma infeliz matéria, se amaram até a morte a mesma mulher?

Augusto nunca soube, afinal. O rosto de Roldão estivera por todo o tempo fora de foco e mal iluminado enquanto pôs o joelho sobre o peito do Armênio e, com três movimentos de vai e volta, cortou-lhe fora o pinto.

"Isso é amor, meu filho."

Augusto fechou os olhos. A massa de luz que pulsava através das pálpebras parecia inofensiva. É preciso um olho aberto para traduzir a violência no mundo. Sem isso, existe apenas luz, histérica e indistinta, transmitindo mensagens ignoradas.

"Sua mãe tinha que ver. Que saber. Saber exatamente o que ela causou. Mas saber também tudo o que seu pai faria pra manter a família. O quanto ele amava."

O Armênio estava sozinho na tela projetada, deitado sobre uma mancha escura e molhada. Talvez tremesse, talvez a vibração do filme movesse o porão inteiro ao seu redor. Em frente ao seu rosto, o volume triste disposto no chão parecia um dedo.

"Tudo o que você tá vendo, sua mãe viu também. Seu pai a fez assistir. Não seria possível de outra forma. Não foi uma questão de capricho, sabe. Essas obras de amor precisam de testemunho. A coisa mais triste é a injustiça, a falta de reconhecimento."

Um molusco tombado, escorrendo. O pinto do Armênio. Essa urgência, o desconforto atávico que se sente à visão de membros fora do lugar, pingando sangue. É a lembrança do quão desconjuntável é o próprio corpo. De que o ter inteiro é a exceção.

Roldão ressurge com um instrumento em mãos.

"Essa ideia foi minha". Tibério orgulhava-se.

Era um berrante.

"Fez seu pai de corno?"

Faltava vontade ou potência para que o Armênio reagisse. Quase não se moveu enquanto Roldão o virava de bruços e encaixava no cu a extremidade menor do berrante.

Augusto não fechou os olhos dessa vez.

Roldão catou o pinto do chão como um guardanapo oleoso e jogou dentro do berrante. Deslizou para fora da tela e voltou com uma chaleira esfumaçando. A matéria contida atingira sua temperatura de ebulição, e nessa mesma temperatura passou pelo berrante até o interior daquele corpo prostrado. A figura do Armênio fazia parte de alguma representação dantesca do inferno, repleta de bestas e alegorias para a maldade dos homens. Só havia pecadores naqueles porões separados por décadas.

Um jovem Tibério entrou em cena. Entregou a Roldão um pedaço de corda. Amarraram os pés do Armênio em uma extremidade; a outra passaram sobre alguma estrutura no teto, fora do enquadramento. Os dois amigos ergueram juntos a carga. O Armênio ficou ali, tremendo um pouco, morrendo um pouco, balançando de ponta-cabeça até Roldão abrir-lhe o pescoço com a faca. O corpo vazou; era enfim só um corpo.

Para alguns é o que custa estar a salvo da dor.

16.

NEUROSES IV

Seja um bandido, seja a polícia, jogue um objeto e veja a distância que ele percorre. Corra pela casa, entre em cômodos menos frequentados, fique aí até que seu irmão o encontre. Deseje que ninguém siga o rastro de horas desmontadas, que não interrompam dois irmãos pondo em prática a mais recente ideia para jogar fora o tempo.

Levante os braços, vista mais uma blusa. São as férias de julho, e faz frio. Ouça seu irmão dizer que o frio em São Paulo é pior que na Alemanha. Diga que não, que você pode sentir que é pior, mas que não é, existem aparelhos e números com a única função de dizer que não é, e o que você sente pode ter sua importância, mas não significa que seja verdade. Ouça seu irmão insistir que é. Pense que o frio de São Paulo já não parece tão importante. Que crescer é aprender que as coisas se repetem pelo mundo.

Promova competições, distribua títulos, estabeleça regras justas e bem explicadas. Dê o seu melhor. Você venceu, como sabia que venceria. Você é mais velho, você tem pernas mais longas, você contou até três. Console seu irmão menor, explique que não tem problema. Diga que na escola até você perde às vezes. Minta que é só às vezes. Diga que na vida cabe é muita brincadeira.

Corra, mas tenha cuidado para não fazer barulho. A mãe não tem férias e está lá embaixo. Ela recebe a visita de pessoas preocupadas, carregando pastas cheias de folhas. Ela escuta e fala e escuta de novo, até que as pessoas deixem o escritório, ligeiramente menos preocupadas. Perceba que ela não grita com visita nenhuma. Que sua voz quase não se escuta pelas paredes. Pergunte-se sobre o que conversam. Pergunte-se se é preciso ser adulto para ter uma pasta dessas.

Entre na cozinha, peça a Dagmar um pouquinho do caldo de batata que está na panela, esperando a janta. A cor amarelo-catarro, os pedaços submersos de porco que você tem sorte de achar. Prometa não contar a sua mãe. Pense baixinho que já não conta quase nada.

Seu irmão encolhe os braços e torce as mãos quando tem uma ideia animada. Ele anuncia que inventou a melhor brincadeira do mundo. Você duvida, mas se interessa. Você não se lembrava que brincadeiras eram inventadas. Você escuta as regras postas e as segue da melhor forma que consegue.

Aprenda que vocês devem ir ao quintal. Que devem pegar a bola do Palmeiras, o presente que você ganhou no natal passado. Que vão tirar par-ou-ímpar para ver quem começa. Que o ganhador vai jogar a bola para cima tão forte quanto puder. Que ela vai descer, que ela como quase tudo vai descer, e do exato ponto em que ela cair o irmão vai jogá-la de novo para cima. Que o vencedor será aquele que chegar mais perto do céu. Reflita que não lhe parece a melhor brincadeira do mundo. Que é contudo um passatempo perfeitamente adequado e que uma ideia original capenga merece mais méritos do que uma velharia bem-acabada. Sinta orgulho do seu irmão.

Esconda as mãos atrás das costas. Escolha um número de zero a dez. Escolha o número quatro. Diga o nome do jogo, revele seu número durante a última sílaba. Veja a mão aberta do seu irmão. Conte até nove. Constate que é o mesmo número de anos desde que você nasceu. Perceba depois de um instante que não escolheram quem seria o par e quem seria o ímpar. Que havia apenas um número abstrato flutuando entre eles, sem função além de conjurar a palavra nove. Deem risada do equívoco em equipe. Deem risada da risada do irmão. Escolha par. Diga que agora é sério. Pense que seu irmão quase certamente escolherá o mesmo número de antes. Escolha o número um, revele seu dedo no momento certo. Você estava correto. Veja seu irmão com a palma aberta em sua direção, na expectativa do anúncio. Lembre-se de que ele não sabe se um número é par ou é ímpar. Para ele, a verdade será o que quer que você diga. Descubra o peso dessa responsabilidade. Sinta-o no peito, sinta-o atrás dos olhos.

Pegue a bola do chão. Sinta a textura dos gomos, passe o dedo pela costura que corre entre eles. Essa bola é seu brinquedo favorito. Seu presente de natal. Prepare-se para o arremesso, execute-o porcamente. Assista ao arco decepcionante que a bola percorre. Perceba como seu fracasso desperta no caçula expectativas que ele não esperava ter. Como de repente ele deve lidar com a vontade de vencer. Como recolhe a bola do chão com gravidade, como quase não esconde o quanto deseja esse pequeno triunfo. O quintal tornou-se uma arena para expectativas solenes.

Respire.

Testemunhe um arremesso perfeito. Potente, vertical. A certeza imediata de vitória. O rosto do seu irmão, contorcido de surpresa. O êxtase. Um grito fino com som de "uh". Os braços para cima, punhos cerrados. Como se comemora um triunfo? É o primeiro de uma vida.

Fique surpreso – você está feliz. Isso que você sente no meio da barriga, no fundo da garganta, é felicidade. Bata palmas. Reconheça. Participe da cerimônia. Constate que sua aprovação é uma vitória toda nova para ele.

Toquem as mãos. Dancem uma dança inédita sobre o mundo. Descolem os pés do chão, destruam sua guitarra imaginária. Desistam da ambição de fazer sentido. Interjeições, espasmos, a imitação mal feita de algum animal. Respirem aliviados, crescer é um crime cometido em bando.

Observe seu irmão correr até a bola. Assista à preparação de um arremesso celebratório, um gesto sem responsabilidades. Assista à execução fajuta, à bola que bate em quinas e adota trajetórias selvagens. Perceba como o quintal prendeu a respiração por um instante antes de ela pousar perfeitamente sobre o prego solto da calha. Escute esse chiado, o ar que escapa sem volta pelo rasgo. Olha que imagem triste, uma bola ferida de morte.

Sinta raiva. Sinta o que só pode ser raiva. Raiva mora na rua que fica atrás da nossa testa. Seja invadido por impulsos sem precedentes, por propensões violentas. A porta estava aberta.

Odeie seu irmão. Por um instante, tão real que você pode respirar dentro dele, odeie seu irmão. Sinta o gosto no teto da boca, atrás da sua língua. O perigo. As possibilidades.

Descubra que você não tem a menor chance de controle. É algo que veste sua pele e falta espaço. Renda-se. Repare na liberdade quando não há escolha.

Não diga uma palavra enquanto avança. O medo no rosto cada vez mais próximo do seu irmão. Suas mãos no peito dele. A facilidade com que um corpo cai. O barulho que ele faz quando aterriza no chão de cimento.

Você nunca teve poder sobre alguém. Um corpo aos seus pés. Como você se sente? Você de imediato sabe que não é o bastante. Esse impulso sem nome não foi satisfeito. A urgência, a necessidade essencial de contentá-lo. É em nome dele que você coloca o joelho sobre a barriga do seu irmão. Que lhe segura as mãos. Que lhe dá uma cuspida entre os olhos.

Preste atenção. Perceba o que está acontecendo. Perceba seu irmão. Saiba. Saiba que ele chora porque dói, mas que dói porque foi você que fez doer. O irmão mais velho. O Augusto. Ele chora porque o mundo tornou-se de repente um lugar menos seguro. Ele não sabia, e agora sabe. Você ensinou. Quando foi que você soube? Violência se aprende em lições imprevistas e espaçadas. Violência se aprende de perto.

Ouça o passo duro de sua mãe. Veja seu rosto se contraindo diante da cena. Veja desenhada nele uma cidade chamada fúria. Sinta medo. Ela não vai gritar, não agora, com os homens e suas pastas esperando no escritório. Mas imagina depois. Escute que você deve ficar no quarto até o jantar. Aceite o castigo sem protestos. Ao se retirar, olhe para trás e veja sua mãe limpar o rosto de um Rafael inconsolável.

Suba treze degraus. Entre no quarto. Deite na cama. Você está sozinho, pode chorar. Chore de raiva. Chore até ficar com sono. Chore de não entender por que você fez o que fez. Chore do medo de que isso seja exatamente você.

Pense em seu irmão. Sinta a falta dele. Sinta culpa. Perceba que é na verdade bem melhor quando ele está perto.

Pegue o hidrocor, uma folha de papel em branco. Desenhe um homem. Dê um nome a ele. Invente o motivo por que ele sorri.

ß

Quando acordou, estava sozinho. Encarando o teto, concentrou-se até encontrar, no terreno disputado pelo sonho e a consciência, a lembrança de um beijo de despedida. Do rosto de Mirella contra o seu, de sua voz dizendo 'não acorda'. Pela janela, o sol berrava meio-dia. Sentou-se na cama. Sentiu a ressaca se contorcendo como um espírito que não estava exatamente confortável no corpo que escolheu possuir. O cheiro naquele quarto seria repulsivo, não fosse sua coautoria; era um composto de tudo o que de vez em quando vaza de gente. Os lençóis no chão. O aparelho de som ligado, o ruído de estática. Augusto sorriu; a noite passada acontecera.

Saiu do quarto. Na sala, viu Otávio prostrado no sofá, com o olhar repousado vagamente na direção da tevê. Saltou quando percebeu Augusto, os braços abertos intimando detalhes.

Contou o que lembrava. Não era muito. A cronologia exata dos eventos, as tomadas de iniciativa, a topografia revelada de cada corpo; tudo deferia à constatação maior de que ele tinha transado. De que era cidadão inexpulsável daquele território. Quando concluiu o relato, recebeu um tapinha nas costas e a sentença: "Senhoras e senhores, eis um homem."

Do apartamento de Otávio à parada de ônibus, caminhavam-se cinco quarteirões. Augusto estava alerta. O que viam os estranhos da cidade? Notavam a diferença, a transformação essencial? Cruzou com uma senhora e sua sacola de compras. Teve vontade de abraçá-la. Abraçaria cada um dos transeuntes. Porque, em algum nível, eles sabiam. De alguma forma, São Paulo inteira reconhecia: lá vai um homem.

Foi como pensava que seria? Verdade é que não. Verdade é que não tinha ideia do que esperar. Tinha as referências. Nas revistas, fotografias em close de formas irrepetidas, sulcos e curvas e texturas estáticas que nada diziam sobre como proceder. Nas fitas de vídeo, apenas personagens sem hesitação, verdadeiros titãs do ofício, atracando-se em atos quase marciais. Nada o preparou para como se sentiu bem-vindo dentro de Mirella. Para como bastou o mais leve dos empurrões, e estava em um lugar feito para recebê-lo. A sensação sem precedentes de adequação. Pelo jeito, ser um homem era saber onde se demorar.

Desceu do ônibus e apertou os olhos. São Paulo brilhava de sol. A ressaca que possuía seu estômago contorceu-se feito um vampiro. Em um dia bom, ele terminava a ladeira entre a parada de ônibus e sua casa xingando a própria existência da cidade. Naquele sábado à tarde, parou no meio do caminho e vomitou cerveja digerida na calçada. Uma senhora atravessou a rua para não cruzar com ele. Era ainda um homem, mas em condições precárias.

O plano era entrar em casa em silêncio, desviar de encontros e interações, e passar o resto da tarde refugiado sob os lençóis. Inútil. Bastou tocar na porta para ouvir o som metálico da televisão refletindo pelo corredor. Entrou e viu a família na sala, assistindo ao episódio de Magnum. Sua mãe não moveu os olhos da tela enquanto Tom Selleck tirava uma vida com elegância. Ela não proibia que saísse à noite, mas deixaria sempre inequívoca sua reprovação. Rafael acenou; Dagmar sorriu para ele por trás de um copo de cerveja.

"Dormi no Otávio", anunciou preemptivamente. Não houve reação. Quaisquer que fossem as transformações pelas quais passara aquela noite, suas consequências não foram percebidas. Sentiu alívio e alguma decepção. Talvez buscasse o reconhecimento, a aceitação coletiva do seu novo lugar na ordem das coisas. Nada. Só havia um homem naquela sala; ele matava russos, partia corações e ostentava um bigode magnânimo. Sua casa nunca o receberia tão bem quanto o corpo de Mirella.

Subiu treze degraus até o banheiro. Notou que não escovara os dentes desde a noite anterior. Que estranha mistura ocupava sua boca; coxinha, cerveja, Mirella e suco gástrico. Ele chupou alguém. Essa memória fazia agora parte de seu repertório, acessível quando bem quisesse. "Assim se começa um patrimônio", pensou enquanto esfregava nos dentes a pasta sabor menta.

Deitou na cama de banho tomado. Comparado com o quarto dos fundos de Otávio, este era um cômodo sem rosto. As paredes nuas, pintadas de amarelo-claro. As camas de solteiro, o pesado armário de madeira. Se aquele era um lugar onde virgindades eram perdidas ao som de um vinil meio riscado, este era o equivalente à antessala do dentista.

Rafael entrou no quarto e sentou na outra cama.

"A Dagmar mandou perguntar se você quer comer."

Ele expulsaria qualquer substância que pisasse a soleira do seu estômago. "Sem fome."

Virado para a parede, Augusto sentia o olhar de Rafael em suas costas, calculando o quanto falar para não romper a linha invisível da paciência do irmão mais velho. O quanto avançar e seguir bem-vindo.

"Foi legal ontem?"

Era uma pergunta adequada, à prova de represálias.

"Foi bom. Normal."

A comichão seguia em suas costas. Contra tudo o que o corpo lhe pedia, virou-se na cama para reconhecer que aquilo era uma conversa.

Rafael relaxou. Encostou-se na parede, as pernas esticadas sobre o colchão.

"Tinha muita gente?"

"Tava cheio."

Cada fatia de informação que recebia tornava Rafael mais confiante sobre explorar novas esquinas daquela interação.

"O pessoal tava bebendo?"

"Alguns."

"Você bebeu?"

"Um pouco."

Ele também começava a testar o terreno. As últimas vinte e quatro horas e suas transformações trouxeram, ele agora descobria, espaços e aberturas inéditas. Por que não convidar seu irmão para uma visita?

"Um dia", Rafael continuou, "a mãe do Euclides deixou uma garrafa de vodca aberta na cozinha. A gente provou."

"O que achou?"

"Forte."

"Eu gosto com fanta."

Que ideia. Dar um pouco, receber um pouco; transações adequadas e sem custo. Seu valor agregado. As coisas que descobre um homem de ressaca. Seu irmão, tão presente quanto sempre esteve. Bastava uma fresta?

"O Euclides diz que se você bebe comendo pão, não dá nem cheiro."

"Pois a Dagmar come pão o dia inteiro e eu consigo sentir o bafo de cana da cozinha. Eu acho que o Euclides tá falando é merda."

Rafael riu pelo nariz. "Ele fala demais mesmo."

A menção a cana, a cheiros e a pão fez seu estômago soar uma advertência.

"O Euclides também disse que se você bebe vodca com uma menina, é meio caminho pra ganhar um beijo."

Augusto notou o tom mais solene que o irmão adotara enquanto fingia não conduzir a conversa às regiões que lhe interessavam.

"E o Euclides já beijou alguém pra saber?"

"Diz que sim. Uma menina de Sorocaba, na festa do primo."

"E você acredita?"

"Acredito. As meninas acham ele bonito. Ele tá com a barriga toda dividida."

A voz de Rafael, Augusto notou, carregava alguma nota de ausência, de vontade não satisfeita, das trepidações que a acompanham. Carregava também uma abertura.

"E você, já beijou?", perguntou ao irmão mais novo.

Rafael arqueou as sobrancelhas. Sua expressão era a de quem anunciava os danos causados pela chuva; uma infelicidade incontornável que só se podia constatar.

"Não. Eu nunca nem tentei."

Ele tinha responsabilidades. Há poucas horas estava dentro do corpo de uma mulher, modificando-o, preenchendo-lhe os espaços. Bastava dizer ao irmão que tivesse paciência. Que, agora ele sabia, havia para todo mundo um corpo que o recebesse, um corpo de onde ele sairia transformado. Transformado como ele. Olhe tudo que era agora. Tudo que deixara para trás. E saiba, saiba que é isso que você também será, ao seu tempo. Um homem como seu irmão mais velho. Um homem como Augusto.

Era um dia de primeiras vezes. À sua frente, Rafael pareceu-lhe uma nova pessoa. Mais, era mais do que isso. Pela primeira vez, em verdade, seu irmão revelou-se uma pessoa, uma pessoa que existia além do seu campo de vista, além das transações fraternais de custo e crédito que vinham celebrando pelos últimos dezesseis anos. E essa vida, inteira Rafael, agora se abria e pedia um pouco de gentileza, um pouco de atenção. Um conselho, ou mesmo apenas o reconhecimento de um problema. *Sim, essa é uma preocupação legítima, a vida serve refeições inteiras de angústia, mas passa, o prato se esvazia e a fome se renova.* Quantas vezes não pediu o mesmo e Augusto não percebeu? Estivesse o corpo em melhor estado, ele poderia ter chorado.

Não chorou. Seu corpo estava engajado em atividades de outra natureza, de expurgo, de filtragem, o despacho de mensagens de socorro. Epifanias familiares apenas o distraíam das demandas gástricas mais urgentes. O respingo que Augusto sentiu na garganta era uma primeira prova do descargo que viria em três, dois, um.

Sua mão tentava dizer "um segundo" quando pulou da cama. Correu para o banheiro, onde a visão da privada apenas acelerou os processos de expulsão. Seus joelhos sequer tocaram o chão antes de começar a vomitar, o jorro distribuído entre as cerâmicas da parede, do chão, do vaso sanitário.

Seu estômago era um punho cerrado. Não havia mais o que expelir, mas ele tentava, encorajado pelo próprio cheiro de vômito, pela matéria escorrendo das superfícies. Do outro lado da porta, Rafael perguntou se estava bem. Um segundo, respondeu. Um segundo.

Quando teve convicção de que uma trégua seria respeitada, tirou a roupa e a jogou de lado. Juntou um chumaço de papel higiênico, água e sabão; viu como ele se tornou amarelo à medida que esfregava o banheiro. Viu como boiou por um instante na privada antes de despedir-se, rodopiando em espirais cada vez menores.

Entrou no banho. Bebeu a água do chuveiro sem pensar no que fazia. Era o corpo distribuindo mandados, eram as necessidades primárias daquele sistema. Baixou a cabeça; o som da ducha caindo sobre ela era tudo o que ouvia. Ele conhecia esse som. Conhecia suas variações circulares, como nunca se movia o suficiente para sequer formar melodia. Um ruído monolítico, uma canção para calar o mundo. Ele conhecia esse som, conhecia o bastante para saber que não mudaria. Para não esperar por nada diferente. A água caindo sobre ele foi uma lembrança, foi apenas o toque que bastava. Era em sua cabeça que soava a conhecida frequência. O murmúrio seguro, hermético, incessante, que abafava ideias de abertura e transformação, que as reduzia àquela única nota. Sempre a mesma nota. Tudo além dela era barulho, era dissonância. Aquela era a nota que herdara, e era a nota que seguiria, sem muita escolha, cantando.

Enxugou-se à frente do espelho. Na toalha, mais fios de cabelo se juntavam às grandes massas que, todo dia, emigravam de sua cabeça. Esse ambiente inóspito, de potências limitadas. A pele branca de sua barriga também se movia, atendendo passiva aos encantos da gravidade. Augusto sentiu raiva por ter pensado que aquele dia traria mudanças essenciais, que seria de repente um homem. Talvez fosse. Talvez tornar-se um homem fosse aceitar suas partes imovíveis.

Voltou ao quarto enrolado na toalha. Viu Rafael sentado na cama, na mesma posição em que o deixara, como se coubesse a ele preservar o momento pela pura força da estética, pela manutenção das posições relativas. Vestiu a roupa de costas para o irmão. Sentiu sua antecipação, o desconforto das coisas incertas, do rearranjo da matéria. Considerou explicar, mas não podia. Era uma verdade sem palavras. Estava fechado. Caberia ao irmão entender sozinho que certas pessoas são caminhos impercorríveis e que a travessia o faria fechar-se também.

ß

"Desde quando a privada me odeia?" Rafael descia as escadas com os braços em volta do corpo. Vestia o moletom vinho da London School of Economics.

"Tá frio mesmo. Ela dormiu?"

"Positivo."

Sentaram-se à mesa, um de frente para o outro. Era uma conversa séria, uma conversa agendada. Rafael chegaria na casa de surpresa enquanto Augusto ainda estava com algum cliente. A mãe arquearia os olhos, sua forma de dizer olha só quem resolveu aparecer, mais um mês e chamaria a polícia, mas querendo dizer sinto sua falta, que bom que você veio. Dagmar nem disfarçaria. Soltaria gritinhos e distribuiria abraços. A presença de Rafael tirava a casa do sofá, a levava a trocar de roupa, a aprumar-se, a encarar-se no espelho. Jantariam a sopa de Dagmar. Discordariam sobre os acontecimentos correntes e lembrariam das mesmas coisas de forma ligeiramente diferente. E, quando as senhoras enfim dormissem, os irmãos conversariam.

Serviram o resto de vinho que sobrou do jantar. Brindaram em silêncio a motivos abstratos, ao próprio fato de estarem ali, àquela mesa, à vida que galopava, lá vai ela.

"Então". Rafael segurava o sorriso de quem via graça na solenidade das ocasiões.

"Então."

"A mãe está velha", Rafael disse.

Riram.

"Ou: o corpo está chegando na idade que aquela cabeça sempre teve."

"Quase lá."

"O pior é que ela está bem. Trabalha muito. Tem dias que recebe mais clientes do que eu."

"A situação financeira dela é saudável. Isso não é uma questão. Ela se preparou. Sempre trabalhou, sempre gastou pouco."

"Mesmo considerando a Dagmar."

"Mesmo. As duas podem ficar tranquilas nesta casa até alguma coisa acontecer."

"Aí é que tá", Augusto disse, "a mãe começou com uma história."

Rafael deu um gole no vinho e esperou.

"Ela diz que vai sair daqui. Que vai morar só."

"É blefe."

"Não parece. Todo dia é isso."

"Não faz sentido nenhum."

"Eu falei pra ela."

"E nada?"

"Nada. Você conhece."

"Não faz sentido nenhum."

Ficaram em silêncio por um instante. Mastigaram as informações trocadas. Do lado de fora, um vizinho fechava a janela de ferro e apagava as luzes de casa.

"É um elefante, que foge pra morrer sozinho?"

"A mãe não é um elefante. Ela é um louva-deus", Rafael disse.

Olharam ao redor. A casa onde a criança morou parece tão pequena quando o adulto retorna. É a ilusão das pernas mais longas, de ter crescido, de tudo que se viu lá fora antes de voltar. Mas talvez ela tivesse mesmo sido maior. Um dia ela guardou o mundo.

Augusto encarou o irmão. A barba magnânima, essa massa negra envolvendo-lhe o rosto, alargando-lhe os contornos. Tão densa e arraigada, que sugeria ter sempre estado ali. Ele enxergava, contudo. Enxergava, em meio àquele volume capilar, àquela adultice bem composta, as feições do menino que nunca deixou de se esconder. Os óculos de aro grosso, o comentário agridoce engatilhado, sua casa em Santo André – tudo isso, um abrigo construído durante décadas.

Falaram mais um pouco sobre a morte da mãe. Projetaram os próximos marcos, os prováveis episódios, a possibilidade de acidentes, as respectivas respostas. Esboçaram a linha do tempo da decadência. O tipo de obra que os irmãos só poderiam realizar sob o signo do pragmatismo. Um passo para fora daquele caminho reto, e arriscavam constatar o absurdo da empreitada.

A morte da mãe. Que ideia. O início de tudo, o fim dele, a condição sine qua non. Sem ela, não. Sem ela, o que, agora? Contemple essa vastidão. Desespere-se por um instante. Há um momento isto era uma cidade; agora, o descampado. Talvez seja esse o ofício mais próprio da fraternidade. Ser testemunha de um lugar que sempre esteve fadado a expirar. Ter alguém que lhe diga: existiu. Ter alguém que lhe reconte a história: era uma vez essa cidade. Diga seu nome, jamais esqueça.

    Tomaram um susto com a descarga no andar de cima. A mãe decidira cessar, por ela mesma, aqueles planos de assassinato. Estava presente. Dormia, acordava, mijava, dava descarga. Prova o bastante de vida.

    Terminaram a reunião. Estava tarde e não havia motivo para urgência, não mais do que o habitual. Apagaram as luzes, trancaram a casa. Do lado de fora, uma noite de julho, fria e nua. Observaram as casas da rua, quase todas escuras. A vizinhança dormia, ou tentava. Assim, sob pouca luz, São Paulo até parecia jovem.

    Rafael perguntou como estava Tereza. Augusto mentiu, claro que mentiria. Verdade requer tempo e clareza. Ele não tinha nenhum dos dois para oferecer. Está bem, disse. Estamos bem, disse.

    Augusto perguntou se Rafael estava em bom estado para dirigir. Ele disse que sim. Que a essa altura, chegava em Santo André até de olhos fechados.

    Abraçaram-se. Augusto sentiu no rosto a barba do irmão. Sentiu o espaço que ocupava entre seus braços. Entre eles, apenas o que escolheram não dizer. Despediram-se, entraram em seus carros. Seguiram lado a lado ao longo da rua onde cresceram, e talvez, em um mundo mais paciente, assim seguissem por bairros inteiros. Mas veja lá a esquina que se aproxima, e esse pisca-alerta furioso.

ß

Augusto era mais infeliz em shoppings. A luz devassante, os transeuntes em máxima definição. Sentia-se flagrado no ato de suas inadequações. Um alvo – homem gordo e careca de meia-idade, com segredos em todos os bolsos, arrastando-se em campo aberto.

Aquelas lojas, com seus letreiros neon, com suas atendentes esperando na porta para recebê-lo, para convencê-lo a entrar, lembravam-no dos puteiros da Augusta. Em verdade, ele pensava, eram os mesmos puteiros, depois de um banho de água sanitária. Compre satisfação. Pague o preço. Cumpra as etapas de um negócio fechado. Ele não se importava. Era grato pela clareza das intenções, pela simplicidade das transações. Sob aquela luz, contudo, a experiência parecia-lhe mais obscena.

Alguns metros à frente, duas silhuetas familiares. Theo e Rafael caminhavam absortos, trocando palavras cuja forma e conteúdo apenas se insinuavam a Augusto. Ele não habitava a atmosfera íntima de significados cultivada por tio e sobrinho.

"É linda", Tereza disse ao seu lado, "a relação desses dois."

Augusto concordou, distraído. Era assim que vinha caminhando, uma perna em cada faixa. Tentando acompanhar a velocidade de cada caminho. Falhando; levantando apenas para tropeçar de novo.

Em seu bolso, o celular vibrou. Por que ele sabia que era Mirella? A forma como o objeto tocava sua coxa, a hora mal-vinda em que recebia a mensagem? Ele sabia. Sabia que se abrisse o celular, haveria um endereço. E que ele estaria nesse endereço na próxima terça-feira, à uma da tarde, sem falta.

A luz da praça de alimentação era feita para que nenhum defeito daquele hambúrguer se perdesse. Uma refeição sem mãe nem pai. Eles mastigavam pouco convencidos da própria fome. A cada tantas mordidas, buscavam uma batata-frita do saco tamanho grande no centro da mesa. Querem sal? Pode botar. E mostarda? Deixa no canto do prato.

Theo perguntava ao tio sobre escassez. Rafael dissera que era a condição maior da economia. E que só atribuímos valor às coisas a partir da sua falta. O rapaz não se convencia.

"Então tudo é escasso?"

"Quase tudo."

"Água é escassa?"

"Mais do que você pensa."

"O ar que a gente respira é escasso?"

"É a grande exceção. Respirar ainda não custa nada."

"A luz do sol?"

"Se você quiser esperar ele aparecer, então não. Mas se resolver coletá-la em placas fotovoltaicas, ela de repente se torna bastanta escassa, sim senhor."

A expressão de Theo era a de quem tentava de toda forma burlar esse aspecto terrível da realidade que lhe fora apresentado.

"Gente é escassa?"

"Nós somos raríssimos."

"Mas tem muita gente."

"Gente demais, às vezes. Olha esse shopping", Tereza disse.

"Ainda assim. Gente é escassa o suficiente pra ter preço."

"E amor?"

"Tá frio. Não há recurso mais escasso."

"Mas a gente cria amor do nada, aqui de dentro."

"Do nada? Você já tentou amar alguém por vontade? Colocar amor numa bandeja e oferecer a outra pessoa, por capricho? Amor custa bilhão pra fazer um grama. Amor tá em falta."

Theo assentiu, conformado. Basta viver um pouco para atestar ao menos essa verdade. Ocorreu-lhe, contudo, nova investida.

"E memória?"

Rafael hesitou. "Essa é uma boa."

Theo arqueou os olhos. Viu-se na iminência de um achado, de um avanço inequívoco, se não para a humanidade, ao menos para seu status familiar. Olhou para Augusto.

"E memória, pai?"

"Eu não lembro nem como terminou o filme que a gente acabou de ver."

"Mãe?"

"Memória", Tereza considerou. "Memória a gente deixa pelo caminho e nem percebe. Cai de um bolso pouco usado, e fica largada, talvez pra sempre, em algum canto. Mas se a chamamos pelo nome certo, ela retorna. Retorna inteira, e vem nervosa, cheia de ressentimentos pelo tempo que passou jogada. E vai falar alto. Vai fazer bagunça. Machucar. Mas tem paciência, que ela se acalma. Faz casa de novo. E chega o momento em que a gente até se pergunta se não era ela quem nos chamava, esse tempo todo. Se era possível mesmo perdê-la. Então, memória é escassa? Talvez a gente é que seja. E uma fartura de memória é que dispute o pouco espaço que a gente tem pra oferecer."

"Eu sou escasso?"

Tereza sorriu em resgate.

"Você é tudo, meu amor. Chega escorre pela beira."

O rapaz mastigou a declaração até entendê-la aceitável.

"Minha memória mais antiga eu quase nem lembro. Não é nem uma cena. É uma sensação. Era o mar, o sol. Fazia muito calor, e eu tinha um boné vermelho na cabeça. A onda bateu no meu pé e deixou uma conchinha entre os dedos. Eu corri pra te mostrar. E acabou."

"Isso é Recife. Praia de Boa Viagem. Janeiro de dois mil e quatro. Tava realmente um calor de morrer."

A forma como Tereza compilava fatos e datas em uma prateleira acessível e confiável da mente costumava impressionar Augusto. Sua experiência era a de tentar separar diferentes sabores de geleia de um único pote. Hoje, contudo, ele não se impressionava. Sequer ouvia. Hoje ele considerava triunfo o bastante estar presente, respondendo aos estímulos no limite da coerência.

"Mãe. Qual é a sua primeira memória?"

"Minha primeira memória. Eu lembro de um monte de pernas. Pernas maiores do que eu, pernas de gigante. Homens, mulheres. Calça, saia, shorts. Uns joelhos machucados. Meias cor de nada. E eu lembro de não sentir medo. De seguir andando, driblando as pernas, sempre em frente. Até que me apanharam e eu saí voando."

Theo encarava-a, certo de que não era assim que as histórias acabavam.

"Sua vó um dia finalmente contou que eu me perdi no centro da cidade. Um vendedor de pastel encontrou aquele serzinho vagando sozinha e me levou para a polícia. Ela detesta essa história."

"Pai, e a sua?"

"A minha o quê?"

"Sua primeira memória."

Augusto olhou para o filho como se falasse uma língua não apenas desconhecida, mas repleta de maus presságios.

"A lembrança mais antiga", Theo insistiu.

Augusto seguiu encarando a direção geral do rapaz, atordoado por encontrar-se de repente no núcleo duro do momento, de onde se esperam respostas refletidas, de méritos escrutinados. Lavados por aquela luz de shopping, as carrancas reveladas em máxima definição, pai e filho eram dois cowboys confusos, esperando pela gentileza de um primeiro tiro.

"Pois a lembrança mais antiga que eu tenho", Rafael interviu, "é neve. É o ônibus que corria por um campo de neve. E seu pai me explicando que aquele mundo branco ao redor era tudo água. E que água, se fica muito, muito fria, acaba virando gelo."

"E como o ônibus corria pela neve e não derrapava?"

"Os alemães, você não imagina. Eles têm um ônibus só pra isso. Cidades inteiras só pra isso."

"Em São Paulo já nevou?"

As vozes perdiam nitidez enquanto Augusto voltava a nadar pelo pudim de indiferença que existia entre as duas vidas que tentava ocupar. Houve tempo, contudo, para a constatação. Uma constatação que o visitava de vez em quando, se tio e sobrinho engajavam em interações tão eloquentes. Uma constatação que o desconcertava e o conduzia a humores herméticos. A constatação da semelhança, e os agouros que ela sugere. Esse país em que Augusto não pode entrar nem de passagem.

ß

Então, o fim? A culminância do grande plano? O resultado que sempre viria, a catástrofe, as feridas de morte, as pragas prometidas, a justiça varrendo a terra?

Augusto tentava entender como abrir as persianas daquele quarto. Todo cômodo tem segredos que escolhe ou não compartilhar com você. Augusto não escutaria, contudo, mesmo que aquele quarto tivesse a intenção de abrir seu coração para ele. Não conseguiria. Assassinara um garrafa de Chivas 12 anos, seu cadáver o encarava do outro lado da escrivaninha, rígido e transparente. Aquele fora um crime passional, e um dos poucos eventos recentes que não lhe traziam culpa. Aquela garrafa teve de morrer. E ela teve de morrer em um quarto de hotel.

Um quarto de hotel. A bela simetria de estar naquele momento em um quarto de hotel. O quarto de hotel é um destino manifesto, é onde se queda quando não há escolha. Quartos de hotel são para os transeuntes, os pecadores, os perdidos. E esse bingo eu completei com distinção, pensou Augusto.

Um barulho inédito interrompeu o silêncio. O telefone daquele quarto. Do outro lado da linha, uma voz de mulher informava que deixaram algo para ele na recepção. Levou um instante confuso antes que se lembrasse da garrafa de uísque que pedira. Uma nova vítima incauta.

Augusto já estava na metade do caminho quando percebeu que saíra de samba-canção e uma camisa aberta até o peito. Pensou em voltar; desistiu. Aquele corredor certamente testemunhara desfiles mais estranhos à uma da manhã. O carpete tinha a cor e a textura de todas as tristezas.

A moça da recepção levantou os olhos. Se ele lhe causava alguma impressão, ela diligentemente escondia. Uma gentileza, pensou. Sabia que a soma resultante dos sinais que emitia era a de um bem acabado desastre. Ou, nas mais certeiras palavras de Tereza, como as dissera fazia poucas horas: um merda. "Tu é um merda, Augusto."

Esperando o elevador, juntou-se a ele outro hóspede, que chegava da rua. Era um homem de talvez trinta, mas não arriscaria; era o estado da noite em que as idades se distendem por margem generosa de erro. Cumprimentaram-se com um aceno, entraram juntos na cabine. Ele carregava consigo uma atmosfera de álcool barato, ou talvez todo álcool cheire barato quando expulso pelos poros da pele humana. Augusto admitiu que o rapaz sentia o mesmo, em sua presença. Considerou que eles tornavam aquele elevador uma caixa inflamável de metal.

A porta abriu no quarto andar, e, enquanto saía, o rapaz olhou-o nos olhos pela primeira vez. "Tem um cigarro?" Augusto respondeu que não. "Quer um cigarro?" Augusto respondeu que também não.

De volta no quarto, tentou mais uma vez subir a persiana, sem sucesso. Abriu com os dedos uma fresta na cortina e espiou a paisagem. Uma rua sem nome, sem passantes, apenas dois carros estacionados e um cobertor cor de asfalto sob o qual dormia uma pessoa. Quando pegavam quarto de hotel com vista dessas, Mirella dizia que São Paulo estava em um *bad hair day*, e que ficar encarando era grosseria. Ele sabia que havia mensagens não lidas de Mirella no celular desligado. Ele sabia que não responderia.

Acabara o gelo do frigobar, e ele não desceria para pegar mais. Suas possibilidades e a falta delas estavam neste quarto. Notou que entregaram a marca errada de uísque. Não importava; tal a liberdade de se ter problemas maiores. Encheu o copo até a boca, sentou-se na cama. Um abajur cansado era o único ponto de luz daquele cômodo.

Então, o fim? A culminância do grande plano? O resultado que sempre viria, a catástrofe, as feridas de morte, as pragas prometidas, a justiça varrendo a terra?

Começou a chover lá fora.

"Augusto, tu é um merda". Tereza não gritou. Era uma constatação. Ele não discordou; em verdade, disse muito pouco aquela tarde. Em sua cabeça, ele não tinha papel maior do que observar passivo o encaixe elegante de consequências há muito prometidas. Prometidas, ele sabia, muito antes de reencontrar Mirella naquele bar simpático. O arrebatamento de assistir ao destino tomando forma. A vigília imperturbada das profecias. Et cetera, et cetera. Qualquer coisa que o deixasse em silêncio, sentado em sua cama, enquanto Tereza apresentava as mudanças práticas que ocorreriam a contar daquele momento exato. Exemplo número um: aquela não era mais sua cama.

Nem esta, mas aqui ele não precisava sentir-se em casa. Aqui ele precisava ser deixado em paz, e este quarto de hotel cumpria a tarefa com distinção. Em paz. Riu-se da escolha. Em paz. Ele podia muito bem ter dito "em Atlântida", que seria um lugar igualmente familiar.

Qual foi sua primeira lembrança? Se ele se esforçasse o suficiente, encontraria um momento em que se sentiu em paz? Onde as pessoas – esse tribunal, as pessoas – onde elas encontram paz?

Na casa onde cresceu? Que ideia. Ele se lembrava de uma tensão. Da iminência do desastre, da expectativa pelas trombetas de guerra. Elas quase nunca soavam, as trombetas. Mas antes soassem. Havia certo alívio na batalha debelada, nos gritos do massacre, nas cortes marciais, na punição declarada. O alívio de encontrar-se em movimento. De encontrar-se em um momento, em um lugar. Chão firme, fenômenos observáveis. Em sua casa, o oposto da paz era a calmaria, saber que sua mãe estava por perto, instrumento em mãos, aguardando o menor pretexto para levá-lo à boca.

Encontrou paz no casamento? Por um momento breve, achou que sim. Passou, contudo. Passou rápido. Sua mãe, de novo. Ela fez questão que aprendesse – amor era um alvo pintado nas costas. Ele nunca deixaria de olhar sobre os ombros; ele recorreria, sempre que pudesse, a ataques preemptivos.

Na paternidade, foi onde encontrou paz? Como poderia? Do seu pai, herdou a ausência. E agora, apesar do amor que sentia pelo filho – amor, ele sentia amor, sentia tanto amor – lutava com a ideia de que um pai às vezes não tem presente maior a oferecer do que ir embora. Ficava, como podia, ficava, mas nunca em paz.

Sentiu o gosto da paz nas putas e suas transações transparentes; no copo de uísque que inaugurava a noite; na presença fugidia de Mirella. Mas não passou disso, um gosto. Eram imitações precárias de um lugar que não conhecia. Este quarto de hotel era apenas mais uma. Deu um gole na bebida. Lá fora, a melodia conhecida do ruído branco. Lá fora caía o mundo.

A violência gentil do homem de família, acreditar que é ele a maior vítima do mal que causa. Tereza dissera algo parecido mais cedo. Mas não era verdade? Analise os fatos. Os fatos são esses. Precisa repetir? Os fatos são esses, são esses, enfileirados desde o momento em que nasceu; foi essa a mesa que teve posta, seus determinantes, seu horizonte de possibilidades. Ele contudo cometeu um erro original, todo dele, e por ele assumiria completa responsabilidade. Ele ignorou as evidências, construiu uma vida a despeito delas. Como podia lamentar o efeito de tantas e conhecidas causas?

Pare de sentir pena de si mesmo, Tereza lhe diria, isso é ridículo. Mas não, que mentira. Tereza não lhe diria mais é nada.

Então, o fim? A culminância do grande plano? O resultado que sempre viria, a catástrofe, as feridas de morte, as pragas prometidas, a justiça varrendo a terra?

Augusto olhou ao redor, a parede que descascava, a televisão dezenove polegadas, o quadro de natureza morta. Queria poder abrir a cortina, de repente olhar a chuva. Queria um pensamento que lhe desse vontade de chorar.

Seu filho quase não chorou. Quando Augusto e Tereza saíram do quarto, ele estava na sala, lendo um livro sobre lugares que não existem. Deixaram enquanto puderam aquele momento flutuar ao redor deles. O filho que criaram, a casa onde viveram, suas plantas bem cuidadas, as promessas de futuro; era a última coisa que fariam juntos. Era a primeira coisa que faziam juntos em muito tempo.

Théo então os notou, e só de notá-los já soube que ali viviam o fim de algo importante. Tereza contou-lhe. Seus pais estavam se separando. Eles se amavam, eles o amavam, sempre o amariam, mas seriam mais felizes a partir de agora morando em lugares diferentes. Uma família, mas separados. Augusto sempre se assustava com a capacidade de Tereza para dizer verdades sob medida. Théo levantou-se, os olhos molhados, e abraçou-os com força.

Meu filho pôde ao menos se despedir do pai. Quem vai dizer que já não lhe dei uma vida melhor?

Ele não iria embora, contudo. Não embora de verdade. Cumpriria seu papel, estaria ali, no canto do campo de vista. Um pai quinzenal, um pai com envelopes de dinheiro para o presente de aniversário. A ocasional lição de vida. Théo ainda não sabia, mas saía no lucro. Um pai às vezes não tem presente maior a oferecer do que ir embora. Este pai não tem.

Pare de sentir pena de si mesmo. Isso é ridículo.

É ridículo, e são os fatos.

E é ridículo.

Ele queria poder abrir a cortina e olhar a chuva. Ele queria ver o mundo caindo lá fora. Sentiu chegando o sono, mas não era hora. A prestação de contas estava em curso. Encheu o copo de uísque até a metade, esvaziou-o de um só gole. Experimentou o efeito e suas causas. A prestação de contas continuaria.

O celular desligado descansava sobre a cabeceira da cama. Essa arma devassa. Servo de ninguém, recebendo e transmitindo sinais, disposto a revelar-se a quem o tiver em mãos. Como acreditou que guardaria seus segredos? Sempre presente, habitando os cantos e superfícies dos cômodos. Basta um descuido, o esquecimento de alguns minutos, e se ofende, abandona lealdades, se entrega a quem lhe tomar em mãos. Mais cedo, foi Tereza quem o resgatou quando apitava choroso.

Agora estava desligado, inerte sobre a cabeceira da cama. Augusto sentiu o impulso de aproveitar a oportunidade para arrebentá-lo na parede. Garantir que não haveria mais traições. Mas o estrago estava posto, e precisava dele para prestar contas.

No corredor passava um casal. Escutou suas vozes, despidas de significado. Reconhecia interjeições, concordâncias, pausas estratégicas, a risada que seguia uma piada bem executada. Augusto acompanhou as vozes se desfazendo na distância. Agradeceu em silêncio pela companhia. Perguntou-se o que o casal acharia de seu interlocutor oculto.

O celular estava agora em sua mão. O instrumento da prestação de contas. Que carregaria suas palavras pelo ar, magicamente sobre a cidade, até os ouvidos de Judite Weberbauer. Sua mãe. Ela acordaria assustada. Ela sempre aguarda más notícias. Reconheceria no telefone a voz de seu filho mais velho. Augusto, você está bêbado. Ela estaria correta. Muito bêbado. Ineditamente bêbado. Mas era essa a circunstância necessária para que lhe falasse o que deveria falar. Diria, eu me separei. Sim, mãe, estamos separados. Tereza leu as mensagens. Eu passei os últimos seis meses comendo outra mulher. Sim, mãe, comendo. Cada semana um hotel diferente. Como você se sente? Você nunca gostou dela, e não fez questão alguma de esconder. Por muito tempo eu imaginei como seria a esposa que minha mãe esperava de mim. Profissão, cor da pele, procedência, opinião. Não importava muito; importava mais do que eu gostaria. É minha mãe, sabe? Você quer ver sua mãe feliz. E se fosse eu o motivo, até melhor.

Minha mãe feliz.

Quando foi que desisti dessa ideia?

Mãe, eu passei uma vida tentando entender o que faltava. Minha vida inteira tentando encontrar o que era que lhe faltava. Para eu poder lhe dar. Você se lembra? Tenho certeza de que você não lembra. Você se lembra de um dia na praia, eu encontrei um concha, uma conchinha preta e fechada? Eu tinha certeza, naquele dia, que era aquilo que faltava. E que eu lhe daria essa concha, e você poderia, ao menos naquele dia, ser feliz, e ser feliz por minha causa. Eu acreditei que era felicidade que eu trazia. Você gritou comigo porque derrubei areia no seu prato de comida.

Minha mãe, feliz.

Foi hoje que eu desisti dessa ideia. Hoje que me rendi ao atavismo. Felicidade nessa família é órgão vestigial, atrofiado por falta de uso. Serve apenas para inflamar e doer enquanto não for retirado por inteiro em um corte limpo. O fim, o grande plano, o resultado, a catástrofe, et cetera, et cetera. Mãe, você sentiu essa paz quando resolveu sentar e assistir ao destino tomando forma? Deveria ter me contado. Compartilhado a sabedoria familiar. Eu teria acreditado. Eu não teria gasto meia vida buscando conchas na areia.

O celular em sua mão, o instrumento de prestação de contas. Pressionou o botão, o aparelho iluminou-se, estou aqui para servir-lhe, diga-me o que deseja. Você tem mensagens, ligações não recebidas. Um único nome se repetia pela tela. Rafael, Rafael, Rafael, Rafael.

Seu irmão. Ele ainda não sabia. Ele precisava saber. Quanto antes soubesse, melhor. Quanto antes se sentasse junto a Augusto e Judite e desistisse de obras impossíveis, quanto antes se submetesse às operações necessárias, melhor. A prestação de contas esperaria. Aquele era um exercício de salvação.

Pela velocidade que atendeu, Rafael já estava acordado.

"Augusto, estamos preocupados."

"Eu também."

"Onde você está?"

"Eu estou preocupado com você, meu irmão."

"A Tereza me contou. Lamento muito."

"Eu estou preocupado com as coisas que você não sabe."

"Me diz onde você está. Eu vou aí. A gente conversa."

"Nossa mãe sempre soube. E não nos contou. Mas eu vou te contar."

"Me diz o endereço. Eu chego em meia hora."

"A culpa não é dela. Pela miséria. Ela nunca teve nem chance. É a família."

"Augusto."

"Espera, eu vou contar."

"Augusto."

"Eu vou contar."

"Fala, Augusto."

"É a família. Sempre foi a família. Há linhagens e linhagens de pessoas sobre a Terra que são absolutamente aleijadas para a felicidade."

"E seria o nosso caso."

"Você se lembra do que foi crescer naquela casa? A tensão. Todo momento de alegria seria retaliado. O silêncio como antessala da próxima gritaria. Eu achava que era crueldade, mas não. Era uma lição. Nossa mãe ensinando o perigo que é a busca irresponsável da felicidade. Não tentem. Não pule da janela se não tem asas. Não mastigue sem dentes. E não espere ser feliz se você é um Weberbauer."

"Eu me sinto feliz, Augusto."

"Não. Você joga a versão paralímpica da felicidade. O mérito do esforço sem resultado."

Mesmo no estado em que se encontrava, Augusto percebia, do outro lado da linha, o balanço das opções, a hesitação, a decisão de engajar-se.

"Você tem razão. Nossa mãe nunca foi feliz. Crescemos com uma mulher amarga e ressentida. Eu conheço alguns motivos, desconfio de outros, ignoro a maioria. Mas essa é a verdade, e cada um de nós arrasta as consequências que catou pelo caminho."

"Não é consequência. É sina."

"O que é tão bonito nessa ideia de ser vítima, que você não consegue largar?"

"Você não está escutando. Não sou vítima. Sou autor. Coautor. Partícipe. Isso não é uma família. É uma quadrilha."

"Augusto, me desculpa. A gente deveria ter conversado antes."

"Estamos conversando no momento perfeito. O argumento está montado. Eu trago provas – eis o estrago. É um flagrante incontornável. Eis o corpo."

"Eu tenho culpa. Estive distante e fechado. Você deveria ter tido alguém com quem conversar."

Ouvir Rafael assumindo responsabilidades perturbou sua monomania embriagada. "Você não está entendendo. Você não pode me pedir desculpas."

"Eu devo. Família é uma dor de várias mãos, Augusto. Bastava eu ter ficado mais perto."

Augusto não esperava que coubesse ainda outra tristeza naquela festa, naquele quarto de hotel. Mas observou essa tristeza sentar na cama com ele, o rosto quase colado ao seu. Sua presença puxou-o alguns centímetros de volta à sobriedade, o bastante para que se calasse um pouco. O mundo lá fora caía, a cidade inteira entoava um ruído monocórdico, aquela cantiga de extermínio. Sua música favorita.

"Chovendo por aí também?", perguntou Augusto.

"Caindo o mundo."

"Veja."

Rafael esperou em silêncio.

"Veja. Neste exato momento eu odeio nossa mãe. Ódio é um sentimento tão bonito, tão simples em suas formas. Eu odeio nossa mãe. Odeio como é a voz dela que ouço quando duvido que mereço alguma alegria que eu quase sinto, e então não sinto mais. Odeio a carranca. Você sabe, a carranca. Aquele rosto petrificado, desgosto fossilizado, *rigor mortis* em vida. Mas odeio principalmente o fato de não saber o que pariu essa mulher. Ela nasceu assim? A menina que atravessou o Atlântico naquele navio já era completamente capada de retirar satisfação de uma terça-feira qualquer? O mundo já era essa azia?

Se eu apenas soubesse. Eu tenho – eu tenho – que acreditar que se eu soubesse o que aleijou minha mãe, teria sido diferente. Que eu faria o possível – eu moveria o mundo para ter cuidado. Desvios, escolhas diferentes, correções de percurso. Seria meu projeto de vida – apagar a mãe de mim.

Mas ela nunca contou. E, porque ela nunca contou, eu caminhei cego o mesmo caminho, cada passo dele, dessa avenida chamada Judite. Olha onde eu estou. Se eu te contar onde estou, você não acredita. Rafael, eu não consigo abrir as cortinas. Não tem mais nada. É um quarto. Estou aqui. Eu cheguei."

Augusto olhou ao redor e fez um gesto de quem diz, "vê?"

"Eu te liguei. Eu te liguei hoje com esse aviso. Mate sua mãe. Isso é um aviso, isso é um presente, é um colete salva-vidas. O que eu não teria feito, a vida toda seria outra. Mate sua mãe."

"Augusto."

"Augusto. Você não me peça desculpas. Não faça isso. Eu devo. Eu preciso". Arfava. As palavras se empilhavam em uma barreira inepta para impedir que o choro passasse. "Eu não fui seu irmão. Me escondi, desviei, tomei atalhos. Ensinei pelo exemplo o passo a passo de se fechar. Cuspi em você, e era só uma bola de futebol. A crueldade, a violência. Acho que até esqueci de você. Como se fosse mais um detalhe bem conhecido daquela casa. O décimo-quarto degrau. Me deixa consertar isso. Eu já fui. Acabou. Está feito. Mas eu precisava te contar. Alguém precisa falar. Se eu pudesse fazer por você apenas isso, já era alguma coisa. Uma diferença. Alguém precisa falar. Mate sua mãe. Me mate. Faça o que for, mas se salve."

Demorou um pouco para que Augusto percebesse que o som que ouvia, competindo com a chuva, era sua própria respiração. Gritava? É possível que gritasse. Menos mal que a qualidade do hotel incluísse na diária os terrores noturnos dos seus ocupantes. Sentiu-se exausto. Aquele dia durava sua vida inteira, repassava-a, desfazia-se dela. Ele não tinha mais o que falar. Se pudesse, passaria calado os próximos anos.

"Augusto", Rafael disse, "a gente precisa conversar. Não sobre hoje. Não apenas sobre hoje. Eu e você precisamos conversar. Falar, falar, falar. Não estamos tão velhos que não caiba um novo hábito. Estamos distantes, mas ao alcance um do outro. Vou estender a mão, e você trate de segurar. Fala. Fala, e eu escuto. Mas escute, também. Me escute."

Augusto deu um gole quente de uísque. Estava entregue; escutaria. Se não por escolha, por derrota.

"Matar você. Por que eu faria isso? Um instante depois do crime, o mundo se abriria em possibilidades? Pronto. Bastava uma pitada de fratricídio, a vida agora é o escorrego da alegria. E o que eu perderia? Tudo que tenho de bonito, de precioso, e leva seu nome. Você nem acredita que seja possível. Se acha tão maldito, enfia a cabeça tão fundo na própria pena. Que conforto covarde, a ideia de que a gente não tem mais o que oferecer. Você me deu tanto. Uma testemunha, um biógrafo. A solidez dos fatos, minha história oficial. Sem você, eu olharia para trás e veria boatos mal contados, acreditaria em metade deles, descartaria o resto. A memória é uma anfitriã mesquinha, Augusto. Para cada quarto em que nos recebe, tranca de chave outros tantos. Você nem lembra. Fala em eventos terríveis e nas consequências deles, mas nem lembra da beleza que me ocorre quando paro e penso no meu irmão, no meu amigo. As horas em que repasso uma mesma cena, de novo, e de novo, duas crianças navegando idiotas uma vida que não dá a mínima. As tentativas, os erros, as lições amargas. As vitórias acachapantes. Eu me pego gargalhando. Às vezes também choro, por mim ou por essas crianças. Mas em momento algum se abala a gratidão de ter sido você quem me testemunhava. Você me via. E, só de me ver, você fazia a vida, até a fatia podre dela, algo concreto. Verdadeiro, real. E – porque real – belo, terrível, hilário, absurdo, prazeroso, insuportável. Eu te via, também. E eu te vejo. Talvez mais de longe, talvez em silêncio, mas eu te vejo. Você está na merda. Uma merda que você causou, por decisões merdas, motivadas por razões de merda. Mas eu te vejo e te vi e sei da capacidade sem fim que você tem de produzir coisas boas e coisas belas. Se, a partir de agora, vai ser isso ou vai ser aquilo, tudo é possível. Mas saiba que essa escolha você faz."

O quarto de hotel recusava-se a descansar em seu campo de vista. Deslizava para os lados, retraía-se, aproximava-se como se esperasse um beijo. Augusto fechou os olhos, mas não adiantava. Movimento, inércia, essas condições indisfarçáveis. Encarou a persiana, suas linhas horizontais. Sentiu o fio da cortina entre os dedos. Puxou. Ela subiu alguns centímetros, e ali ficou. Uma fresta, e era mais do que jamais conquistara naquele quarto. Uma fresta, e através dela São Paulo de repente existia. Três centímetros de São Paulo sob chuva.

"Eu estou bêbado."

Do outro lado da linha, ouviu um sorriso. Devia ser um sorriso.

"Me diz onde você tá. Vou te buscar."

Disse um nome, disse um endereço, disse o número de um quarto de hotel. Despediu-se.

Estava cansado. Cansado por consequências, por profecias reveladas e contraditas, cansado por movimento. Precisava estar acordado, seu irmão chegaria em uma hora. Precisava reunir seus pertences; dobrar as roupas, guardar a escova de dentes. Talvez um banho. Segurava o copo vazio. Pensou em enchê-lo mais uma vez, em combater o sono com o auxílio do uísque e suas propriedades. Mas a garrafa estava do outro lado do quarto, e ele assim tão cansado. Tão cansado. Deixou o copo no chão, deitou a cabeça no travesseiro. O teto se movia também. Bastava falar, e o mundo se movia. Fala, disse seu irmão. Fala. Basta falar, e a gente se move. A força cinética das palavras. A dinâmica dos períodos. Falo, e já sou outro lugar. Fala.

ß

Não sinta dor.

Você conhece esse rosto. Ele poderia estar dormindo. Mas não sinta dor.

Não sinta culpa.

Você deu causa para a sucessão de eventos pelos quais esse rosto, esse rosto que você conhece, parece agora estar dormindo. Mas não sinta culpa.

Não diga uma palavra.

Uma palavra, e o mundo se move. Deixe o mundo esperando.

Não sinta nada.

Responda, acene, reaja adequadamente. Funcione. Mas não sinta nada.

Escute essa música. Faça silêncio; escute o som do ar-condicionado.

17.
COISAS EXTINTAS E DOCUMENTADAS

"Stay", 1978, ao vivo. Ele não precisava de outras provas. Adrian Belew era o melhor guitarrista com quem Bowie já tocara. Estava pronto para discutir com quem discordasse. E discordariam. Ele mesmo demorou para constatar essa verdade, oscilando entre argumentos convincentes e equivocados. Agora estava pronto para aniquilar a dissidência. Deus abençoe Robert Fripp, esse gênio, um cérebro em cada dedo, mas Belew era um clima inteiro, a personificação do que Bowie buscava passar em sua música. Como se a cocaína se viciasse em pedais de guitarra.

Otávio foi ao quarto, catou na gaveta o caderno de capa preta, e anotou na primeira página vazia: Bowie – melhor guitarrista – Adrian Belew. Pronto. Mais uma adição ao Livro dos Argumentos Vitoriosos.

Às sextas-feiras, seu apartamento lhe abria as pernas. Vestia suas melhores cores e pedia para ser usado. Otávio acatava. Ele amava esse apartamento. Amava como era disposto para atender a suas vontades, como podia igualmente receber uma pequena massa de visitantes admirados e, se fosse necessário, escondê-lo de um mundo que fazia cada vez menos sentido.

Heartwrecker, heartwrecker, make me delight
Life is so vague when it brings someone new

This time tomorrow I'll know what to do
I know it's happened to you

E os dedos de Belew destruindo e criando atmosferas divertidas.

O Dry Martini é a quintessência da coquetelaria. O triunfo da simplicidade, da proporção, da excelência dos ingredientes. Apenas gin, um beijo de vermute, uma única azeitona, ou três; nunca duas. E gelo. Gelo é o segredo pouco contado do Martini. O gin deve estar no gelo, a taça deve estar no gelo, a coqueteleira deve estar repleta de gelo. As baixas temperaturas acalmam a violência da bebida, puxam-lhe uma cadeira na sala de estar, permitem que ela se expresse. *Shaken, not stirred*, James Bond pede toda vez. Erra toda vez. *Always stirred, Mr. Bond. Always stirred.* Não trate um martini como você trata suas mulheres, Mr. Bond. Martini pede gentileza.

Otávio sentou com a taça em sua poltrona favorita. O primeiro gole de martini fazia a sala brilhar meio tom mais quente. Seus livros, a televisão ligada, as garrafas de bebida e suas promessas. Aquele era o lugar. Quanto tempo levou para perceber que aquele era o lugar. Que ele chegara. Tempo demais. Tempo demais envolvido na rede das pessoas miúdas, em suas expectativas e frustrações, afastando-se do seu próprio eixo, concedendo controle na busca de conformidade. De sentir-se aprovado. Não mais. Que força, que potência havia em saber que esta poltrona, nesta sala e neste apartamento, era o epicentro da vida e suas possibilidades. Era a régua moral da existência – tudo que o deixava mais distante desse lugar era errado e deveria ser eliminado da cadeia de eventos correntes.

Os eventos correntes. A bênção autoconcedida de controlá-los. O quão grato ele era por aquele dia, alguns anos atrás; o dia em que completara cinquenta anos sobre a terra. Do que é feita uma epifania? Qual o desenho de suas moléculas? São necessárias quantas memórias em sua receita, quanta informação recebida, quantas conexões formadas até que se produza, completa e irrecusável, na prateleira de ideias acabadas? Ele não sabia. Mas, no dia do seu aniversário de cinquenta anos, ali esteve ali, pronta para a coleta. Um conceito sobre o qual refazer a vida. Deixar o Weberbauer foi arranjo necessário, mas acessório. O ajuste essencial escapava ao observador externo. Um ajuste de ponto de vista. Flutuando uns poucos centímetros acima do chão, ele passara a enxergar. A ditadura dos eventos correntes. Das pessoas correntes. Suas opiniões, impressões, expectativas, e a estrutura autossatisfatória que elas criavam. Um homem pode passar a existência, sem mesmo saber, dedicado a alimentá-la. Agindo da forma correta, esperada. Preenchendo seus dias com as condutas adequadas, proferindo fórmulas comedidas. Incomodando ninguém. Aceito por todos. Um absoluto desconhecido de si mesmo.

 Não mais. Chocado pelo que viu, retirou-se dessa roda. Levou cinquenta anos, exatos cinquenta anos. Tarde, mas não tarde demais. Teve tempo suficiente para botar os eventos correntes na coleira, para submetê-los à sua vontade. Hoje, eram criaturas dóceis, aguardando o próximo comando. Hoje, podia dedicar-se a enchê-los de sentido e propósito. Hoje, ele levava uma vida à imagem e semelhança de Otávio Bustamante, e não conhecia vista mais bela.

 Houve um preço a pagar – sempre há, houve a vida inteira, e para esses preços nossos bolsos são inesgotáveis, sacos cujos fundos foram rasgados por um sem número de mãos pedintes: você me pague, você me deve. Ele esvaziou os bolsos. Não tinha mais nada a entregar. Agora era o tempo da coleta.

Pela janela, via São Paulo e suas possibilidades. Seu grande amor. Como um dia considerou deixá-la? A ideia de ser diplomata. Pingar pelo mundo, inventando casa em cada cidade, bebendo da fonte mais rasa de cada uma delas. A carreira do pai. Como ele desejou que o único filho a seguisse, a oportunidade de reprová-lo com conhecimento de causa. Não, Otávio escolheu São Paulo. Levaria uma vida descobrindo o que a cidade oferecia, onde gostava de ser tocada, seus recônditos mal lavados, os prazeres pouco ditos. Em quais das suas ruas ela gritava mais alto. E, quando enfim lhe restasse o último suspiro – anos à frente, muitos anos à frente -, morreria com ele também São Paulo, seca, esgotada, eternamente agradecida por ter sido usada com tamanha violência pelo seu amante mais dedicado.

Dava o último gole de martini quando tocou o interfone. Estranhou, não esperava ninguém. O porteiro informou que um Augusto Baldemar aguardava no saguão. Pediu que o deixasse subir.

Um evento atípico. Augusto não se permitia impulsos. Duvidava inclusive que aquele corpo conseguisse produzir rompantes de vontade. Era alguém que carregava uma agenda riscada de caneta por horários, nomes, endereços, uma ordem de fatos, ocorridos e vindouros, que ele deveria atender com rigor. Transgredir essa ordem parecia a Otávio a maior aventura que seu amigo empreendera em décadas.

Não devia se incomodar. Augusto era um dos elementos de sua vida pregressa que escolheu manter. Há amigos cuja presença é uma decisão que tomamos todos os dias, com renovada convicção – sim, de novo, mais disso, um pouco mais disso sempre. Gula sem pecado. E há amigos que mantemos na vida como mantemos um móvel antigo na sala, a vista acostumada àquela disposição das coisas, a resistência a mudanças e seus custos, uma lealdade cansada a velharias. Augusto era um pouco de ambos.

Augusto Baldemar Weberbauer. Quantas vezes já não escutou esse nome e suas permutações. Desde a faculdade, Augusto esteve em seu campo de vista. Um costume que Otávio aprendeu a amar. E em verdade o amava. Lembrava-se da primeira vez que o vira, sentado no auditório da São Francisco. Aquele rosto, aquele fenômeno singular – um convite igualmente sedutor à violência e ao amparo. E assim Otávio passara as décadas, cedendo às vezes a este, às vezes àquela, laçando a malha firme de um amor fraterno.

Não era um ofício trivial, contudo. Augusto era uma criatura faminta. Pedia, pedia, pedia. Por companhia, por direção, por uma porção de glamour que sua vida seria incapaz de produzir sozinha. Não dizia uma palavra, e talvez fosse essa a maior tragédia. Eram demandas silenciosas, uma passividade voraz. Sempre presente, no canto do olho, aguardando o próximo bocado que Otávio lhe jogaria. Mas havia de ter paciência. Encontrara a paz sobre esse setor específico da vida. Praticar atos de gentileza era uma das formas que escolheu de preencher com propósito os eventos correntes, desde que os submetera à sua vontade.

Olhou ao redor. A sala preenchida por luz, a televisão reproduzindo bom-gosto em alta definição, o bar e suas promessas. O apartamento transmitia as mensagens adequadas à visita que chegava. Aqui é uma terra de possibilidades. Aqui há vida.

Escutou a campainha tocar uma vez. Não correu para abrir a porta. Deixou que passasse um momento, dois amigos separados por uma lâmina de madeira, aguardando por um encontro que viria quando Otávio decidisse. Sob a porta, via a sombra imóvel de Augusto, o contorno do espaço que ocupava no mundo.

Recebeu-o de braços abertos. "Olha só quem resolveu descer das elevadas altitudes de Santana e respirar os ares menos puros da civilização". Augusto parecia o mesmo. Em verdade, ele vinha parecendo o mesmo há uma pequena eternidade. Variações marginalmente piores da mesma coisa. Menos cabelo sobre a cabeça, um panículo adiposo cada vez mais proeminente, mas o mesmo.

"Desculpe a surpresa. Tive essa ideia de vir, e vim."

Disse que sentasse na sala, que traria algo para beberem. Conhecia a nutrição preferida da sua visita, e tinha uma garrafa aberta de Macallan 12 anos que cumpriria o encargo com distinção.

Copos em mãos – duas pedras de gelo para si, quatro para Augusto – notou que o amigo encarava imerso a televisão. "Curtindo o som?"

Augusto assistiu em silêncio por mais um momento. "David Bowie. Recentemente me veio a lembrança. Uma cena que eu nem sabia que tinha perdido. O quarto dos fundos do seu apartamento antigo. Tocava David Bowie quando você me contou que a Beatriz estava grávida."

O impacto dos golpes imprevistos. Otávio perdeu por um segundo a firmeza da passada; recompôs-se antes de se encontrar sem palavras. Levante a guarda. Esteja pronto. A linguagem é seu trunfo e suas tropas.

"Meu caro, eu precisaria de um cérebro-estepe só pra lembrar do que escutei naquele quarto, e quando."

"Você está certo."

Conseguiu que o assunto se encerrasse prematuro. Aquela interação percorreria os caminhos que ele mandasse.

Lembrou-se de um cliente recente. Designer de ambientes. Depois de dezesseis anos de empresa, foi demitido. "Como de praxe, perguntei: mas por qual motivo, meu amigo? A resposta foi um presente."

Jânio Palmira passou a ser acometido por arroubos agudos de esquecimento. Horas inteiras preenchidas por um branco inavegável. Perdidas. E essa moléstia estava restrita ao ambiente de trabalho. Quando batia o ponto de saída, suas competências mentais retornavam de imediato. Mas, sentado em sua mesa, computador ligado, os registros escorriam pela orelha. Qual a fonte do letreiro? Qual a cor dessa parede? As referências da sinalização? Jânio passava horas encarando a tela, tentando recompor o sentido de informações que teimavam em se manter inéditas.

"Qual a chance de não ser pilantragem?"

"Exatamente o que pensei."

"Pensaram também seus empregadores. Quando resolveu expressar em voz alta a moléstia, disseram-lhe que tirasse a tarde de folga, que descansasse os olhos, tomasse um banho demorado, pedisse um combinado de sushi. E que, após uma noite de sono restaurador, estivesse em sua mesa no horário estabelecido.

Às três da tarde do dia seguinte, encontraram-no em frente ao bebedouro, copo plástico em mãos, encarando o aviso de FAVOR JOGAR O LIXO NO CESTO CORRETO. 'Os senhores poderiam me ajudar? Eu não faço ideia de onde estou.'

'Doutor', Jânio Palmira contava, 'eles até se assustaram. Me sentaram na salinha, me deram um copo de água com sal, chamaram o médico. O problema era, eu pisava fora do escritório, a cabeça voltava. Eu lembrava tudo.'

Essa é uma questão para a medicina, você provavelmente está pensando. Bastava um laudo bem escrito e os empregadores estariam de mãos amarradas, correto? A força irresistível da medicina. A palavra escrita da medicina. Você estaria correto, Augusto, mas atrasado. Os empregadores pagaram pra ver – faça uma bateria de exames, volte aqui com a validação expressa dos profissionais competentes, com as imagens do seu corpo revelado, com a prova inequívoca de que você padece de condição prevista no compêndio das deficiências conhecidas do corpo humano.

Nada. O corpo de Jânio Palmira estava incólume. De estrago, apenas aquele que seguir vivo após quatro décadas normalmente causa.

Os empregadores ofereceram um ultimato – tire suas férias, encontre essa memória onde quer que a tenha largado, e retorne ao adequado exercício de suas funções.

E Jânio tentou, ninguém diria o contrário. Durante o mês em que esteve afastado, leu o que pôde sobre perda de memória. Realizou um périplo por especialistas em assuntos da mente. Psiquiatra, psicóloga, nutricionista e nutróloga, neurologista, hipnoterapeutas, terapeutas comportamentais; ouviu suas sugestões, tomou suas pílulas, praticou seus rituais. Recorreu também aos sábios do espírito. Os passadores de reza, os incorporadores, os mensageiros da palavra. Qual fosse a matéria que concebe e sustenta a memória, Jânio permitiu que dedos expeditos a manobrassem e a retorcessem.

Como resultado de uma das intervenções, ou da combinação de todas elas, Jânio Palmira reencontrou artefatos há muito perdidos. Lembranças deixadas no fundo de gavetas menos acessíveis da memória. Aquele chocolate furtado, a culpa e o êxtase que sentiu quando o comeu à dentadas. O beijo em sua prima atrás da cortina. O toque desconfortável de um professor de natação. Momentos e seus efeitos, revividos inteiros."

"Prevejo que esse sucesso não se estendeu ao ambiente laboral.", disse Augusto.

"Prevê com perfeição, meu amigo. Assim que sentou na cadeira do escritório, a condição voltou pior. Meu pobre cliente não se lembrava nem do próprio nome. Não sabia ligar o computador. Era um designer de ambientes tão apto quanto eu ou você."

Otávio levantou-se para encher os copos; notou, contudo, que Augusto mal tocara a bebida. Em verdade, agora percebia, havia entre eles uma atmosfera diferente, de composição desconhecida, condutora de mensagens pouco familiares.

"Me ajude. O que eu devo tirar dessa história? Qual seu parecer?"

Augusto pensou por um momento, os olhos no chão. Era um silêncio com densidade.

"Não sei. Esquecer tem sempre razão. Às vezes é um hábito, às vezes é um tique. Mas tem sempre razão."

O que estava acontecendo? Se havia um denominador comum entre todos esses anos de amizade, era o conforto com que Otávio navegava as interações. Era a supervisão panóptica de todos os elementos em jogo, das inclinações mais sutis – e raramente eram sutis – do seu amigo Augusto. Hoje, entretanto, em sua própria sala, em seu mundo de luz, som e texto, ele estava cercado por pontos-cegos.

"Meu caro", ele tomaria o controle dessa aberração nem que fosse na unha, "você se importaria de me contar o que realmente veio fazer aqui? A que devo essa visita?"

Um novo silêncio gordo. Pela primeira vez, assistia a Augusto medir palavras, considerá-las, prepará-las para soltar no mundo. Sentiu-se enciumado, que coisa. Como se o obrigassem a dividir seu brinquedo preferido.

"Você tem razão", disse enfim, "eu vim aqui por um motivo. Eu vim contar o que aprendi."

Otávio encheu o copo de uísque até a metade. Dessa vez, não colocou gelo. Sentou-se na poltrona, encarando o amigo, e, copo em mãos, fez um gesto de prossiga.

"Minha mãe. Judite Weberbauer. Minha mãe foi a pessoa mais abertamente infeliz que já conheci. Era até admirável, em algum nível. A honestidade em sequer fingir que a vida não era uma experiência inteira desagradável. Imagina? Entre acordar e dormir, um dia inteiro de desgosto. Trezentos e sessenta e cinco vezes desgosto, vezes a quantidade de anos que levou até ela decidir, chega, é desgosto suficiente, e tacar fogo no próprio corpo. Um último desgosto. O último."

Otávio abriu a boca para lançar ressalvas e ponderações, mas não teve tempo. Augusto estava falando.

"A vida toda encarei a infelicidade da minha mãe como um fato dado, como uma formação geológica que você tem de contornar, ou passar por cima. Nunca me ocorreu questionar forças tectônicas.

Hoje eu sei mais do que jamais pensei que saberia. Recorri à memória e servi a ela. Você conhece o tamanho da memória, Otávio? Eu também não. Ela vaza dos cantos mais improváveis.

Na faculdade, minha mãe se apaixonou. O sujeito era armênio e comunista. Gostava de fotografia. Eles dançavam, nadavam, fumavam; eles sorriam. Minha mãe sorria com a boca aberta, mostrando os dentes. Isso acontecia. Um fenômeno extinto, mas documentado". Augusto sorriu. "Os últimos meses foram uma peregrinação por coisas extintas e documentadas. Um dia, claro, acabou. Sim, meus avôs eram uns alemães racistas e fizeram a vida do casal um inferno, mas acabou porque era amor jovem, um composto de combustão violenta. Dói, deslumbra, depois cura. Não foi aí que minha mãe deixou de sorrir.

Anos depois, ela sorria quando casou com o homem que seria meu pai. E por que não sorriria? Sujeito forte, um bigode largo feito ombros, delegado de polícia. O futuro que ela inaugurava naquele dia era sólido, chão firme, sancionado pelas expectativas coletivas. Imagina, ter a convicção de que a vida é aposta ganha, tão jovem. Tem gente que vive assim.

Não sei por que desandou o casamento de Judite e Augusto Roldão. Eu teria que entrevistar um deles, ou ambos, e isso nunca foi possível. Posso especular. Augusto revelou-se um bruto na vida a dois? Esperava de Judite a passividade das mulheres, um sorriso na boca e o jantar sobre a mesa? Minha mãe não aguentaria, nem que quisesse. Ou Augusto descobriu que Judite podia ser insuportável? Bem-vindo ao clube. Crítica, cruel, uma cornucópia de insatisfações. Ele então se escondeu no trabalho, nas putas, e aparecia em casa cansado o suficiente para dormir antes que a esposa reclamasse demais? Pode ser. Pode ser tanta coisa. Nada de novo sobre a Terra. Duas pessoas incapazes de extrair felicidade de uma vida compartilhada.

Não conheço a causa exata desse casamento infeliz, mas conheço um dos seus efeitos. Judite tomou a decisão. Por anos, ela traiu Augusto Roldão com o Armênio, seu namorado da faculdade. Se encontravam em casa enquanto o marido trabalhava. Apresentou o sujeito ao filho. Não consigo parar de pensar o seguinte: o que passou pela cabeça dela? O processo decisório. Quanto levou até ela concluir que aquela era uma resposta razoável à situação que vivia? Qual o repertório de justificativas que ela desenvolveu para agir e seguir agindo? Deve ter sentido culpa, mas culpa é uma substância altamente solúvel. Ela logo desaparece na jarra de eventos cotidianos, e depois de um tempo você mal sente o gosto. Certo dia, minha mãe acordou, e aquela traição era só mais um hábito adquirido."

Evidente que o corno descobriu. E ele caçou o Armênio. Ele encontrou o Armênio. Ele torturou e matou o Armênio. Ele gravou tudo e obrigou minha mãe a assistir."

Otávio entendeu que passara tempo demais sem pontuar a conversa com palavras que fossem suas. "Meu caro, que história lamentável."

Mas Augusto não parecia lamentar. Ele apresentava os fatos com a frieza de quem discorre sobre uma guerra travada há séculos, suas perdas e tragédias relegadas ao exame desafetado dos fatos históricos.

"Eu pensei: essa é a origem de Judite Weberbauer. Viu sua paixão adolescente morrer por um capricho seu. Imagina, acreditar que cada alegria cobra esse preço. Fechou-se. Melhor sem elas. São moscas. Espantem-nas, se chegarem perto. Décadas assim, e se tornou apenas outro hábito. O resultado, você conhece. Aquela mulher insuportável, amarga, incapaz de reagir ao mundo sem hostilidade. Eu penso por quanto tempo resistiu dentro dela a voz que dizia, há outra forma, há processos mais gentis, o mundo responde aos nossos cuidados; por quanto tempo foi ignorada antes que se calasse. Eu pensei – essa então é minha origem. Essa mulher é minha origem. A causa deste efeito. Um lugar para onde eu posso sempre apontar o dedo."

O ineditismo da situação desarrumava Otávio. Estar em silêncio, passivo, enquanto Augusto perfilava palavras em monólogo. Sentia formar-se uma textura estranha entre ambos, ecossistema desconhecido de reações e expectativas, onde não restava claro qual função exerceria. Um equilíbrio foi quebrado, e qualquer ação poderia comprometê-lo ainda mais. Não agir, entretanto, o extinguiria por completo.

"Meu caro, só posso imaginar. Pai e mãe – se não matam, aleijam. Que história brutal, que crueldade. O que isso não deve ter causado de traumas e ressentimentos. Lamento que você tenha passado por isso, desde tão novo. Seria impossível, impossível, passar ileso por tanta violência. Por outro lado, não é um alento ter onde repousar as culpas? Saber de onde veio aquela parte de nós mesmos que julgamos inadequada, e que só causou sofrimento? Não é uma oportunidade de ser mais gentil consigo mesmo? Dizer: fizeram isso comigo, fizeram isso de mim."

Por que Augusto sorria? Otávio acostumara-se com a expressão desabitada, emoldurada pelas papadas, pela penugem penteada para o lado. Uma expressão que aguardava o sinal para reagir. Esse sorriso era obsceno.

"Seria perfeito", respondeu Augusto, ainda sorrindo. "Uma razão. Isso aconteceu porque aquilo aconteceu. Sou infeliz porque minha mãe o foi. Uma razão para todas as coisas que odeio em mim. Um motivo que explicasse meus erros, até os piores. Principalmente os piores. Um sistema tão perfeito de causas e consequências que não teria jeito, eu estaria redimido.

Mas, se fosse esse o caso, eu precisaria perguntar: e qual o motivo da minha mãe? Qual sua causa? Qual sua redenção? Seria isso, ou concluir que antes dela nada havia além do vazio, aguardando o pecado original para inaugurar esse desfile de misérias.

Não existe origem. Não existe razão. Olhe para trás, olhe para frente, e o que existe é uma sucessão infinita de escolhas feitas, e os efeitos que causaram no mundo. Uma comunista abandona a filha pra lutar pelo sonho; um homem tortura e mata pela honra do amigo que ama; um imigrante mete dois chifres no delegado de polícia; um japonês renuncia às mentiras do império; uma senhora dedica a vida à memória; um pai decide que o filho está melhor sem vê-lo. Essas pessoas fizeram uma escolha, e não há como saber a violência e a beleza e a delícia e o sofrimento que ela causará. Não há origem, não há redenção. Você pode assumir a responsabilidade pelas consequências, ou não.

Minha mãe escolheu trair Augusto Roldão. Ela escolheu, e não duvide, essa escolha lhe rendeu momentos de alegria e satisfação. Ela sorriu, trepou, sentiu um frio na barriga antes de cada encontro, ela desfrutou desse resort exclusivo que é compartilhar um segredo. Essa escolha resultou em consequências; a morte do Armênio é apenas uma. Ser infeliz foi a forma que Judite encontrou para assumir a responsabilidade por ela. E essa é uma outra escolha toda nova. Percebe? Nunca acaba."

Otávio percebeu uma ausência na estrutura daquele momento. Algo faltava que o deixava ligeiramente torto. Concluiu que era o silêncio; a televisão deixara de tocar a lista que preparara. Era curta demais, feita para durar o bastante até que o segundo ou terceiro martini levasse aquele quinquagenário à cama, aos bocejos. Apertou o botão maior do controle remoto. Um comentarista político lançava convicções em uma mesa redonda, sem contestação dos seus pares. Otávio atrapalhou-se, desligou o aparelho. O silêncio seguiria parte daquele momento torto.

"Otávio, meu amigo", Augusto continuou, indiferente às mudanças audiovisuais no cômodo, "você percebe a liberdade em dizer: eu sou um merda? Sem porquês, sem ressalvas. Eu fui um merda". Olharam-se. "Pois eu fui um merda."

Viu Augusto curvar-se para a frente na cadeira. Seus olhos não o encaravam. Estavam fixos em pasto distante, de onde colhia nomes, rostos, eventos, e, principalmente, as palavras para descrevê-los.

"Eu fui um merda. Fiz o que pude para transformar um casamento feliz na única máquina que eu sabia operar: apatia e distância. Eu fui um merda quando usei essa mesma distância como a justificativa pra trair minha esposa. E fui um merda quando segui traindo por meses depois que já nem eu acreditava mais nela.

Fui um merda com meu irmão, por ter cedido ao medo do que uma relação de verdade entre nós dois contaria sobre mim. E, por isso, ensinei que se fechasse, e que seguisse fechado até morrer.

Fui um merda por ter um filho doce, sábio, um homem inteiro, e mantê-lo longe. E por mentir que o faço para protegê-lo, quando em verdade protejo a mim.

Uma vida explicada pelas escolhas dos outros. Pelo que fizeram de mim. Isso é um merda."

Desde que Augusto batera à porta naquela noite de sexta-feira, era a primeira vez que Otávio sentia o gosto familiar do controle. O sujeito queria então ser consolado. Ele buscava naquele apartamento o conjunto de argumentos cuidadosamente construídos que o faria sentir-se melhor, que o conduziria para fora do tribunal, sem culpas, inocentado, pronto para uma noite de sono desimpedido. Pronto para extinguir copos de uísque na velocidade de costume.

Otávio prestaria esse serviço como o vinha prestando, sem custos, fazia já trinta anos.

"Você não espera que eu assista calado a esse espetáculo de autocomiseração. Que eu escute as conclusões que escutei e saia convencido – olha só, quem diria, esse homem me enganou por décadas, ele não passa de um merda."

Augusto não respondeu. Encarava-o sem expressão, e era o que bastava para que seguisse servindo à mesa as razões que o amigo buscava.

"A história que você contou é terrível. É uma história sobre a violência humana, com personagens e seus erros, e sobre como esses erros repercutem pelas gerações. Meu caro, não posso imaginar a aflição de descobrir algo assim. É sua família, e é sua história. Mas, permita-me dizer, você se engana. Você se engana sobre seu papel. Você é a vítima."

Antecipara um muxoxo, um cenho franzido, uma interrupção indignada. Augusto, contudo, escondia o rosto em um gole demorado do uísque.

"Qual a sua responsabilidade? Um casal comete traições e crimes brutais; metade dele desaparece, a outra se torna um ouriço. E a culpa é do filho desse casal, se ele cresce meio torto, as partes faltando, se ele não consegue atender a algum padrão-ouro de comportamento?

Qual é o problema em ser uma vítima? Não há vergonha em assumir o papel. Pelo contrário. É uma declaração de força.

Fizeram isso de você, e você teima em avançar. Avança como dá, mas avança. Haverá casualidades? Claro. Mas isso vai na conta do que fizeram de você."

Ele agora gesticulava, desenhava argumentos no ar, apontava para Augusto na altura do peito. Soberano das ideias e de como elas se movimentam pelo território.

"E além disso, meu caro. Essa lista de pecados, esse inventário de razões para ser um merda. Me perdoe a sinceridade, mas que coisa mais tacanha, mais mundana, mais ordinária. Seu casamento? Você sabe a duração média de um casamento hoje em dia? O seu durou demais, estatisticamente. É louvável profanar os votos sagrados? Nunca. Mas, reitero, é o tipo de coisa que não rende manchete na última página do jornal de bairro.

Você quer me dizer que é responsável pelo Rafael ser uma pessoa reservada? Se acalma, meu Narciso. Seu irmão era assim quando o conheci, e apenas seguiu sendo. Ele viveu uma vida perfeitamente adequada. Se houve alguma infelicidade ou arrependimento, você não teve nada com isso. O Rafael era aquilo, a vida dele foi aquela.

E sobre o Theo. Eu entendo. Eu entendo que é difícil. Pais e filhos e as distâncias entre eles. Mas não é melhor recolher-se um pouco e voltar quando puder ser um pai melhor, um pai inteiro? Há tempo. Há oportunidades. Você está fazendo o melhor que pode com o que lhe foi dado. Quem pode exigir mais que isso? Você por acaso é algum tipo de mártir, pra pagar no corpo pelas escolhas dos outros?

Você está vivendo traumas e conjurando epifanias. Ninguém vai culpá-lo. Mas eu sugeriria, do fundo do meu coração: seja mais generoso com você mesmo. Espere pelo tempo, tome seu uísque."

Pronto. Argumento arrematado. Hipóteses, exemplos, conclusões. Um toque de sentimento no final. Clichês são servidores subestimados. Eles entregam a mensagem com precisão e diligência. Encontram seus alvos desarmados, essa mão de obra subterrânea. Otávio não sentia vergonha; o que lhe pediram foi um serviço bem feito.

Arqueou os olhos; o gesto que fez dizia "é isso". Deixou o silêncio fermentar entre eles, o substrato correto para que Augusto reagisse. Se discordasse, Otávio estava pronto para sustentar uma batalha de resistência; tinha argumentos suficientes ao seu lado, perfilados para um longo cerco. Se reagisse frustrado, tinha suas bandeiras brancas. Se concordasse, suas garrafas de uísque.

Augusto juntou as mãos sobre o colo e suspirou. Em verdade, Otávio agora notava, ele parecia cansado. Um corpo velho, sem palavras, prostrado sobre sua poltrona, ocupando espaço em sua casa.

Quando falou, contudo, sua voz estava firme.

Augusto disse: "as histórias que a gente conta."

Passou um momento sem que prosseguisse. Encarava-o nos olhos, impassível. Ah, o ódio. Era sua casa, era sexta à noite, e esse sujeito triste o forçava a um jogo de adivinhas? Argumentos, bandeiras brancas, garrafas de uísque; o que seria? Otávio sentia seu rosto se contorcer em uma expressão sem controle quando Augusto voltou a falar.

"Você não entendeu. Eu não vim por salvação. Eu contei isso para que você entenda o que eu realmente vim dizer. Eu vim lhe dizer que você é um merda."

Otávio encostou-se na poltrona. Sentiu o corpo ligeiramente deslocado da disposição real daqueles eventos. Sua casa de repente era uma sala de espelhos, distorcendo formas, destruindo as proporções conhecidas.

"Vim dizer que você é um merda, porque você não faz ideia. Há quanto tempo nos conhecemos? Uma vida. Por uma vida não entendi a fisionomia dessa amizade. Eu e você, alguma coisa não parava em pé. Existia algum elemento sem nome, gasoso, sempre presente, sustentando esse arranjo. Eu acreditei que esse elemento era uma bondade que você me oferecia, e sorte a minha. Eu deveria ser grato, e grato me senti por muito tempo. Culpado, também. Eu era a mancha no lençol perfeitamente branco de Otávio Bustamante. Você deveria ter sido diplomata, você tinha planos de dominação mundial, mas trabalhava em um escritório de bairro com o nome da minha família. Weberbauer Advogados Associados. Seu direito é nosso legado. Legado. Aquele era o meu legado. Aquela casa, suas tragédias e infiltrações. Por que você continuou ali? Essa ideia me consumia. Por que ficar ali? Era muito pior. Era pior para mim. Você era uma testemunha. Eu era flagrado de terno todo dia em uma vida composta por consequências infelizes. Por que o Otávio continua aqui? Ele é livre pra ir e vir.

Só que claro que você não era. Você precisava de alguma coisa. O satélite daquela família triste, sempre observando, um grande olho projetado no céu. Você precisava da comparação. Bater ponto no estrago dos outros faz a vida parecer mais adequada, eu imagino. Faz você se sentir até grato por ela. Pelo menos não sou; imagina se eu fosse."

Entre a pele do rosto e a carne que ela cobre, uma cortina em chamas. O corpo de Otávio retesava. "Augusto, vá com cuidado. Não vou ser o alvo de epifanias de meia-idade".

"Se você se limitasse a olhar", Augusto continuou, "observador passivo de processos mórbidos, quem poderia culpá-lo? Mas não bastava. O arranjo só funcionava se fosse permanente. Você não conhecia nada além disso. A posição relativa das coisas, tudo o que a gente faz para preservá-la. Esse medo eu conheço, Otávio. Conheço como se fosse um primo.

Imagino o desespero quando me viu com Tereza. Tereza, suas palavras, suas convicções, sua fertilidade. Que ameaça. O pior é que você nem percebeu. Claro que não. Claro que você se convenceu de que o que fazia era pelo meu bem. Era um plano de ataque, mas você acreditou, realmente acreditou, que promovia um resgate.

Minha mãe era uma racista desenganada, mas racistas desenganados Tereza conheceu a vida inteira. Deslocá-la foi obra sua, meus parabéns. Você fez o possível. A condescendência, a ironia, o falso interesse. As palavras preocupadas em encontros privados – *e o casamento, como vai? Como realmente vai?* Certo. Quando Mirella apareceu naquele bar, o tamanho do seu sorriso. Do que você tinha medo? De que eu desse um jeito de ser feliz. Por acaso miséria é um esporte coletivo?"

Augusto assustou-se com um toque molhado na coxa. O copo de uísque suava sobre ela. Notou surpreso, era a sua mão que o segurava, quase trêmula, roubando e distribuindo calor. Pressionados contra o vidro, seus dedos pareciam de repente velhos.

"Quanta energia gasta. Eu faria tudo sozinho. Era mais do que capaz. Me deixasse em paz, e eu passaria a vida naquele mesmo terno. Esperasse um pouco, e eu transformaria um casamento feliz em moletom folgado, bege, confortável apenas porque familiar. Mas não era suficiente. O mundo precisava de Otávio e suas obras. Otávio precisava de Otávio e suas obras. Tanta ação, meu amigo. Tanto protagonismo."

Dedos velhos, pressionados contra o vidro. Sua pele distorcida pela refração da luz. Mão pálida, mão fantasma. Custa tão pouco para que a luz entregue mentiras. Basta um copo de uísque vazio. Basta abrir a porta de seu apartamento em uma sexta-feira desavisada, e ele se preenche inteiro de mentiras.

"Você não faz ideia", Augusto prosseguia. "Eu sei exatamente como é não fazer ideia."

Entre eles, uma parede de vidro molhado. Augusto adotava formas frouxas, dilatadas, ligeiramente inéditas a cada movimento. Não parecia a Otávio ninguém que um dia conhecera. À sua frente, uma criatura sem precedentes; um convite ao extermínio.

Levou um instante assistindo àquela figura deslizar por diferentes aspectos antes que decidisse responder.

"Uma coisa eu não entendo", falou, "por que vir até aqui? Por que não se recolher satisfeito com suas epifanias no conforto de casa, abrir um uísque, viver a vida virtuosa? Por que vir até aqui, armado de monólogos e constatações? É trabalho demais."

Através do vidro, o sorriso de Augusto era uma bocarra. "Me perguntei a mesma coisa, diversas vezes, até tocar a campainha. Estou tentado a dizer que é porque te amo."

Até o som viajava errado naquela sala. A voz de Augusto soava nítida demais, alta demais, Augusto demais. O silêncio não ajudava. Deveria ter colocado um disco para tocar. Deveria ter escolhido um álbum obscuro, cujas nuances e motivos somente ele conhecesse; uma escolha que o satisfizesse. Não deveria ter aberto aquela porta. Deveria manter os eventos correntes como cachorros no canil.

"Que tristeza", Otávio disse, "um homenzinho bêbado do triunfo mais safado. Provou pela primeira vez o gosto da convicção e sai, de pau na mão, esfregando na cara dos outros. Você tinha que vir aqui, sexta-feira à noite, pavonear as verdades que acabou de comprar. Mais que isso – acreditando que o faz por motivos elevados."

Viu Augusto encostar-se na poltrona, seus traços embotados lhe dizendo prossiga.

"Quer dizer que você teve uma sessão de terapia. Que empreendeu um profundo exame da biografia familiar. Que descobriu eventos e debulhou seus traumas. Que mamãe, ora, que mamãe tinha um passado. Muito bom. Como você se sente? Evidentemente, orgulhoso de si mesmo. E deveria, por que não? Parabéns, Augusto, você fez algo acontecer. Transformou o mundo na mais discreta das formas. Receba meus tapas nas costas. O que você quer mais? Quer um troféu? Uma medalha? Um objeto brilhante com seu nome gravado? Posso mandar fazer uma faixa escrita 'eis um homem iluminado', se você prometer que não vai tirar nem no banho. Eu fecho um puteiro pra você, se você vestir essa faixa enquanto enraba a puta mais velha do recinto. Não pode haver engano: eis um homem iluminado. Eu faço questão. Porque é isso que você quer, não é? O reconhecimento. Eu sei. Fui criado nele. Eu abria a boca, e me enfiavam uma colher cheia. Me dá, me dá mais. Essa papinha deliciosa. É só o que você quer comer. As calorias vazias do reconhecimento. Você incha. Você fica enjoado, Augusto. Ninguém quer ver um marmanjo passando o chapéu de porta em porta, me dá, me dá mais. Que imagem infeliz. Augusto, é de partir um coração!"

Otávio sorria. Bastava convidar as palavras certas, palavras treinadas para o exercício perfeito de suas funções, e estava acompanhado. Elas vibravam e aplaudiam, flexionavam os músculos, lançavam olhares perigosos. Era uma mesa de bar, era um grupo de extermínio.

"O que você achou que aconteceria? O que eu fiz, nessa fantasia em que você aparece transformado à minha porta, armado de verdades recém-adquiridas? Recebi a palavra revelada desse Augusto renascido e decidi praticar uma vida de humildade e resignação? Até chorei, isso, claro que chorei! Chorei uma tristeza guardada por décadas enquanto escutava os motivos por que eu era um merda. O quão grato eu fiquei! Tão agradecido pelo homem – um homem inteiro – que me resgatou de uma vida até então sem propósito; uma procissão de vaidade e narcisismo, seguida pelo seu longo rastro de vítimas. Quem sabe agora eu não encontre o amor? Quem sabe eu finalmente não o mereça? E tudo isso porque você decidiu aparecer, transformado, à minha porta."

O rosto de Augusto, em seus traços refratados, era ilegível. Não importava. Não precisava de um diálogo, de um receptor para a mensagem que transmitia; para ele, bastava a expressão. Bastava colocar suas palavras em fila, dar um beijo em cada testa, e admirar como se lançavam no mundo para cumprir as funções que ele lhes designara. A realidade que criara tinha mão única.

"Permita-me contudo impugnar alguns fatos dessa fantasia tão bem ensaiada. Pois quando o conheci, meu caro Augusto, não foi essa entidade iluminada que encontrei. Não. O que vi naquele dia não era sequer uma pessoa. Eu conheci um mingau com CPF. Uma massa quase sem cor, quase sem forma, aguardando passivamente por quem declarasse – isso é um homem. Eu o toquei. Eu o reconheci. Por anos esculpi aquele punhado de barro à semelhança de um homem. O que pensar, o que escutar, o que dizer. Quem comer, e onde comer. Quando deixava o escritório, apostava comigo mesmo que você entrava em suspensão e aguardava catatônico até que eu retornasse no dia seguinte, para voltar a funcionar como a fração de um indivíduo. Mas não faço milagre, Augusto. No final do processo, quando os recursos se esgotam, quando os artifícios fraquejam e tudo o que resta é a verdade dos fatos e uma decisão a ser tomada, só existe você. Sob todo o resto, você.

Você é um homenzinho. E, como todo homenzinho, as glórias são breves, os sonhos, mesquinhos, e a única certeza é a de que, não importa o que se faça, essa condição seguirá inalterada: um homenzinho. Aconteceu. Você deu azar. Há gente que é, e gente que não é. É um fato evidente ao mais superficial dos exames. Claro que seu casamento faliu. Claro! Nunca houve alternativa. Agora, vir me implicar em seus fracassos é um desespero terrível. Que coisa feia, Augusto. O que aconteceu? Você sempre lidou tão bem com a posição que ocupava. Era sua qualidade redentora. Saber exatamente quem é. Isso é um privilégio. Você deveria aproveitá-lo. Pendurá-lo na parede como um diploma. Seu casamento acabou? Claro que acabou. Seu filho está melhor sem você. Claro que está. Sua mãe preferiu morrer gritando a tê-lo como único parente vivo. Claro que morreu. A culpa não é sua. Nunca seria diferente. Use essa constatação como um escudo. Não se sinta mal; não sinta nada. Tente de novo, fracasse de novo. Um dia acaba. Mas não me envolva na sua miséria. O que eu sou, você não pode tocar. Eu habito outra cidade. Eu sou um homem, Augusto, não me confunda. Eu sou a palavra."

Otávio percebeu que ofegava. Seu peito aquecido por expansão e contração. Como se a linguagem fosse fruto de energia cinética. O subproduto de movimentos violentos, uma descarga de semântica, morfologia e sintaxe.

Há dor em gestos repetidos. Sentiu-se uma máquina gasta. Sentiu que falara demais. Uma vida falando demais. Orações e períodos e parágrafos sem conclusão. Construiu ruas inteiras, apenas falando. Uma casa onde viver, seu território no espaço. Um bairro chamado linguagem. Seu rosto, seu nome, sua verdade; o que resistiria a um segundo de silêncio?

Orações, períodos, parágrafos. Orações, períodos, parágrafos.

Augusto o encarava. Parecia que o encarava. O sujeito sempre foi afeito ao silêncio. Era de onde tirava suas garantias; era de onde se fingia de morto. Dessa vez era diferente, contudo. Havia uma antecipação. Um preparo em curso.

"Sua filha doente", Augusto falou. "Você abandonou sua filha doente. É esse o homem?"

A violência sublima o verbo. Otávio estava de pé. Em sua mão, o peso precário do copo; bastaria um gesto, e ele se desmancharia no crânio de Augusto. Aquele rosto precisava ser desfeito. Seus traços, extintos. Que nunca mais falasse. Levou trinta anos, mas aquela conversa se encerrava.

Um ato de violência, e depois o silêncio.

18.
A CIDADE

"Algo mais?"

Augusto respondeu que não. Contara tudo tal qual se passara. Por trás do monitor, ouvia a batida já familiar dos dedos de Líria Ogawa. Ela se repetiu por um bom tempo depois que deixara de falar; era o som que suas palavras faziam ao serem recebidas e transformadas por aquela senhora.

A cada visita, encontrava o cômodo mais escuro. A luz do dia minguava ao atravessar as fileiras de negativos pendurados, revelando imagens ligeiramente neon. Parecia-lhe um tipo macabro de sítio rupestre, o registro de atividades praticadas por vidas extintas. Augusto se deixou distrair, adivinhando as formas e os momentos que elas eternizaram.

Quando a batida cessou, o silêncio que lhe tomou o lugar era conspícuo. Líria estava de frente para o monitor, de olhos fechados. A luz da tela banhando seu rosto como um sol moribundo. Suspirou. Em um movimento mais rápido do que se esperaria, levantou-se e abriu a janela. O apartamento foi invadido pela luz, revelando em detalhes o arranjo dos objetos, a forma de sua ocupação. Um a um, os negativos se apagaram, deixando pelas paredes faixas mortas de celulose.

"Aceita um chá?"

Fez que sim e assistiu àquela senhora sumir pelo corredor. A janela aberta lembrou-lhe de que estava no centro de São

Paulo. Recebeu os ruídos sem tentar distingui-los; o barulho demente de uma cidade gritando para o vento.

Ultimamente, quando se encontrava sozinho e sem ocupações, passava a lembrar. Não recordava eventos específicos, ou pessoas e as palavras que disseram; lembrava como quem olha a rua, seus transeuntes tranquilos, seus veículos de alta velocidade. Alguns apareciam em seu campo de vista por um instante e dobravam as esquinas que deveriam dobrar. Outros se demoravam, exibiam seus detalhes, sugeriam procedências. Mas todos, sem falta, passavam. Em comum, a passagem. Ultimamente, bastava um momento de silêncio, e ele se via sentado na beira dessa rua caudalosa.

Líria voltou com duas canecas cheias e sentou-se de frente para ele. Verdade é que aprendera a gostar do chá e seus efeitos. Tomou um primeiro gole e notou que havia sobre a mesa um envelope. Líria e Augusto observaram o objeto entre eles, sem comentários. Lá fora, uma ambulância passou anunciando urgências.

"Você sente a diferença?", ela perguntou.

"Às vezes."

"É assim que funciona. Movimento."

"Quando eu era criança e entrava no mar, pra não me perder, marcava na praia um guarda-sol. Brincava na água, distraído, por horas. Toda vez que olhava de volta para a praia, tinha sido arrastado pra um lugar mais distante."

Líria sorriu. "Exato."

O envelope era pardo, gasto pelo tempo. Líria empurrou-o em sua direção. Augusto apanhou-o, sentiu seu peso e sua textura. Não esperava a comoção das conclusões. Não esperava nada. Eram ambos, ele e o envelope, objetos com a função de seguir em movimento.

Despejou sobre a mesa seu conteúdo. Uma chave, um pedaço de papel. A chave era igual ao seu par; dois artefatos idênticos, para abrir uma mesma porta. No pedaço de papel, estava escrito um endereço.

Virou-se para Líria e viu que ela ainda sorria.

"Como estava o chá?"

"É um gosto adquirido."

"Pois bem."

Ela levantou-se e foi até o computador. Mastigou por um instante o que estava na tela e apertou o maior botão. O silêncio que a máquina deixou quando desligada parecia uma ausência. Líria olhou ao redor, envelhecida e satisfeita pelas obras inacabadas, e suspirou.

"Acho que está na hora de ir."

Augusto concordou. Quando deixava o apartamento, olhou para trás e viu Líria Ogawa fechando a janela da sala. De algum lugar entre a tristeza e o triunfo, assistiu àquela senhora ser envolvida pelo escuro, como uma memória que começa a se recolher.

ß

O café atravessava o filtro para pingar na caneca em intervalos repetidos. O único som que se escutava naquela cozinha. Era manhã de sábado, e o sol esticava um braço gentil pela janela.

Augusto levou a caneca para o quintal entre a casa e a edícula. Era raro estar naquele canto, geralmente tomado pelas roupas estendidas no varal. Hoje, contudo, estava desocupado; um retângulo exposto sob o céu. Sentiu a pele reagir ao frio da manhã, seus poros ouriçados, prontos para a briga. Sentiu o café perder-se dentro dele, deixando para trás uma presença morna e precária. Tirou uma sandália, depois a outra. O cimento lhe roubava o calor dos pés. Sentou no chão. Do chão, só se olha para cima. Olhou ao redor, os detalhes daquela casa.

Aquela casa estava igual ao que sempre foi. Ou: aquela casa nunca existira. Ou: aquela casa devolvia para ele a careta que ele fazia para ela. Devolvia seu olhar. Ele olhava. Olhava a parede gasta, a telha escurecida pelo tempo. O prego solto na calha, como pode ninguém ter arrumado? Defeitos ignorados são uma herança passada entre gerações. Aquele prego um dia furou uma bola. Aquele prego foi testemunha de um garoto que cuspia no rosto do seu irmão mais novo, que chorava. Como pode ninguém ter arrumado?

Olhou para a edícula, a edícula onde morava Dagmar. Onde encontrou-a morta. Seu corpo menor do que em vida, e, ao mesmo tempo, infinito porque fora dela. Descobrir um corpo é uma história de amor inteira – o arrebatamento, o ritual dos cuidados, o ressentimento e o desgosto; a raiva, a perda, a eternidade. Ridículo, esse desejo que de repente despontava, o desejo de que fosse seu filho quem o encontrasse quando um dia acontecesse de morrer. De que seu corpo guardasse uma expressão tranquila, a lembrança derradeira de um velho pai. Riu da ideia, do seu absurdo. Da noção de que seu filho talvez nem o reconhecesse com uma expressão dessas.

Levantou-se, foi à edícula. Abriu a porta de correr. Era a primeira vez que estava ali desde o dia em que Dagmar morrera. A luz entrou desconfiada, como se por receio do que aquele cômodo revelaria. Mas nada. Apenas o cheiro e o aspecto das coisas paradas. Objetos têm uma vida pouco animada fora de vista. Era o mesmo cômodo que Dagmar encontrava no final do dia. Onde era visitada pelos demônios.

Abriu a gaveta da escrivaninha. A pilha de fotos estava em disposição diferente, menos ordenada, o papel amassado nas bordas. Era possível que tenham sido essas as companhias finais de Dagmar. Que essas presenças amareladas lhe tenham dado um beijo de despedida.

A primeira foto era de sua mãe, com quarenta e tantos anos. Ela olhava para a câmera sem paciência. Judite era mais nova do que ele era hoje, mas em suas feições já se sugeria a velha que se tornaria. A velha de quem ele se lembrava. Augusto pensou sobre o quanto do velho que seria já não se revelava em seu rosto. Decidiu tomar o medo do futuro por um bom sinal.

Encontrou a foto que buscava. Três pessoas se abraçavam. Judite estava no meio, e sorria. Rafael não devia ter mais do que três anos. Em sua camiseta, três dinossauros se vestiam para a praia. Rafael também sorria; ele ainda não havia aprendido a se fechar. No canto direito da foto, Augusto. Ele olhava para a mãe. Pouco tempo depois, e já não olharia mais.

Dobrou a imagem em duas e botou na carteira.

Voltou à cozinha em silêncio. O barulho que a caneca fez quando tocou a mesa. Naquela casa só havia agora os ruídos que ele mesmo causava. Não, mentira. Se prestasse atenção, escutaria. Os estalos da fundação, os fluidos correndo pela parede, o zunido discreto da carga elétrica. Ele e a casa, duas velhas construções, produzindo os sons que precisavam para viver mais um dia. Perguntou-se se ambos não mastigavam as mesmas lembranças, e se concordariam sobre elas. Torceu para que as paredes não fossem assim tão rígidas em suas posições.

Não falava com Otávio desde que deixou seu apartamento, naquela noite de sexta-feira. Não tinha certeza se falaria novamente. Por um instante, acreditou que o amigo o atacaria; que arrebentaria o copo de uísque em seu rosto. Ele fez por onde, é verdade. Não tocou a campainha guiado por altruísmo e nobres intenções. Era algo que deveria fazer e fez, ciente das consequências. Era parte da sua cartilha de responsabilidades. Parte do seu movimento.

Que sensação, sentar à frente de Otávio e falar. Falar e falar. Frases diretas, declarações inequívocas, constatações históricas. Foi mais fácil do que pensava. Sentiu mais prazer do que pensava. Entendeu como era perigoso aquele hábito; como tem gente que passa uma vida falando, construindo cidades inteiras sustentadas pelo som da própria voz.

Otávio, contudo, pela primeira vez na história documentada, ficou em silêncio. Augusto lembrava de como ele saltou da poltrona e restou parado, em pé, à sua frente. Um mastro sem bandeira. Considerou perguntar se estava bem, se precisava de algo, mas conhecia ambas as respostas. Via no rosto do amigo certas convicções se perderem, processo que ele conhecia tão bem. Mas não tinha o direito de sequer sentir simpatia; era ele a causa voluntária daquele processo. Ele era o dedo que tocara a campainha.

Finalmente, passado um intervalo doloroso, Otávio deixou o copo de uísque sobre a mesa, foi até seu quarto e fechou a porta. Aquela interação estava encerrada. Antes de sair, Augusto deixou o olhar correr pela sala. Cada detalhe daquele apartamento, suas cores, seus ângulos, as obras de arte expostas pela parede, tudo aquilo era mais uma frase do monólogo que Otávio vinha recitando por toda a vida adulta. Um discurso que dizia, estou aqui, ocupo um espaço sobre o mundo, me escutem nem que seja por um momento. Aquele apartamento não sabia o que fazer com o silêncio; aquele apartamento aguardava ansioso pelas próximas orações.

Convicção era uma especiaria cujo sabor ainda parecia estranho a Augusto. Mas era ela que ele mastigava enquanto subia cada um dos treze degraus, enquanto buscava na mesa de cabeceira o envelope pardo, e ao derramar seu conteúdo sobre o colo. Levou o pedaço de papel à altura dos olhos. Leu em voz alta o endereço escrito, apenas para ouvir a música que aquelas palavras produziam quando declaradas em sequência. As palavras tomam formas diferentes quando expostas ao ar livre.

Sentou em sua cama, vestiu um par de meias. Pensou que quase podia escutar Dagmar se movendo no andar de baixo, cumprindo, uma a uma, as metas de curto prazo que a casa requeria. Ela gritaria lá de baixo a hora do almoço e o prato do dia. Sentiu saudades.

Na tela do celular não piscava mensagem alguma. Era Otávio quem lhe escrevia, quem lhe encaminhava as manchetes do mundo e um comentário sobre elas. Imagens de mulheres nuas e seminuas; convites para gastarem juntos um tempo cada vez mais escasso. Sentiu, surpresa, saudades.

Ele passara cinquenta e um anos sobre a terra até que, fazia alguns meses, começou a descamar. Desde o instante em que Edna Montesquina invadiu seu escritório. O que começou a perder naquele dia, teria de outra forma deixado para trás? E, tudo o que achou e recolheu, sempre esteve em seu percurso? Apertou a própria coxa até que doesse; sobre algumas coisas ele tinha controle. Era uma criatura diferente, carregando o mesmo CPF.

Ainda escutava o ar-condicionado. Quando se distraía, no final de um dia carregado, podia escutar o ronco daquela caixa de metal, parida por tecnologias esquecidas. Nesses momentos, ele sabia, só podia aguardar o curso da melodia monocórdica. Ele aguardava.

Entretanto, veja bem, também acontecia de não escutar nada. Com frequência cada vez maior, era surpreendido pelo silêncio. Esse silêncio era um cômodo novo que ele podia decorar. Um espaço de criação, uma oficina de possibilidades; e todas se chamavam Augusto. Ele brincava com elas, esticava suas pontas, criava formas curiosas. Às vezes o resultado era ridículo, e ele ria. Outras, descobria algo que perdera pelo caminho, e se recolhia para viver o luto inesperado. Riso, perda, todo o resto. As coisas que ele criava em silêncio.

Mais estranho ainda, ele vinha aprendendo a querer. Dera para querer. Não sabia bem o quê, mas queria. Não sabia, em verdade, sequer o que podia querer, mas queria. Queria, mais que tudo, seguir querendo. A essa altura da vida, isso de querer querer.

E ali, sentado na cama, naquele momento ele quis. Não soube bem o quê – raras vezes o sabia – mas querer bastava. Escolheu uma camisa, vestiu-a de frente para o espelho. Não desviou o olhar do homem que o encarava. Olá. Cinco décadas depois, e você aqui. Você mudou, que bom, que ruim que mudou. Você está gordo, careca e velho. Você está vivo, vivo e vivo. E, porque vivo, transformado. Porque vivo, convertido. Pense no que lembrou, esqueça do que esqueceu. Os nomes, as neuroses, os endereços. Você chegou até aqui. Fala em voz alta. Me deixa ouvir você falando. Uma palavra apenas, você está pronto. Escolha um verbo, qualquer um, aquele que você quiser. Escolheu? Pronto, agora espera um instante, segura ele na boca. Sinta o verbo e suas consequências. O verbo e sua potência. Passe um momento com ele.

E agora me conta.

ß

Deu a partida no carro, sentiu a máquina ganhar vida ao redor dele. Pensou em chamar um táxi, mas não. Não era um destino que alcançaria sob outro condutor.

Apenas por costume levava no bolso o endereço escrito. Disse em voz alta mais uma vez aquelas palavras; elas lhe pertenciam como seu número de telefone, sua identidade, seu nome completo.

São Paulo acordara com disposições gentis. As ruas concediam passagem sob um céu imperturbado. Augusto deslizava pela cidade que se acomodava ao seu redor. Os transeuntes, as estratégias de marketing, os demônios do asfalto; hoje nada lhe impedia o caminho.

    Dirigia sem pressa, dava setas e virava esquinas. A paisagem mudava conforme dirigia, como diferentes estágios de um sonho recorrente. Ele conhecia ruas em que nunca pisara. Lembrava-se de coisas que não lhe pertenciam. A violência praticada antes de nascer. Na cidade, a distância é uma ilusão. A cidade oferece encontros; um número preciso de ruas é tudo o que custa para dois elementos ocuparem o mesmo espaço. A cidade impõe encontros. Ela é superfície para consequências compartilhadas. Na cidade, a ilusão é uma distância. Toda verdade coincide. Caminhos tomados tantas vezes, não é possível que não canse. Augusto cansara. Dirigindo seu carro, agora sabia, Augusto era uma coincidência repisada.

    Estacionou sem dificuldade. Ele chegara. Saiu do carro, pisou uma calçada familiar. As coisas que a gente esquece. Ficou ali parado um instante; os pensamentos alongavam as pernas, trocavam saudações. Percebeu que escutava a própria respiração. Dentro, fora, calor, matéria. Quanto movimento. Deixou o tempo passar mais um pouco, imperturbado. Ele vinha exigindo do tempo prestações mais suaves.

    À sua frente, a casa. Encostou a mão na porta, mas não bateu. Quedou-se um instante ali parado, a superfície da madeira sobre a pele, essas texturas, a história que elas guardavam. Escutou então o som de passos. Dentro da casa, alguém corria. Um pouco ao lado, havia uma janela. Augusto encostou a testa no vidro, apertou os olhos, deixou a vista se acomodar.

    Um garoto corria pela sala em trajetórias inconstantes; retas que se tornavam ângulos que se tornavam arcos, de repente um salto, de repente tudo de novo. Em seu rosto não havia dúvida. Decisões, suas consequências. Que coragem, a desse garoto. Tomar direções, depois perdê-las. Há gente que leva a vida assim. Augusto assistiu, esperando pelo momento quando o menino se deteria, paralisado pela falta de escolhas, ou pela abundância delas, ou porque se deu por satisfeito, estou aqui, cheguei, mais um centímetro e me perco novamente. Mas isso não aconteceu. O menino corria em percursos impossíveis, e só pararia quando o ensinassem a parar.

Outra criança surge correndo. O irmão mais novo. Ele para, observa o circuito praticado pela sala, e dá-se a correr também. Segue os passos do irmão mais velho como pode. Quando não pode, improvisa, pula de lado, recorre a atalhos. Os irmãos tropeçam, trombam, caem rindo, se levantam.

Augusto não pode vê-la, mas sabe que esse ritual ergue uma cidade que só os irmãos habitam. Essa cidade tem sua topografia, seus campos abertos, seus pontos cegos. Teria até um nome, se nomes fossem importantes para duas crianças em movimento. O que acontece desse território, quando as crianças crescem para além dele? Será que cai por chão, extinto, ou resta ali desabitado, essa paisagem sem nome, esperando o dia em que as crianças retornarão? Olhando através daquele lugar invisível, Augusto quis ser convidado de volta.

Dá um passo para o lado. Em seu campo de vista, um sofá se revela. Sobre esse sofá, uma mulher. Quis alertar os irmãos – cuidado, vão devagar, falem mais baixo. Conhecia as consequências, não queria escutar os gritos, não queria que os garotos escutassem. Mas a mãe nada disse. Ela, assim como Augusto, estava satisfeita em observar as pequenas criaturas e suas trajetórias. Elas progridem, se acidentam, levantam rindo da coisa toda. Continuam. Augusto e a mãe, assistindo às crianças brincarem.

Voltou o olhar ao rosto daquela mulher. Primeiro, pensou-a velha. Mas não, era mais nova do que ele. Sua idade exata, não saberia dizer. Vivera uma vida até ali; é tudo que se pode ter. Doeu, fez doer. Quis tanto quanto pôde, talvez mais do que isso, até que deixou de querer. Endureceu-se. Basta endurecer-se, e os anos se amontoam indiferentes. Viveu tanto quanto pôde, talvez mais do que isso, até que deixou de viver.

Mas não se apresse. Naquele momento, aquela mulher sorria. Augusto duvidou, apertou os olhos, mas era verdade. Em seu rosto, esse evento estrangeiro. A mãe olhava os filhos brincando e sorria. Aqueles garotos, entrando e saindo bêbados do mundo que criavam de improviso, nunca souberam. Sobre eles, a vigília da mulher que os guardava, a condição bastante para que pudessem correr, cair, erguer cidades e abandoná-las. Sobre eles, o olhar da mulher que os amava. Imagine, não saber.

Augusto agora sabia, e permitiu-se um instante para sentir a mais inútil das vontades, a de que as coisas tivessem acontecido de forma diferente. Que eles soubessem o que agora sabiam; que falassem um tanto, um tanto basta, do que só puderam calar. Essas bobagens. Só um instante.

Sentiu também o impulso de invadir aquela sala, tomar um lugar no sofá, sentar ao lado daquela mulher, braço a braço, assistindo juntos às crianças correndo. Nada fez. Sabia que, no momento em que se anunciasse, aquele sorriso se desfaria; que as crianças deixariam de correr, que o encarariam desapontadas, perguntando – *isso é tudo o que você fez?* Ele diria, fiz o que deu, mais não pude, quem sabe amanhã?

Porque havia amanhã. Outras garantias lhe faltavam, mas essa ele tinha – havia amanhã. Mais um dia, mais um dia ao menos. Um dia basta para criar e destruir territórios inteiros. Morrer uma parte, nascer outra; lembrar um tanto, esquecer outro. Todas essas oposições. Um dia para arrumar a casa – realmente arrumar a casa. Passar uma mão de tinta, levantar-lhe o rosto, identificar o mofo e as pragas. Fazer dela abrigo adequado onde pudesse enfim começar a sentir saudades. Um dia para acordar disposto e dar uma volta, talvez apanhar o sol brotando no céu, o bairro se espreguiçando em padarias e na programação matinal das tevês. Um dia para discar ao telefone o número do seu filho, esperar que atendesse com um voz que lhe diria, *oi, pai*, e você se saberia perdoado. Você então diria muito menos do que sempre quis, mas dessa vez diria o bastante; diria, eu o vejo tão pouco, e sinto sua falta, e basta um dia, que amanhã haverá, para eu lhe pegar com o carro, e traga sua câmera, que vamos tirar umas fotos por São Paulo. Quero escutar você falando de fotografia. Quero escutá-lo e, se me permitir, falar um pouco também. Falar de mim, do seu tio, da sua vó. Falar de nada, seguir falando, falar talvez um pouco demais, me perdoe. Não faz muito que aprendi a falar, ainda tomo o jeito da coisa. Foram necessárias as mais profundas conversões, mas estou aqui, um homem que fala. Fala, filho. Olha pro seu pai e fala.

Augusto desencosta a testa do vidro. Conforme desaparecem a sala, as crianças, a mulher e seu sorriso, surge o reflexo de um homem. Ao redor desse homem, a cidade que ele começava a deixar.

AGRADECIMENTOS

Eu agradeço:

Aos meus pais e à minha família, pelas migrações que eu me orgulho em continuar;

à Heloisa, pelo testemunho e pela atenção que presta à nossa vida;

a André Valença e Túlio Vasconcelos, os primeiros leitores dessa metanoia. Sem eles, possível que ela não existisse;

Às seguintes pessoas, cada uma delas fundamental: Azuki Ikeda-Longhi, Antonio Pokrywiecki, Helder Yuuki Hisamatsu, Bruno Longhi, Mariana Guimarães, Matheus Torreão, Violeta Torreão, Lourenço Mutarelli, Diogo Madruga, Gianni Gianni, Gustavo Bedin, Bruno Pedrosa, Júlia Arraes, Kadambari Shah Mathur, Marta Akiyama, Roberto Akiyama, Arthur de Paula, Marcela da Fonte, Berta Reis, Luiza Guimarães, Gustavo Sant'ana, Thaís Moraes, Thaís Campolina, Karol Lopes.

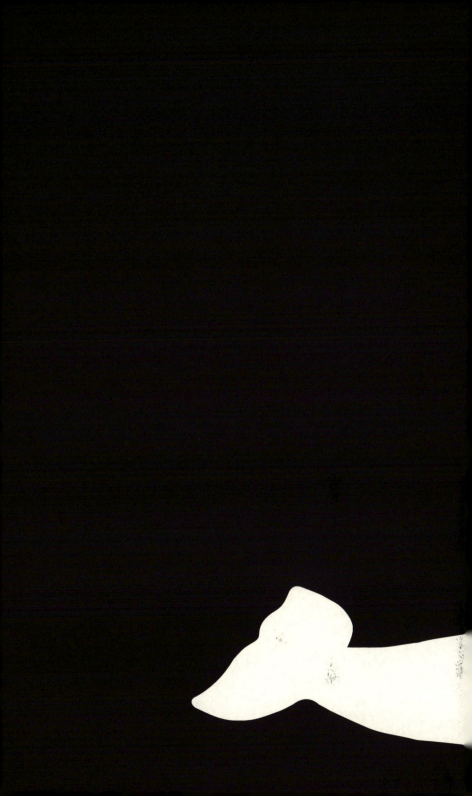

CARA LEITORA, CARO LEITOR

A **Cachalote** é o selo de literatura brasileira do grupo **Aboio**.

Lemos, selecionamos e editamos com muito cuidado e carinho cada um dos livros do nosso catálogo, buscando respeitar e favorecer o trabalho dos autores, de um lado, e entregar a vocês, leitores, uma experiência literária instigante.

Nada disso, portanto, faria sentido sem a confiança que os leitores depositam no nosso trabalho. E é por isso que convidamos vocês a fazerem cada vez mais parte do nosso oceano!

Todas as apoiadoras e apoiadores das pré-vendas da **Cachalote**:

> — têm o nome impresso nos agradecimentos dos livros;
> — recebem 10% de desconto para a próxima compra de qualquer título do grupo Aboio.

Conheçam nossos livros pelo site **aboio.com.br** e siga nossos perfis nas redes sociais. Teremos prazer em dividir com vocês todos nossos projetos e novidades e, é claro, ouvir suas impressões para sempre aprendermos como melhorar!

Embarque e nade com a gente.

Cada livro é um mergulho que precisa emergir.

APOIADORAS E APOIADORES

Agradecemos às 240 pessoas que confiaram e confiam no trabalho feito pela equipe da **Cachalote**.
Sem vocês, este livro não seria o mesmo.
A todos os que escolheram mergulhar com a gente em busca de vozes diversas da literatura brasileira contemporânea, nosso abraço. E um convite: continuem acompanhando a **Cachalote** e conheçam nosso catálogo!

Aaron Sury Bailey Athias
Adriane Figueira Batista
Alexander Hochiminh
Alice Kanda Maalouf
Allan Gomes de Lorena
Ana Maiolini
Ana Paula Yumi Nemoto
André Balbo
André Pimenta Mota
André Valença
Andreas Chamorro
Anna Martino
Anthony Almeida
Antonio Luiz
    de Arruda Junior
Antonio Pokrywiecki
Arthur Lungov
Beatriz Saboya
Bianca Lucena Domingues
Bianca Monteiro Garcia
Brivaldo Markman Filho
Bruno Coelho
Bruno Longhi
Bruno Pedrosa
Caco Ishak
Caio Balaio
Caio Girão
Calebe Guerra
Camilo Gomide
Carla Guerson
Carolina dos
    Santos Guimarães
Carolina Meyer
    Corsini Steiner
Cássio Goné
Cecília Garcia
Celso Kazuo Mihara
Cintia Brasileiro

Claudine Delgado
Cleber da Silva Luz
Cristina Machado
Cristina Yamamoto
Daniel A. Dourado
Daniel Dago
Daniel Giotti
Daniel Guinezi
Daniel Leite
Daniela Rosolen
Danilo Brandão
Denise Lucena Cavalcante
Denise Steiner Reis Longhi
Dheyne de Souza
Diana Lamprea
Diogo Maranhão Madruga
Diogo Mizael
Dora Lutz
Edric Rabelo Brianezi
Eduardo Rosal
Eduardo Valmobida
Enzo Vignone
Evelyn Lima de Souza
Fabiano Ikeda
Fábio Franco
Fábio Happ Botler
Febraro de Oliveira
Felipe Lima Xavier
Felipe Tau Carneiro
Flávia Braz
Flávio Ilha
Francesca Cricelli

Francisco de Assis Lafayette
Francisco Lages
Frederico da C. V. de Souza
Gabo dos livros
Gabriel Cruz Lima
Gabriel Dias Carvalho
Gabriel Stroka Ceballos
Gabriela Lopez
Gabriela Machado Scafuri
Gael Rodrigues
Gilberto da Silva Guimarães
Giovanna
    Araujo Reis Longhi
Giselle Bohn
Guilherme Belopede
Guilherme Boldrin
Guilherme da Silva Braga
Gustavo Bechtold
Gustavo Longhi Bedin
Helder Yuuki Hisamatsu
Helena Andrade
    Lima Saboya
    Albuquerque
Heloisa Ikeda Akiyama
Henrique Emanuel
Henrique
    Lederman Barreto
Hugo Couto Lopes
Iara Machado Adeodato
Isly Maria Lucena de Barros
Ivan Rodrigues
Ivana Fontes

Jadson Rocha
Jailton Moreira
Jamil Abdalla Saad
Jefferson Dias
Jessica Ziegler de Andrade
Jheferson Neves
João Carlos Chimara
João Luís Nogueira
Jorge Augusto
    Nunes Guimarães
Jorge Humberto Steiner
José Carneiro Leão Filho
Julia Arraes
Júlia Gamarano
Júlia Vita
Juliana Costa Cunha
Juliana Guimarães
Juliana Miranda
    de Lima Santos
Juliana Slatiner
Júlio César
    Bernardes Santos
Karina Suzuki
Laís Araruna de Aquino
Lais Leal Cavalcanti
Lara Haje
Laura Redfern Navarro
Leitor Albino
Leonardo Pinto Silva
Leonardo Zeine
Liara Takegawa
Lili Buarque

Lolita Beretta
Lorenzo Cavalcante
Lucas Ferreira
Lucas Lazzaretti
Lucas Vasconcelos Canuto
Lucas Verzola
Lucca Reis
Luciana Ikeda Akiyama
Luciano Cavalcante Filho
Luciano Dutra
Luis Felipe Abreu
Luisa Almeida
    Dubourcq Santana
Luísa Machado
Luiz Carlos Amaral
Luiza Gomes Dantas
Luiza Leite Ferreira
Luiza Ramos
Maeve de Barros Correia
Maíra Thomé Marques
Manoela Machado Scafuri
Marcela Da Fonte Freire
Marcela Roldão
Marcelle Penha
Marcelo Conde
Marcelo Moraes Valença
Marcia Reis Longhi
Marco Aurelio de
    Alvim Costa
Marco Bardelli
Marcos Peres
    Ramos da Silva

Marcos Vinícius Almeida
Marcos Vitor
    Prado de Góes
Maria Alice Barata
    dos Santos Figueira
Maria Angela da Fonseca
Maria Azevedo Ximenes
Maria Carlla Aroucha Lyra
Maria Cristina da
    S. Guimarães
Maria de Fátima
    Lucas da Silva
Maria de Lourdes
Maria Eduarda
    Ramos Lopes
Maria Ester
    Correia Troncoso
Maria Fernanda
    Vasconcelos
    de Almeida
Maria Gilca Lopes
    Caraciolo e Silva
Maria Inez Porto Queiroz
Maria Luíza Chacon
Maria Teresa Galdi
    Serra Valério
Mariana Donner
Mariana Figueiredo Pereira
Mariana Guimarães
Marília de Castro Garson
Marina de Brito
Marina Lourenço

Marina Reis
Mário da Silva
    Guimarães Sobrinho
Marta Akiyama
Mateus Magalhães
Mateus Marques
Mateus Torres
    Penedo Naves
Matheus Picanço Nunes
Matheus Torreão
Mauro Paz
Miguel da Silva
    Guimarães Neto
Mikael Rizzon
Milena Martins Moura
Natalia Timerman
Natália Zuccala
Natan Schäfer
Nathalia Pereira
Nivaldo José Azevedo da Silva
Odilson Barbosa e Silva
Odylia Almacave
Otto Leopoldo Winck
Paola Maluceli
Patricia Maura
    Xavier Costa
Paula Luersen
Paula Maria
Paula Piva
Paulo Scott
Pedro Augusto
    Carneiro Leão Neto

Pedro Torreão
Pedro Vitor Macedo Vieira
Pietro A. G. Portugal
Rafael Cavalcanti Gouveia
Rafael Moura de Andrade
Rafael Mussolini Silvestre
Rafael Rodrigues de Macêdo
Rafaela Carvalho Santos
Raíza Hanna Saraiva Milfont
Ricardo Kaate Lima
Roberto Yoshio Akiyama
Rodrigo Barreto de Menezes
Rodrigo Ikeda Okabayashi
Rosangela Maria
      de Queiroz Bezerra
Rui Fernando Ramos
Rui Rio Branco Neto
Samara Belchior da Silva
Sandra Tiemi Ikeda
Sergio Mello
Sérgio Porto
Sônia Lucas
Suely Nóbrega Janini
Tatiane Nunes Guimarães
Thais Fernanda de Lorena
Thais Moraes
Thaís Vidal
Thassio Gonçalves Ferreira
Thayná Facó
Thiago Augusto Alves da Silva
Tiago da Fonte Leite

Tiago Moralles
Tulio Vasconcelos Pinheiro
Valdir Marte
Victória Mendes Ribeiro
Wagner Yoshihiro Higuchi
Weslley Silva Ferreira
Wibsson Ribeiro
Yvonne Miller

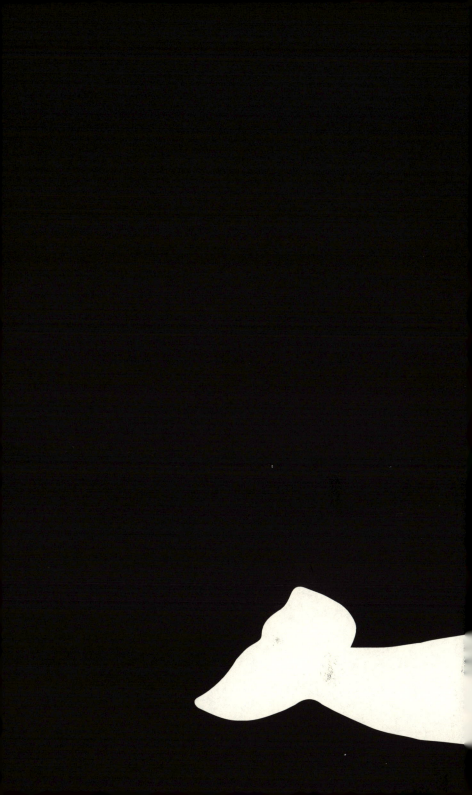

PUBLISHER Leopoldo Cavalcante
EDITOR-CHEFE André Balbo
EDIÇÃO Camilo Gomide
ASSISTÊNCIA EDITORIAL Nelson Nepomuceno
REVISÃO André Balbo
DIREÇÃO DE ARTE Luísa Machado
CAPA Heloisa Akiyama
COMUNICAÇÃO Thayná Facó
PROJETO GRÁFICO Leopoldo Cavalcante

© da edição Cachalote, 2024
© do texto Daniel Longhi, 2024
© da ilustração Heloisa Akiyama, 2024

Todos os direitos reservados. Nenhuma parte desta obra pode ser reproduzida, arquivada ou transmitida de nenhuma forma ou por nenhum meio sem a permissão expressa e por escrito da Aboio.

Grafia atualizada segundo o Acordo Ortográfico da Língua Portuguesa de 1990, que entrou em vigor no Brasil em 2009.

Dados Internacionais de Catalogação na Publicação (CIP)
Eliane de Freitas Leite — Bibliotecária — CRB-8/8415

Longhi, Daniel

   A violência gentil / Daniel Longhi. -- São Paulo : Cachalote, 2024.

   ISBN 978-65-83003-12-6

   1. Romance brasileiro I. Título.

24-238271   CDD-B869.3

Índices para catálogo sistemático:
1. Romances : Literatura brasileira

[2024]

Todos os direitos desta edição reservados à:
ABOIO EDITORA LTDA
São Paulo — SP
(11) 91580-3133
www.aboio.com.br
instagram.com/aboioeditora/
facebook.com/aboioeditora/

[Primeira edição, novembro de 2024]

Esta obra foi composta em Adobe Caslon Pro.
O miolo está no papel Pólen® Bold 70g/m².
A tiragem desta edição foi de 500 exemplares.
Impressão pelas Gráficas Loyola (SP/SP).

A marca FSC® é a garantia de que a madeira utilizada na fabricação do papel deste livro provém de florestas que foram gerenciadas de maneira ambientalmente correta, socialmente justa e economicamente viável, além de outras fontes de origem controlada.